A1

A2

A3

A4

A5

A6

A380

目錄

那年
十八

Chapter III
| 若即若離 |

Chapter IV
| 塵封記憶 |

Chapter V
| 再見有期 |

Chapter VI
│戀愛啟航│

Finale

番外篇

實體書收錄

Epilogue

附錄

推薦序

有些事，老了就寫不了

18歲的故事，誰會寫得最好？
答案未必是Christopher Nolan與Woody Allen，更有可能是「18歲的人」。

在自己身處的時代，寫身邊的故事，往往是共鳴感最強，情感也最真摯。

作者的用詞看上去成熟，但實際上也是一個年輕人。由她寫一個大學的愛情故事，應該最具「第一身視角」。

我對她的印象，來自數年前一次訪問，那時我懷著輕鬆心情上她的網台節目，心想一個小女孩子，應該也是閒聊兩三句吧？

誰知她準備了差不多100條問題！這是很誇張的，代表著她做了很多事前準備，毫不馬虎。

如此認真的人，自然會認真看待自己的作品、堅持自己的寫作。

待文字有如此熱情的人，愈來愈少，就期待著她留下一個又一個在時代巨輪下應運而生的故事吧。

文字人 **張晨**

勾起所有關於「青春」的記憶

先說明，成為作家的十多年來，我從來沒替別人寫過推薦序，有作者找我都總是婉拒，但因為情芯曾幫過「孤迷會」，所以決定了為她寫一篇推薦序。

在這個娛樂氾濫的時代，看小說已經成為了「奢侈」的事，選擇用文字寫出屬於自己的故事，不是每個人都能堅持，希望大家能夠支持作者情芯。

每個人都曾經有過「青春」，《Story of 1999 那年十八》是一個青春的故事，記錄著每一位角色成長的故事，但願這本小說能夠勾起你的記憶，所有有關「青春」的記憶。

作家　**孤泣**

那年
十八

1999的花樣年華

作為一個90後的女生，年紀也快將三十，在愛情路上也算完滿。閱讀《Story of 1999 那年十八》時會心微笑，一邊忍不住吐嘈一下劇情的走向，想跟故事中的米米作出提醒，如：男生都是這樣、不該為某些事情而煩惱。可是又有誰一出生就懂得愛情？總得自己跌跌碰碰才會成長，而且也得講緣份，才能沒有早一步，也沒有晚一步，剛巧遇上那個願意一起並肩的人。

《Story of 1999 那年十八》正正是如此的成長故事。這是黃米米最真實的愛情紀錄，記載着99年生的她十八歲時的花樣年華。當你決定進入這個Story of 1999的時候，你將與黃米米一同經歷渴望愛情、情竇初開、錯失愛情、兩情相悅的青春時光。

作家　Ribbon

少女讀心必備

先旨聲明,我好少睇主角係女仔嘅書,因為覺得代入感比較細,但偶然喺tbc...睇咗呢本書第一章嘅我,居然津津有味咁睇曬。甚至愈睇愈覺得,以男性角度去睇一個女性視角嘅故事,就好比打開咗新世界嘅大門:噢,原來女仔講呢句說話,係咁嘅意思!

睇呢個故事界到我嘅感悟係,初戀除咗甜味,仲有患得患失嘅苦澀味,甚至有少少爾虞我詐嘅酸臭味。啲人成日話少女情懷總是詩,原來除咗詩,仲有好多Chinglish,不過咁先夠寫實嘛。

呢本書大概係我睇過嘅書裡面,最唔似我會睇嘅書,不過我誠心推薦畀廣大男性讀者,高質參考書呀!

填詞人 **挽歌之聲**

朋友序

真的不好看，我都看哭了

不知道在看這篇肺文的你，是否已經準備好看故事的心情，還是手多多才翻到這頁？

收到作者的邀請，想讓米粉們寫些甚麼，內容不拘。這下可頭痛，胸無半點墨，出口不是罵髒話就是開黃腔，虧作者有這個勇氣（笑）。

那就隨便說些甚麼吧……

為甚麼遇上？

就因為一位朋友介紹tbc...給我，然後tbc...又將《Story of 1999 那年十八》放上推介，然後發覺她確是特別精彩，然後就一追追到尾，然後一直遺憾沒把作者追到手（哭）。

為甚麼堅持？

因為看到了自己。

情竇初開、對愛情躍躍欲試、一方面想探索，同時也戰戰兢兢，進退失據。但Mimi還是比我勇敢，因為青澀及欠缺經驗，出現突兀的相處，卻又如此的真實。彷彿陪同Mimi經歷的同時，自己也走了一遍回頭路。人在跌碰中成長，戀愛亦如是，同樣需要學習。

有甚麼挑戰？

多了，無數的chinglish，多如繁星的abbreviation，ks真的讓我大眼開界。Chinglish及各類縮寫詞彙算是香港90後的次文化。各位哥哥姐姐，你們要不要挑戰一下？

有甚麼好看？

真的不好看，我都看哭了。

原本想看看結合新媒體及小說的平台能拼出甚麼火花。《Story of 1999 那年十八》是我在tbc...看的第二個故事，海量對話讓這個小說更像劇本。與此同時，這個模式讓我覺得自己蠻像窺視別人私生活的變態大叔，看得相當投入，滿有趣味。

覺得Mimi點？（劇透，慎入！）

死好命。

Mimi是個很真誠的人。她不玩手段，用她的話就是「很pure很true」。以這種不修邊幅的態度與不同的男孩子（見面後發覺感覺不對的劉以達、身高很對但媽媽要緊的R及不知在哪個外星跌下來的王子Michael）相處，過程中出現各種古裡怪氣或怦然心動的化學反應，還真讓我時而捏一把汗，時而會心微笑，甜過陽光檸檬茶。

第三次就遇上對的人，這不是好命是甚麼？

那只能是可惡了。

覺得作者點？

嚇人囉。

哪有作者如此親民、如此友善、如此……（下刪2000字擦鞋）。我一把怪姨姨的年紀，她在不知道我的性取向的情況下就對我如此熱情，那是多危險的事啊。

好，說點認真的，別胡扯。所謂洛陽紙貴，肺話少講。

對我來說，作者是個可愛的妹妹，很珍惜每位讀者。別人說把讀者當朋友可能是客套話，她卻身體力行。

我很喜歡文字，年輕時也寫過小說，但從沒成功。所以我特別佩服那些能寫到尾的人，夠持久，我欣賞。

唯一有點不滿就是她介紹我玩狼人殺，現在開始有點中毒，怕以後沉迷，更怕一事無成……

最後，沒有最後啦，太多肺話了。祝願書運亨通，大家閱讀愉快！

其實有個最後，最後有個小問題想問作者……

作者，你會不會考慮我？

進擊的毛毛

朋友序

以寫作之名

我要說的是情芯的夢想。跟Mimi一樣,她的人生一路走來,沒甚麼大喜大悲,淡然迎來了大學生涯。想了想,好像缺了點甚麼。終於有一天,源自一份對文字最自然純粹的熱愛,毅然地起筆,把生活賦予她的熱情,用她對愛的認知,影響其他生命。

黃偉文在Concert YY說過一席話「可能你對自己一些奇怪的才能沒找到怎麼用。不過,它終歸會有它的出路,會有貢獻世界的方法。」甘然選擇獨自美麗藏匿才華,相對勇敢邁出一步讓人發現才華,向來都是劃分相反人格的重要定義——To be or not to be? That is the question.

關於夢想有太多的詮釋,總括而言嘛,就是一臉正經地做些旁人看來無甚意義的事情。例如,一個羽翼未豐的大學生,在網上連載那些曾哭過笑過的光影,便搖身一變成為了擁有處女作及讀者風采的新手作者。以寫作之名,默默埋頭於賺不了錢、甚至倒貼時間和金錢的文字活,教曉身邊人為無甚意義的事情放縱狂妄,也許就是夢想獨有的韻律。主角Mimi常說自己有一點任性,可若沒有年少輕狂,也就不會有她這幾段回憶,情芯的創作又怎能誕生?

你覺得出書很champ嗎?事實是,讓人艷羨之前,你不能畏懼任何新嘗試的未知。就算是醒目如Mimi,無論是讓讀者眼前為之一亮的Whatsapp排版,還是看似亮麗的宣傳,都需要苦苦經營。開始之時,她大概從未想過,蓮子雖苦,但當有人甘願和你一起進食,吃著吃著,竟也吃出了滋味,甚至願意細細咀嚼那苦澀,早已樂在其中。每一個讀者的回饋,她都珍而重之,一點一滴聚沙成塔,形成了《Story of 1999 那年十八》的面世。

謝謝各位筆芯和米粉成全情芯的夢想。

Sparrow

朋友序

感情台♥契媽sss

Yoyo
喂喂喂，你知唔知Mimi話要出書！

Andrea
我知呀！仲叫埋我哋幫佢寫序添！

雖然話由中學識到依家，大大話話都叫認識第10個年頭，
但一時間都唔知點寫添！咦你好似識佢仲耐喎，係咪？

Hahaha係呀，我同佢其實係幼稚園同學。
無見6年之後竟然喺中學撞返，係緣分呀情芯！

咁你由幼稚園已經同佢好熟，定係上到中學先真正熟㗎？

幼稚園嘅嘢我唔係好記得啦，真係同佢熟係中學嘅事。噹噹撞返
佢嗰時完全唔認得佢，淨係見到一個塊面肥肥哋跳跳紮幾可愛嘅
女仔走過嚟問我認唔認得佢！咁你對佢嘅first impression係點？

我記得我哋三個中一同班，都係1A! 不過嗰時都唔係話真係好close~
淨係覺得佢好似粒棉花糖wakaka~ 高中一齊上中史先熟，哈哈~ 你呢？

我記得呀~ 嗰時因為大家啱啱升中學個個都唔識，而大家係幼稚
園同學就好自然咁friend咗，F.1係best friend㗎，跟住因為意見不
合無睬大家3年幾shuuu... 之後就多謝你將我哋嘅冰山劈開 :P

哈哈哈，咁你要多謝我啦~ 嗰陣如果唔係我約你兩個一齊去玩
密室逃脫，你哋都唔會熟返，亦都無今日呢個感情台lu~~

噹呀~ 偷偷地話你知呀，好似話書入面紀錄咗唔少感情台嘅趣
事！佢份人呢…講嘢係直接啲，但好重視友情！對朋友好好㗎！
係一個好簡單又鍾意用文字紀錄心情嘅女仔，有少少自戀咁啦 :P

少少自戀（笑~）唔知佢將來對佢男朋友係點㗎呢 XD
你估佢會唔會做主動？好似對朋友咁，成日做搞手約局 XD

Umm... 我覺得佢應該係被動嘅！雖然佢話自己係個淨係識食玩瞓嘅全職廢青，但佢一定會係個100分嘅女朋友~ 入得廚房出得廳堂嗰種 xdd

同埋我覺得佢應該係男仔鍾意嗰類女仔！第一眼望落去得得意意，怕怕醜醜咁！識耐咗就知佢係個心思好細膩，好在乎人感受，但係又好率真嘅人！

Trueeeee仲有呀！佢啲文筆又好，成日都好似寫中曬我啲心事咁~ 所以一聽到佢話要寫故到而家要出書，我一定全力支持！！

喵呀！我聽到佢話要出書嗰時，我真係好戥佢開心！佢一直以嚟嘅努力終於得到回報喇！

Yesss！希望《Story of 1999 那年十八》大賣！

Andrea已離線
Yoyo已離線

Weiwei ho chi wa gor story d plot reli faat seng guo!

OMGGGG zhen hai ga??? ho seung tai arrrrrr!!!!

呢個關於作者嘅秘密唔係人人知㗎~ 而家係咪睇唔明我哋講咩呢 :P

咁就快啲去睇本書啦！睇完包你大大提升chinglish能力，得咗！

到時再返嚟睇，就會睇得明我哋講咩㗎喇！

Yoyo & Andrea

朋友序

緊握・愛

「回憶這東西若是有氣味的話，那就是樟腦的香，甜而穩妥，像記得分明的快樂，甜而悵惘，像忘卻了的憂愁。」——張愛玲

關於生命，人生是由無數回憶所構成的，記得在中四那年，我和Mimi開設了一個共同帳戶，那時單純希望把那段青蔥歲月摺疊起來，留住日常的一點一滴，留住青春的溫度，待日後隨時翻閱。

《Story of 1999 那年十八》，一段單純美好的愛情故事，但同時亦是對於生命和文字熱忱的延續。現實中的我們深知時光從不為誰停留，有天回首過去，便會發現時間在珍貴的狹縫中留下了無數歡笑和眼淚，也留下了無價的幸福與失落。關於青春的憂愁與困惑，無論過了多少年，歷經了多少離合，也許我們早已習慣了原地徘徊，可每次面對無疾而終的關係，不論是友情還是愛情，也未見得風淡雲輕。我們難過某位的離開，但同時因為曾經的愛情一去不返而學會感激彼此的相遇。

所以説，值得愛的，用力握緊吧。

Rachel

自序

情芯説

大家好，我是情芯，一位香港新手作者。

出版實體書是兒時夢想，今天總算圓夢。

先感謝賜序的各位前輩，你們的推薦令初出茅廬的我有個不失禮的開頭。還有被我貼堂的毛毛和Sparrow，以及即將在故事出現的Yoyo, Andrea和Rachel，謝謝你們的一字一句。

我能自豪地説：處女作《Story of 1999 那年十八》是一個情感真摯的故事。
新鮮人説故事的手法仍很稚嫩，請大家多多包涵。

有些感覺，記一輩子；
有些記憶，還需小心輕放；
像極了愛情。

原諒我的任性，訊息及電話通話會以口語入文（chinglish及縮寫可參考附錄「Chinglish小字典」），其餘文字均使用書面語，希望每個角色更加傳神，帶給你們久違的心動。

這故事附有專屬Playlist，讀到邊，聽到邊，一起喪煲廣東歌。
打頭陣的是學生大多敬而遠之的香城城歌《綠袖子》（請自行腦補音效~）

「從初戀走到最後」，看似柴娃娃之言，卻是主角Mimi一直堅守的信念。
驀然回首，你會發現幸福原來近在咫尺。

準備好了嗎？
「歡迎蒞臨Mimi的感情世界。」

P.S. 精彩劇照收錄於tbc...版本
P.P.S. 謝謝你，沒有你，沒有這本書 :)

15

Playlist

《Story of 1999 那年十八》 ⌄

Prologue ···

倫敦交響樂團
▶ 綠袖子

Waterhelen
▶ 序

MCSeedies Production
▶ 思華年

Chapter I ···

Episode 6
陳奕迅
▶ 於心有愧

符家浚
▶ 自動棄權

Episode 7
麥浚龍
▶ 聖誕「有人」

林奕匡
▶ 一雙手

Chapter II ···

Episode 9
Serebro
▶ Mi Mi Mi

衛蘭
▶ 大哥

Episode 11
陳奕迅
▶ 粵語殘片

Episode 12
挽歌之聲
▶ 有愛奉告

Episode 13
張敬軒
▶ 騷靈情歌

Episode 14
容祖兒
▶ 怯

Chapter III ···

Episode 16
麥浚龍
▶ 濛

Episode 17
胡鴻鈞
▶ 朋友身份

Episode 18
陳奕迅
▶ 富士山下

Episode 19
陳奕迅
▶ 喜歡一個人

Episode 20
Dear Jane
▶ 只知感覺失了蹤

容祖兒
▶ 心淡

Episode 21
容祖兒
▶ 抱抱

挽歌之聲
▶ 一撕荒爾

Chapter IV ···

Episode 22
壓抑
Red House
▶ 塵封記憶

麥浚龍
▶ 羅生門

容祖兒
▶ 習慣失戀

容祖兒
▶ 續集

Youtube傳送門：
https://bit.ly/337QNN

Prologue
在故事開始之前

放榜了。

「黃卓彤。」

接過香港中學文憑考試成績通知書，Mimi戰戰兢兢地走到禮堂的盡頭。

父母還在這裡等著，沉重的心情使她難以直視他們的目光，她只好半猶豫着把手裏的不祥物遞上。

「揭開吧。」爸爸率先説話。

「不要⋯⋯」Mimi好不容易才吐出這兩個字。

「我們來幫你。」媽媽一手翻開成績單。

香港考試及評核局
香港中學文憑考試成績通知書

中國語文
5

· 閱讀　　　　　　　　　　　　　　　　　　　5**
· 寫作　　　　　　　　　　　　　　　　　　　5
· 聆聽與綜合能力　　　　　　　　　　　　　5*
· 說話　　　　　　　　　　　　　　　　　　　3

英國語文
5
· 閱讀　　　　　　　　　　　　　　　　　　　5
· 寫作　　　　　　　　　　　　　　　　　　　5
· 聆聽與綜合能力　　　　　　　　　　　　　5**
· 說話　　　　　　　　　　　　　　　　　　　5

數學
必修部分及延伸部分（微積分與統計）　　5* & 5

通識教育　　　　　　　　　　　　　　　　4

中國歷史　　　　　　　　　　　　　　　　5

企業、會計與財務概論（會計）　　　　　5

經濟　　　　　　　　　　　　　　　　　　5

原來，高中三年的奔**忙**只剩餘白紙一張。
原來，內心深處的感受早已被遺**忘**。
原來，前方路途一片**茫茫**。

忙，
忘，
茫。

【各位考生，聆聽資料播放完畢，考試時間尚餘一小時十五分鐘，請摘下聽筒，關上收音機，繼續作答，直至試場主任宣布考試結束。】

Chapter I
大學新鮮人

「常聽說，『大學五件事』包括：
讀書、上莊、住Hall、拍拖、兼職。」

Episode 1
大學五件事

Best 5　26分
4C+2X　30分

雖説成績高不成低不就，但足夠還婆婆的心願，入讀薄扶林大學的工商管理學院。

常聽説，「大學五件事」包括：**讀書、上莊、住Hall、拍拖、兼職**。

可能基於中小學時辛勤學習所形成的反彈，Mimi很想在freshman year享受真正撻皮的感覺。

撻皮，亦即tappy，為薄扶林大學學生獨有的校園用語，指一個人長時間處於休閒狀態，不熱衷於任何事物。不過撻皮還撻皮，面對花紅酒綠的大學世界，她心底裡還是渴望嘗試新事物。

分隔線

眨眼踏入十一月，midterms過後，取而代之的是小組報告與課業。幸好距離限期尚有一段時間，要完成也不急於一時。

這夜，Mimi打開手機上的備忘錄，回顧這兩個月以來的得著。

> **讀書？**
> 並非沒想過用功讀書，但老實説year 1的入門課程確實跟DSE相差無幾⋯⋯
> **上莊？**
> 去過大莊的招莊茶聚，亦入選另一細莊的準莊員名單，奈何自知接受不了campaign的恐怖，最後不了了之⋯⋯
> **住Hall？**
> 已經是很久遠的記憶了。註冊日恰巧跳過hall zone，有幸靠人事參加hall touch camp；最後選報另一間舍堂，兩度拒絕面試後決定改期，幸運被收容卻中途quit hall o，終quit hall收場⋯⋯
> **拍拖？**
> 緣份這回事，不要再説了⋯⋯
> **兼職？**
> 幸運地，家庭環境尚可，與其打工賺碎銀，寧願花時間做自己喜歡的事⋯⋯

絕對任性，對吧？大學生活仍有待Mimi發掘。

離開備忘錄，她按下Facebook圖示，百無聊賴地掃著螢幕。

經典語錄-專頁
人一生會遇上三個人：一個是你辜負的，另一個是辜負你的，第三個就是對的人。

「又是這些無病呻吟的句子。」她喃喃自語。

她甚感無趣，繼續往下掃，便看到一則不久前發佈的貼文：

月話
我哋係月話，一個匯聚四方八面大專生嘅組織，分享我哋作為先行者嘅經驗同心得，幫助同學由中學過渡到大學。如果有心人想加入我哋成為helpers，可以message我哋，我哋會好快答覆！

義工組織嗎？Mimi萌生了一些念頭，她按進月話的專頁查看較早前的貼文，原來是次招募已於昨天結束。

她覺得有些可惜，本著一試無妨的心態聯絡上數學組負責人：橘。

Mimi

Yo haha can I still be a helper?

沒想到那邊秒回訊息。

橘

Sure, 首先你會唔會得閒出嚟義教？我哋數組今年有6組

好像蠻有趣的，Mimi不假思索地回應。

時間夾到的話，我可以呀

我儲齊每組嘅時間同地點再搵你，唔該你先

唔該曬

日子還是如常地過，來到第三天，Mimi無聊得很，再次與橘聯絡。

請問係咪未需要helper?

要呀其實，我嘗試同班helpers (both新同舊)
夾時間約出嚟見個面先，放心唔會miss咗你哋

Ok!

這一隔，就是好一段時間。十天後，她終於收到來自橘的新訊息。

Episode 2
久別重逢

手機震了震，Mimi低頭一看，原來是橘的訊息。
終於有詳情了嗎？她按進對話框。

橘

> Hi:) 想問下你呢個月24號得唔得閒？
> 想約你哋同埋我哋數組幾個helpers出嚟食餐飯
> 大家傾下偈，認識下咁解，唔駛緊張

Mimi

> Hello~ 大約幾點？

> 大約有幾多新人haha

> 淨係知夜晚，時間未定

> 計埋你有3個，有個exchange緊嚟唔到

過了一會兒，她確定了時間表。

> I m ok ah

> Nice

> 遲啲再話我聽時間地點，唔該囉~

> Ok呀，firm咗再通知你哋

Mimi難免有些忐忑，畢竟她不習慣人多的場合，更何況這次是孤身一人。但相比整天無所事事，她相信幫助應屆考生更具意義。
在等候橘的期間，她的生活與平常沒甚麼分別，都是偶爾與中學朋友聚舊，閒時閱讀筆求人出版的書籍，有時也會紀錄生活日常。

分隔線

這晚的飯局對象較為特別，除了中學同學Pearl外，還有比她們年長五歲、曾教Mimi長笛的Kelly姐姐。

那麼，Pearl和Kelly又是甚麼關係？

說來話長，Pearl的補習姐姐是Kelly的朋友，而Pearl的媽媽曾向她反映女兒未能入讀理想的職業治療學系。輾轉下Pearl媽聯絡上畢業於相同學系的Kelly，她倆因此認識。

碰巧Kelly記得舊生Mimi跟Pearl就讀同一所中學，便向她問起Pearl的學習狀況，促成這次的見面。坦白說，這次Mimi只是以類似搭枱的形式加入。

此刻Mimi和Pearl已到達約定地點，一間位於尖沙咀的韓式餐廳。Kelly比她們更早到達，她們揚一揚手，在靠近門口的位置坐下。

「好久不見，你們先點東西。」

「好的。」Mimi和Pearl不約而同道。

「嘻。」氣氛有些尷尬，Pearl不自覺笑出聲來。

「看餐牌吧。」Mimi沒她好氣。

經過一番思量，她們最後點了一份烤雞、一份蛋卷和一榨雞尾酒。

「最近還好嗎？」Kelly問。

「哈哈，雖然我只是讀nursing，但這兩個多月來學業已經繁重得很。」

「我讀BBA，還好啊，你呢？」

「我去年畢業了，現在是職業治療師，正半工讀碩士課程。」

「很棒啊！辛苦嗎？」

「死不去吧。別談我了，這次我想多了解Pearl的情況。」Kelly轉向Pearl：「你媽媽很擔心你呢。」

「是嗎？哈哈，她老是這樣的杞人憂天。但我也想聽聽你的建議，我應該到澳洲轉讀職業治療還是留港完成護理課程較好。」

「你知道……」Mimi聽著她倆的一答一回，默默地喝著雞尾酒。

「你們也多喝點。明明酒精含量不高，但只有我在喝……」

「很悶嗎？喝酒可以解悶啊！」Kelly笑言。Pearl噗哧一聲，忍俊不禁。

「這不好笑……」Mimi差點沒翻白眼。

「你們拍拖了嗎？」Kelly問。

「哈哈，我對這方面沒有幻想，更何況媽媽只想我用功讀書。反而我每次見Mimi時，她總是滿口枯燥乏味的說話。」Pearl白了Mimi一眼。

「嗯，有好介紹嗎？」Mimi直認不諱。

「哈哈，我的朋友都比你大上一截。」

「不要緊，反正我覺得自己不喜歡同年的男生，年紀比我輕的更加沒興趣。」

「真的嗎？那讓我想想……」此時食物剛好送到。

「慢慢吧，先吃點好東西。」她們仨大口大口地吃著雞件。

「很好吃！」Pearl邊吃邊說。

「對啊！是了，Mimi你在大學沒有異性朋友嗎？薄扶林大學應該有很多的。」Kelly附和。

「算有兩個吧。我的同系中同介紹了她的omates給我認識，一個樣子很像冰河世紀的森仔，另一個不是直的……」

「是這樣嗎？」

「我也明白"my face, my fate"的道理，嗚嗚。」Mimi強行把面容扭曲成欲哭無淚的模樣。

「別鬧了，別人會以為我這個大姐姐在欺負你啊。你看看這個行不行？」Kelly把手機遞給Mimi，Pearl也把臉湊過去。

「呵呵，真的有介紹。」Pearl笑著說。

「你的朋友嗎？嗯……還好吧。」Mimi作出如此評價。

「他跟我同年畢業，但現在還未找到工作，人算nice的。」

「這樣不好啊！手機還你。」她將手機遞回。

「別這麼揀擇嘛，我其他朋友都有女友了。」

「真的不要緊。我只是問問而已，沒抱甚麼期望。」Mimi喝了一口酒。

「還有一人……」

「是誰？」希望被重燃。

「他叫Casbah。」

「不是常見的名字啊，難不成是印度人？」Mimi打趣地問。

「土生土長香港人。」

「有相嗎？」

「這裡。」Mimi再次接過手機。

「樣子有點毒，但你不是說其他朋友都已經occupied嗎？」她點評。

「嗯，這不是我的朋友。**他是我的表弟。**」

面對這個突如其來的資訊，她倆都呆了。Pearl率先反應過來，格格地笑著。

「不好意思。」她自知失儀。

「竟然如此……有更多關於他的資訊嗎？」Mimi把杯中酒喝光，並為她們斟酒。

「跟我同年，畢業於城大的資訊管理學系，現在是政府的電腦工程師。」

「知道戀愛經驗嗎？」Mimi很是好奇。不知怎的，她對具有豐富戀愛經驗的人甚為抗拒。

「零。」正合她意。

「噢，你的親戚該是信心保證，就當認識新朋友也好。你可以幫我問他想認識我嗎？」「好的。」Kelly按了按手機屏幕，話題回到Pearl的升學煩惱。

「其實我想直接到澳洲讀3年職業治療，但媽媽極力反對……」Mimi拍拍Pearl的肩膀，以示鼓勵。

「如果你的意願如此，我可以嘗試說服你的媽媽，畢竟你志不在護士啊。」

叮！

「是我的手機，Casbah說可以啊。」

Pearl的愁容隨即變成花生友的模樣。

「把我的Facebook名字發他，謝謝你。」Mimi淡然道。

晚飯到了尾聲，那榨雞尾酒已喝了一大半。

「我喝夠了，你們喝吧。」Kelly說。

「怎樣底層的酒精濃度好像較高？Mimi好像喝了很多……」Pearl道。

「不是好像，而是真的很多。我們剛才對話的時候，她不就是猛喝。」她們朝向Mimi。

「好像有點……不清醒……」Mimi終於開口說話，冷空氣瞬間凝結。

「快去洗手間洗個臉，然後我們回家去。」

這是Mimi頭一趟有不太清醒的感覺。她平常不喜歡酒精的澀味，但這次的雞尾酒剛巧被柚子蜜的甜味蓋過，她才不經意喝了大半榨。聽到Kelly的指示，她立刻飛奔到洗手間。

「剛洗了數次面，現在感覺好了點。」「很好，我們現在離開吧。」走到車站入口，她仁是時候分道揚鑣。

「你真的ok嗎？」「嗯，我可以自行回家。」

「現在時間尚早，其實我可以送你的。」Kelly好心提議。

「放心吧。還有，謝謝你的晚餐。」

「那好吧，回到家發訊息給我。」

「一言為定，祝工作順利啊！」

最後，Mimi用了比平常多點的時間安全抵達，她大字型地攤在床上，察覺不到手機微微一震。

Episode 3
初識

「Casbah Wong傳送了交友邀請給你。」

「是Kelly的表弟嗎？」Mimi按進他的朋友列表，看到Kelly的頭像，她便接受邀請。

Casbah
> HI! 你個名好特別☺

速度很快，而且附有一個不失禮貌的微笑。

Mimi首次結交「網友」，少不免比較緊張，她打算以emoji遮醜。

Mimi
> Hi😁😁😁

> Facebook呢個係你真名嚟㗎？

以名字為話題嗎？蠻有趣。

> 西班牙名嚟㗎，我真名係Mimi☺
> Nohemi係Mimi嘅西班牙文

她老實回答。

> 咁我叫你MIMI啦

> 好高難度BOR，係咪同我一樣？

> 你估下我姓咩☺

> 點解咁諗？

> 咁Amarillo係西班牙文
> 當然問下谷歌大神，佢中文係乜☺

> 點解改個西班牙名嘅？

> Ok wor xd

> 中學嗰陣讀咗3年西班牙文☺
> 你係kelly姐姐嘅同齡表弟？

> 係呀

> 😁

> 咁你係咪98？

再細啲

99

Bingoooo

咁你有無去過西班牙?

Not yet

咁你可以考慮下exchange去西班牙☺
不過暫時唔好去巴塞啦

你呢有無去exchange☺

我無去呀

Ah do u know how to read chinglish?

Maybe

Hehe I m young xd

你平時鍾意做咩?
Let me guess,行街?

Not really haha
Do you want me to be more direct?

中文打多了,她轉回自己更熟悉的英文鍵盤,同時自然地減少使用表情符號。

Apparently I don't have male friends~
So I don't really know how to chat xdd
Hope u don't mind ah

It's ok, take it easy

Tell me more about u!

咁你想知我啲咩?

Umm I am shy shy xd
Yr cousin asked me to be 矜持
But I don't want to be fake

Just be yourself

U le

Always

從對話中她感覺到Casbah很是健談,但她不想在一個沒可能發展的人身上浪費時間,故主張直截了當。

U don't like girls around yr age?
I m so straightforward hehehehe

我鍾意細我幾年嘅女仔

Haha why? :o

她難免驚詫。

你有無睇過louisa mak個節目？
後生仔傾吓偈

only a bit

https://bit.ly/3bty7us
佢所講嘅嘢其實我一早諗過

U stand from female's point of view?
Haha this show usually focuses on FYY

That's why我覺得要界到個女仔安全感

Btw my friends always ask me not to秒回guys
你哋係咪覺得女仔保持距離感好啲？

我覺得其實唔一定，depends on 對象

Will u feel the generation gap if I use chinglish ga

唔會LA。我feel唔到我哋之間會有GAP

多謝喎，大我10年嗰啲嘅補習叔叔會覺得我好細路女orz
咁點樣界到女仔安全感？

I can show u

Okkk show~

Um? 唔明嘅

Seem u don't get this joke

Sor my reaction is slow xd still don't und

安全氣袋肯定有安全感LA

😟

聽日駛唔駛返U？

Mimi頓時發現原來已近凌晨時分。

Yes ah 1430, wt r u doing?

Chatting with u
Just kidding, I have to work tmr morning
Don't sleep too late la

你係咪想瞓xd 等埋我先啦

她故意阻他離線。

Tell u a fun fact!
Ngo ng gong cho hou!
Can read?

好難明😆

我唔講粗口
我的世界很單純

Then I'll join yr world

Ho ah

Good night

Welcome!
Why u so early sleep
Do u say swear words ga

Coz i have to wake up early
Just to my best friend only

Che

Just a means of communication with them

Gonna sleep too~
Do u think I m annoying?

唔會LA

Why la has to be in capital letter lol

她一直找機會問這道無關痛癢的問題。

轉輸入法有時會咁

My phone got 2% battery now
I better say goodnight first hehe
Chat til it turns off automatically~

你今個sem有無DAYOFF?

Tue! I m tappy n hea

3日假！好正

Any wishes I can help u accomplish haha
Where do u go to work?

I want a GF 😋
Kwun tong, I am a civil servant

Well let's see

除了這樣回應，她根本不知還能説甚麼。

有無追過女仔？
Kwun tong so many food!

電話沉睡去。

Mimi感覺若有所失，只好跟隨電話安睡。

分隔線

翌天，Mimi果然收到Casbah的訊息。

Casbah
Maybe yes maybe no, hard to say 😋
I am off at sat and sun
I think u r out of battery

她笑了笑。

Ya xd
So early wake up
Do u know how to skate?

Good morning
Don't know, u know?

No ah wanna learn
We can learn tgt hehe
Insomnia lol

她不介意偶爾成為主動一方。

Good idea ^i Miss me already? ෙ

看到這個訊息，她覺得很是突兀。

Nei ng hai ho jai lei ga meh xd

What's Jai lei?

你唔係好仔嚟㗎咩~~

Why not?

Mimi不懂如何反應，只能趁機轉移話題。

How long do u need to go to work?

Around 35 mins

U live in?

Diamond hill, u le?

Kwai fong
I seldom go to yr side, quite far for me

我放5點8，你返U駛唔駛1hr？

Hehe what do you want xd
45-50 mins from my home!

We can have dinner tgt ^i

她的心怦怦直跳。

Gum fai seung geen ngo lah meh

What's geen?

見 ෙ

Learning to read

問題被無視，但她沒有追問的意欲。

> Ya ga yau！Do u think I m naive lol

I think u r cute instead

> I know right
> Pure n true too XDD

😄😌

> U studied business?

Yes我讀information management，即係你間U嘅IS

突然，不常whatsapp Mimi的爸爸傳來訊息。

爸爸
你在跟誰聊天？
快幫我關掉通知，很擾人。

她暗覺不妙。

> No problem! 幫緊你幫緊你

分隔線

Casbah
> 講個故事你聽吖

聽緊

> 有個囡囡借咗fb ac畀爸爸玩candy crush，於是爸爸登入囡囡fb帳戶，連messenger嘅message都會收到
> 嗯，好囡囡認為轉另一途徑較好

Ok haha

> So

Would u like to change to whatsapp?

> 5555

Give me yr phone no. :)

> My pleasure~

她欣然給他電話號碼。

那邊廂，與橘的對話已停留在一星期前。Mimi見未有回音，但離約定日子只餘數天，她不好意思地問橘。

橘

Sor呀呢兩日忙得滯，唔記得問佢哋時間，而家問

Still holding?

Thanks!

尚未收到回覆，她只好暫時把飯局擱在一邊。

同一時間，有一陌生號碼傳來whatsapp訊息，名稱顯示為Casbah。

Casbah

Hi ˅̑

Let's continue ˅̑

原先Mimi打算稱讚Casbah的辦事效率，但當她看到這個表情符號，她只覺莫名其妙。

U like ˅̑ ? 😂😂😂

她忍不住問。

I like 😋 ˅̑

Good choices

無奈之情油然而生。

On the way back to hku?

Not yet ah

I have to work lo

So hardworking! But I will still send u messages~
Feel free to reply anytime ah
https://bit.ly/2ZCY9Yp Type 5 :(

Maybe it's time, 時辰到

😜

😋

Lalala I go out

Why?

Go to school ah xd
Btw it's ok for me not to type chinglish!

Be careful
If u type chinglish, I'll try my best to read it

Ah referring to my link, which type u think u r?

I think type 3

Okok social circle problem lol

Ready for tutorial lo

Thx for reminding~
Do u eat tam jai?

Mimi的話題一貫跳脫。

Sometimes, office附近有間

What soup?

清湯，你食開呢？

Same xd U don't like spicy?

我只可以接受少少，你呢？ ҉

Yesss can't be so spicy too ҉

她特意選擇這個emoji。

Ready to have presentation www

Add oil

Confidence!

半晌。

Finished?

Yes yes
Are u virgo?

Yes ar, same as u?

55 do u believe in horoscope? xd

A little bit

Boys with this horoscope seem strange lol

試想像一名男生說自己是處女……座，是一件多麼奇特的事情。

係咩，咁girls呢？

> Ok la~ Cute!
> Btw u don't like business?

點解咁覺得？

> 你表姐話嘅 xd

我鍾意讀business

> But don't like related jobs?

Bingo

> Me too orz
> I want to be a primary teacher!
> Don't really like studying business

咁你一畢業就應該讀教育文憑

> Ya! And do u think girls better
> not take the initiative for hanging out?

我提倡男女平等 ·ᴗ·

> I don't yuek u ga

咁咪我約你 ·ᴗ·

> 可以呀
> 係咪拒絕幾次先應承會珍貴啲lol
> Nearly no experience ><

我諗正常男仔已經走人 😂

> Well u r abnormal isn't it

Let's see

> Go train train my reaction
> So 遲鈍

I may disappear for a couple of hours

> It's ok laaa XD
> Not that 痴身~~

放題with buddies

> Any girls?

放心，無

Eh so gay, siu nei xd I sleep first~

Good night~

分隔線

翌天，星期六。

每朝把我叫醒的，是膀胱……

Good morning 啱啱醒，2點先瞓

點解鍾意細幾年嘅女仔？:o
純粹因為想畀安全感佢？

她忽爾好奇。

Better future, better couples

Aha tdy yau meh do?

打流感針, night dinner with grandma
R u free today?

Gum old sin da ge xd mo si ma?
I have close relationship with grandma! Do u?

預防針㗎
咁好嘅 ·̫ 我都Ok close㗎
每個weekend都有1晚同grandma dinner

看來他用錯了表情符號，她心想。

https://bit.ly/35aoO1G
好好笑 XD

還好吧，你鍾意踢波？

我鍾意打籃球
睇就足，籃都鍾意
舊年aia carnival幫kelly射咗隻minion返嚟

U know archery?

Don't know, I mean 射籃

Mimi的理解能力近乎零。

37

Eating Shanghai food

Oh xd Is the food good?

比我預期中好，份量都好夠
係個酸辣湯對我嚟講有啲辣
你食jor lunch未？

Sor jai唔食得辣就唔好叫辣啦._.
Not yet ah, going to buy

呀媽鍾意食

Mimi突然想起仍未收到橘的回覆，便按出Casbah的對話框。

橘
有消息可通知我~

其實係講緊食咩，firm埋exact地點會講

唔該晒，sor唔係想催佢但想知詳情

其實催係好事，證明你重視呢樣嘢。8點黃埔你得唔得？

Ya okok thanks

接着，他發送了餐廳地址，是一間樓上cafe，她安心地返回與Casbah的對話。

返工後通常有咩活動/興趣~~~

Casbah
Sports, game(pc), eat, gathering
Learn new things

很正氣的活動。

Wt pc games xd

I am a pc game expert
好多games, e.g. GTA, FIFA, NBA

咁叻-.- Idk them

I can teach u
你鍾唔鍾意睇戲？

Mimi看到兩則在不同時間發出的訊息。

> 我會覆你㗎xdd 唔駛擔心~
> 教我打機咁有趣lol 我之前玩神魔
> 都鍾意睇戲呀，暑假第一次睇恐怖片annabelle無叫出嚟😅

> 我仲玩緊😅
> 我之前睇IT (pennywise)，佢個樣真係好恐怖

Mimi很是驚喜，她曾玩的遊戲不多，而神魔更是她數一數二喜愛的遊戲。
最經典的是初中時，她參與行山活動，神魔是她僅有的精神支柱，令在場的其
他同學看呆了眼。

> Wt level?
> 我以前玩暗隊，過氣未lol

> 36x forgot
> 而家不停出獨立卡機，變咗唔一定純色隊

> Wow! Let's 挑機 later B-)
> 我嗰時行山(HKAYP)靠佢做我生存動力

她禁不住告訴他當年的事蹟。

> 行好耐？

> 三日兩夜

> Wa 半日我都夠曬皮
> 啲friend呢排就係plan緊去行山

> Don't die!

如果當年沒有神魔，也許她早就滾下了山。

> Btw u don't need to wait til I finish final sin find me ga

她再度明示。

> 你幾時考？

> Dec haha

> Gpa都好緊要😌

> U so ging

她指他當年由asso升上大學。

R u shy shy?

Shy? Maybe ⌒

⌒

她特地選了這個表情符號。

Quite awk now, I m in poly board games party

Any boys?

Only me and my friend are girls...

咁有幾多男仔？

◡

Have fun la then

QQ

Still in party?
https://bit.ly/32Y5FNH
I love this song

Yes ah 有咩解讀？

你覺得呢？

做咩要人估你心意 ⌒

⌒ Tmr free?

她興奮得來帶點緊張，碰巧明天空閒呢。

Lek jai
I don't do make up ga wor, do u mind?

Of coz not
Go cityu lunch, maybe have time for skating

Why city?

你之前有無去過city？
我聽晚要去參加晚宴，陪唔到你食夜晚 ◡
我想帶你去cityu間西餐廳食

其實我哋會唔會太快見◡◡

如果你覺得太快，我可以慢啲㗎

> It's okay for me ah
> Will it be strange if we two don't know how to skate xd

唔會嘅，慢慢學

> U lead me wor
> Meet you at festival walk

12點ᵕ̈

Mimi放下電話，專心一致玩桌遊。

A bad news
聽日又一城有溜冰場比賽，所以唔開放
我已經book咗位，定你想食完飯之後睇戲？
或者轉地方都可以，Megabox都幾好，有溜冰場

想不到一場遊戲完結後，會收到Casbah的一堆訊息。

> So efficient!
> But any other places? Seem a bit far for me ah

西九龍中心？近大家，都好多嘢食
Book咗city top，但可以cancel嘅

> Ok ah me tmr free~~ Follow u lah
> What dinner party will u go tmr xd

Ok ᵕ̈ Annual 政府人員晚宴

> Wow hai mai ho grand ga

唔係，工會搞嘅，我都係跟屋企去

> I see I see
> May u share your 感情 experience to me sin 😌

聽日話你知
https://bit.ly/3lPo5sF
Better take a look

> 相信冰😎

😎不如喺深水埗c1出口等？
打完針好眼訓

Episode 3 初識

Sure!

Sleep first

Does Kelly mind if we hang out xd
Have a sweet dream
唔好夢見我😎

應該唔會介意啦
夢唔夢見好難講，good night ˆˢ

ˆˢ

Mimi不自覺地期待著明天的到來。此時，他的表姐Kelly找上自己。

Kelly

Jo mud yuek ngo biu dai

He told me

I m ho nui nui too
U so caring for cousin

Of coz la, but my cousin is really a
well-planned and sophisticated person

如果見咗面唔再傾偈
咁你會唔會唔再理我㗎？:(

So far his impression towards you is positive ge

Gum ngo real cute ma XD

自戀的極致。

Sor lol 我一向唔想圈子重疊
就係唔想中間人難做或者尷尬咋

唔重疊都幾難嘅

Hai mai be myself ok ga lah :o

Ok

<3

Mimi很快便進入夢鄉。

42

Episode 4
初見（上）

Casbah
今日我自己識醒~

Mimi甫起床，便看到Casbah在7時多傳來的訊息。

Mimi

Why so early?
唔駛返工瞓多啲唔好咩~~

已經習慣咗返工起身時間，自動會醒

叻啦

On the way未？ㄷ

Yes but maybe late for 2 mins :p

It's ok 我會等你

你到咗？

月台上緊去，你到邊？

3 stations left ;)

Ok，我喺c出口

Do u feel like u r meeting a 網友？

有少少似，但唔完全係

I am so shy ga

我都係ㄷ

Erm xd Arrived

電話顯示的時間為12時正。
Mimi走到約定的出口處，不久有人輕拍她的肩膊：「你很準時呢。」
她轉身看着面前這個男人，跟記憶中沒有什麼差別。
第一印象是演員劉以達的模樣。

「你早到了啊。」她勉強擠出笑容。
「我們先去餐廳。」「好。」她跟隨他乘扶手電梯到地面。

「下微雨呢。」她望向灰濛濛的天空。

「你有帶傘嗎？」「有。」

「我忘了帶，可用你那把嗎？」「噢，可以。」

Casbah接過並打開傘子，然後一隻手撐傘，另一隻手則搭在Mimi的肩膊上。她的身子微微一震，感覺不太舒服，但基於禮貌她不好意思開口。

「我們行吧。」「嗯。」他帶領她到達餐廳門口。

「把傘交給我就行了。」她聳肩，他順勢縮手。

整頓午餐時間，他們在談論Casbah的工作範圍及共同玩神魔之塔。

收到帳單後，Casbah自然地付好現金。待侍應轉身，Mimi將自己那份飯錢硬塞給他。

「謝謝你，但第一次見面不好要你請客。」

「小意思，我不收呀。」

「下次你才請客吧。」

「那好吧。」Casbah思考了一會兒。接著，他們離開餐廳，朝西九龍廣場前行。

「為何想溜冰？」他問。説實在，Mimi一直憧憬跟伴侶牽手溜冰。

「哈哈，很久沒溜了。」她當然不便説出心底話。

「我和你一起溜。」

到達溜冰場，Casbah付好了款。

「這次讓我請你。」「謝謝。」

他們換好了鞋，一拐一拐地從地面走到冰面。

「啊呀！」Mimi差點跌倒。

「把手給我吧。」「不用了。」她婉拒。

話一説完，她就跌坐在冰上。

「説了。」他伸出援手。

「謝謝，不過先讓我坐在這裡思考一下人生。」

「哈哈，好，那我等你。」

幾秒後，Mimi握著Casbah的手慢慢站起來。

「謝謝，為何你這樣穩定？」

「相信冰嘛。」聽罷，她的嘴角微微上揚。

「説笑而已，你嘗試慢慢取得平衡，像我這樣。」他放開了扶著她的手，示範如何在冰面上前行。

「喂喂！」她拼命抓著空氣。

「不是説不把手給我嗎？」他竊笑。

「給你了，直至我能取平衡。」

憑著Casbah幫助，最終Mimi順利在冰面上滑溜數秒，她已經心滿意足。

「拍張照好嗎？」她把電話遞給他。

「當然。」他歡然接過電話。

咔嚓。

這是他們第一幅合照。

之後，Casbah帶Mimi到黃金電腦商場，她因不熟悉電子產品而呵欠連連。

最終，他送她到葵芳站。

在自行回家途中，她發訊息表達對他的謝意。

Casbah

Thank you :D

很奇怪的感覺。

無遮小心啲~~

知道，返到屋企未？

Yes yes just arrived :)

這時，Kelly正好傳來訊息。

Kelly

Ok ng ok

Ok ah

Be friend?

Wa dim answer u

傾唔傾到偈

Ok ge

Kelly沒有即時回覆。Mimi感覺很睏，便睡午覺去。

醒來時，Mimi記起自己尚未回覆Casbah。

Casbah

Ok ʕ 今晚同屋企食？

Enjoy dinner!

我呢邊抽緊獎

Yes

我哋中咗圍獎…工會T-shirt
年年都有獎中，笑爆

有咩獎？

係屋企都唔太想著 😅

恭喜！可以著出街 xd

來自Kelly的新訊息彈出。

Kelly

睇嚟Casbah對你印象幾好，犀利嗝mimi姐

她記起了Casbah在跟家人吃飯，説不定Kelly就在他旁邊。

點敢蝦表弟
Kelly弟 :o

咁你對我弟印象如何？

Do u have siblings?

她刻意逃避問題。

No. We both 獨

即是感情應該很深厚吧。Mimi未想到如何回應，隔了好一會兒後才返回跟
Casbah的對話。

Casbah

R u free next sun?

Ah maybe I need to study, sorry ah :(

不知為何，她有少許抗拒。

It's ok, 再下week ʕ

Ok~ confirm later

隻腳劰唔劰？

A bit

我瞓啦，Good night ✌

Sweet dream

分隔線

Casbah

自動醒，唔駛鬧鐘，我開工啦 ✌

Ga yau

一覺醒來，她不知該怎樣反應，只好隨意說句加油。

https://bit.ly/3daEza4

我嚟觀禮！

只會是觀禮的一份子。

11月26 free? Go to disneyland ✌

他約她去迪士尼。

No ticket T.T

你ok嘅話，我可以即刻有2張

Wa ng ho la so expensive

Kelly got 4, can reserve for us

We go tgt?

Only me and u

她想到已經多年沒去迪士尼，便貪婪地答應。

Can do :)

✌ ✌

Go and rest early!

你都係，早啲瞓，養足精神
Good night ✌

之後的日子，Casbah和Mimi有時閒聊一會，有時互傳食物照。

Episode 5
初見（下）

眨眼到了月話聚會的日子，這天Mimi提早一小時抵達黃埔站。

橘

你到咗？

Mimi

Will anyone be early @@

我喺poly開緊數組，有興趣可以嚟

遊蕩中lol

Oh add oil! I don't come lah

Nvm

離約定時間尚餘二十分鐘，Mimi已到達cafe的門口。

Coming? Haha

行緊，你上咗去？

Yes~

未幾，Mimi看到兩名男子結伴前來，其中一人向她揮手。

「你是Mimi？」

「嗯。」她抬起頭才能直視他的眼睛。

「我是橘，我們先進去吧。」他們三人坐到八人桌上。

「等下會有更多人來，我們先看餐牌吧。我是橘，這位是Terry。」橘作簡單的自我介紹。

「你好。」Terry面向Mimi說。

「我是Mimi。」

未幾，一男一女也到達現場。

「再來自我介紹吧，我是聯絡你們的橘，旁邊的是月話負責人Terry，這位是新helper Mimi。」Mimi點了點頭。

「我叫Peter，新helper。」「Mary，同樣是新helper。」

「今天出席的新helpers就是你們三位，我們尚有兩位大大正過來，但他們貴人事忙，應該需要多點時間才到，我們可以先點食物。」

餐廳以自助形式點餐，他們輪流到收銀處付款。

「對了，為甚麼你們會加入月話？」Terry問。

「老套地說就是助人自助，哈哈。」Peter搶先回應。

「反正學業不算忙碌，能幫助別人很有意義。」Mary隨後答話。

「除幫助學生之外也能擴闊社交圈子啊。」Mimi想了一想，如實告知。

「哈哈，希望你們不會覺得中了伏。」橘說完，緩緩轉向Mimi：「是呢，多虧你提醒我，不然這次聚會不知要待何時才能舉行。」

Mimi尷尬一笑，不知對方所言是否暗諷，她自知確實煩人。

食物陸續送上，他們閒談著，中途來了一名成員。

「大家好，我是Steven，等了很久嗎？」

「吃了一半吧，Rasin呢？」

「應該還在途中，我先點餐。」

「數學組除了我外，Steven是另一位負責人。」橘告訴新人們。

Steven坐下後，橘逐一向他略略介紹新helpers，他們點頭示意。

「你們談到哪裡？」Steven問。

「還未正式開始，剛才在等你們，還要等Rasin嗎？」Terry答。

「不用了，我們開始吧。我和橘是數組的負責人。」

「這個我剛才說了。」橘笑言。

「又說還未開始……」Steven開始解釋月話的結構及數組運作，期間不時與橘互相抽水，Mimi暗覺好笑。在對話間，她得知橘和尚未出現的Rasin明天將出席畢業典禮。

到他們接近用餐完畢，一名高大的男子推門而進。

「主角總是壓軸登場。」Steven冷笑。

「不好意思要你們久等了，我是Rasin。」Mimi跟他有過一刻的眼神接觸。

「坐下吧，其實沒人在等你。」Rasin聞言坐下。

「要來個自我介紹嗎？」

「我讀了五年大學，哈哈。」Rasin笑說，Mimi百思不得其解。

「他應該想強調自己完成了碩士課程。」Steven補充。

「對，哈哈。」她看得出Rasin帶點靦腆。

「甚麼課程？」Peter好奇。

「薄扶林大學的哲學碩士。」「厲害厲害。」原來是師兄呢，Mimi更專注他的說話。

「過獎了，那你們猜猜有甚麼工作會令員工刻意放慢工作節奏？」Rasin嘗試打開話匣子。負責人們互打眼色，新helpers卻沒給反應。

「猜不到嗎？那我開估吧，是政府工！」

「那你又遲到？」Steven揶揄。

「習慣了放慢腳步，哈哈。」

「這餐多謝啦。」

Rasin尷尬一笑，看來他還未知道這裡所有人已各自付好了款。

「大大才賺錢。說回月話，你們開始了嗎？」

「當然還未。」Terry故意說反話，在場卻沒人指正。

「真的嗎？我只是小薯，這三位大大才是負責人。」他也不算笨。

「他們都知道了。」橘嘲弄。

這次聚會在Rasin一頭霧水下結束。站起來時，Mimi發現Rasin比橘更高。

分隔線

歸家後，Mimi發訊息給橘。

橘

多謝~

> Happy graduation ah!

> May I know how tall r u :o

她按捺不住好奇心。

181

近六呎高，難怪剛才要抬頭才能對視。

那另一位helper Rasin不就更高嗎？

> So tall!

生咁高無用㗎

> 視野望得遠啲 B-)

係囉無咁易仆街

> Rest earlier xd

會呀

Mimi忽然想到了甚麼，轉到另一社交平台。

在Facebook上，她嘗試尋找Rasin的帳戶。幸好早前已加橘為朋友，有共同朋友的情況下很快便找到了。

「原來他姓陳。」一個普通不過的姓氏。

「反正同是數學組一分子，加為朋友不算突兀吧。」她這樣說服自己。

一瞬間後，「加為朋友」鍵轉成了「已發送朋友邀請」。

Episode 6
誤會

奈何現實總不如童話般美滿。
Mimi不時按進Rasin的Facebook個人檔案，但一直顯示「已發送交友邀請」。
另一邊，自從迪士尼之約後，Casbah時不時追問何時再會。

Casbah
> No battery lo 差差電先

Mimi刻意沒按進對話。

> 2/3/9/10 你邊日free？
> I sleep la, wait for yr answer. Good night ∵ ∵

雖然他的日常對話看似比較大膽，但從過去兩次見面她相信他的為人。她擔心
自己會傷害到這個男生，但又不知如何好來好去。

Mimi
> Jo mehhh

早知不應去迪士尼。
她於心有愧。

分隔線

翌天，剛好踏入十二月。

Casbah
> 呢2 weeks駛唔駛溫書？
> 14 to 18你去咗日本，咁咪要去到23，24？
> 你幾時free？ ∵

> 喂 xd

Mimi並不喜歡這種進取的感覺，她嘗試把話説得婉轉。

> 我叫你表弟你有咩感覺？

> 幾親切呀，咁你想我點叫你？ ∵
> Mimi姐？

> I have quite a number of nicknames XD
> 我應到你就得了

就mimi姐

> 嘩我自己覆message㗎

我都係自己覆㗎

> 係咪暗戀我啊你?

邊有

> 嗯

難道只是自己會錯意?
她慢慢放鬆神經。

擺明明戀 ˇˇ

神經立即繃緊。

> 呢下唔識覆……

😂😂😂

> 同你講!

係!

> 我好純真㗎 xdd

ˇˇ

唔識派好人卡壞人卡嘅嘢
But personally ngo gok duc nei gei ho as a man!

😆😆

> Thank you for liking me ah
> Probably u r the first one

咁你覺得我哋可唔可以發展落去?

> 你突然認真咗!!

Really want to know

> 啱啱識朋友,對人好係正常嘅
> 你平時係咪咁㗎 :o

唔駛感到壓力

> Ngo mo la, nei dou ng ho yau!

It's ok，唔駛答我

> From my experience (~0)
> 我要好長時間先鍾意到一個人呀 :(
> 我約你啦好無？食唔食韓燒 XDD

Mimi不想對Casbah有所拖欠。

幾時？
Btw我願意花呢個時間

> This sun ok ah, thank you!

U pick

> Prefer lunch or dinner?

Lunch，好想睇全天域電影
Dinner我想打邊爐

她沒想到他以為全日見面。

> 係咪唔鍾意韓燒呀你🐼

唔係唔鍾意，不過日式>韓式
太空館我買1920 ok？

> ！！竟然咁夜，唔係應該晏晝睇咩？

1530得好少位，前座會睇得好辛苦

> Okok maybe only dinner then? :)

她不想加深誤會。

Ok，已買
套戲27min，你想睇完食定食完睇？

> 韓舍19:00前離座？

Ok ar，5點開始食？

> Yes xd ok ma?

Ok ar 🐼🐼

她不解為何他仍然傳送這些曖昧的emojis。

「米米黃！」突然聽到自己的名字，Mimi的身子不自覺一震。

「在跟誰傳訊息？」

她們是中學好友Yoyo和Andrea，她們仨今天相約到尖沙咀聚舊。

「好久不見！沒甚麼呀。」Mimi下意識地收起電話。

「真的嗎？」「才不像！」她倆一唱一和，似笑非笑地望向Mimi。

「真的沒有。」

「那就把手機給我們過目。」Mimi的眼神由堅定變為游移。

「還不是有所隱瞞？」「交電話給我們！」

「不要！」話一說完，她們搶走了Mimi的電話，她當然馬上掙扎，奈何寡不敵眾。一想到她們會看到通知欄的訊息，Mimi深深地嘆了口氣。

「唉，你們不要亂來。」

「嘩！有kiss emoji！」Yoyo作勢向Mimi飛吻。

「雖然不是我先開始，但我之前也有附和……」Mimi內心有愧，Yoyo和Andrea竊竊私語。

「還我吧。」她們在螢幕上點來點去，Mimi雙手合十，苦苦哀求。

「不要鎖我機，唉……」見她們不肯就範，她發出一聲長嘆。

「快點給我！」她快要發作。

「竟然。」Yoyo道。

「慢著，有新訊息。」Andrea緊盯著屏幕。

「怎麼了？」Mimi狐疑地看著她倆。

「糟了，好像過了火。」「還給Mimi吧，不好意思。」

「原來鎖機時只要收到新訊息也能回覆，長知識了。」她們用雙手把電話遞上。

「甚麼？！」Mimi接過電話後，立刻按進對話。

> Miss u 😚 Do u wanna be my boyfriend? 🖤🖤

Casbah

> No
> I want u to be my girlfriend ͡°

「丁頁！看你們做的好事！」Mimi實在惱怒。

「她又分拆頂字了。」Yoyo笑說。

「我是認真的，怎能拿這種事情開玩笑？」

「忘了你有初戀情意結，不好意思。」

「這不是重點，現在如何是好？」Mimi心亂如麻，憤怒過後是徬徨失措。

「後天還要見面啊，教我怎樣面對？」她恨不得一頭栽進洞裡。

「可別亂了陣腳。」「先確認他的心意吧。」

Mimi思考了一會兒，續道：「你們來收拾這爛攤子，發送前要得我允許。」

Really?

With my sincere heart

「Wow!」Andrea興奮不已。
「So sweet，可以再三確認嗎？」Yoyo問。

Mimi反了她倆白眼，同時點了點頭。

Really not joking?

Ofc not
你係第一個令我覺得可以為你付出嘅女仔
你畀到我以前從未有過嘅感覺

「怎麼辦？」Mimi急得快要哭出來。
「你知道為什麼他喜歡你嗎？」
「不知道，我們相識一個月也不到。」
「那就去問。」Mimi覺得此言甚是，她倆便在鍵盤上輸入文字。

其實點解你會鍾意我？

因為我見到你嘅內在美，呢樣係我最重視

「事到如今，告訴我們你和他的相識吧。」
「這樣我們才能真正幫忙。」

分隔線

經過一輪解釋與提問，她們整合了一段訊息，由Mimi親自傳送。

其實我而家都唔知自己點諗，我唔確定對你有無feel，
或者畀個機會大家先？
我珍惜每段友誼，因為我覺得友情比愛情走得更遠。
我唔肯定係咪真係鍾意你，唔想拖住你，或者辜負你
對我嘅心意。但我覺得人生最大嘅遺憾就係後悔，亦
唔想後悔自己無珍惜一個對我好嘅人，所以不如畀一
個月大家互相磨合？
始終我哋唔係真係識咗好耐，一個月後真係夾先正式
一齊？

Casbah
好，就咁話☺

尖沙咀海傍，三五知己的談心地點。

「終於處理好你的感情事，現在可以開始我們三人的話題嗎？」
「沒問題。」Mimi如釋重負。
「Sem剛完但又不想溫習，有甚麼活動推薦嗎？」
「看書好不好？」她提議。
「你先説説看。」
「Ribbon、金仔、無默媽、藍桔子等人出品，必屬佳品！」Mimi如數家珍地説。

「等等……全部都是純文字嗎？」「還有，作者的名字都很趣怪。」
「也是，哈哈。」Mimi同意。
「看純文字很悶呢，有其他介紹嗎？」
「那tbc...幫到你。」
「甚麼來的？」
「Tbc...全名為To Be Continued，一個獨有多媒體故事的自由創作平台。利申一句：我沒有收取廣告費。」
「何謂多媒體故事？」
「多媒體即結合文字、text bubbles、插圖和聲效等元素。」Mimi略作解釋。
「好像很吸引。」「讓我下載。」
「好，試一下無妨。我相信這種形式能提高你們對閱讀的興趣。」

「下載完成，有推介嗎？」Andrea問。
「那裏有很多故事，你們可以根據自己感興趣的類型選擇。最近開放了人人故事平台，我在追看素人作者情芯的《Story of 1999》。」
「噢，跟我們同年嗎？」
「我想是了，雖然內容也有點1999。」Mimi自嘲。
「情芯……這名字好熟悉。」「我也有點印象。」Mimi笑而不語。
「你高中當的網台主持叫什麼？」Andrea靈機一觸，Mimi點頭示意。
「我馬上下載！」Yoyo和應。
「哈哈，時間不早了，我們走吧。」

Episode 7
那年除夕

回想跟Casbah吃韓燒的那天，Mimi刻意把雙手放進口袋，而他也沒有多餘的舉動。

他們誰也沒提及當天的「表白」。

大學考試正式開始，這天意外地收到橘的訊息。

橘
> 你8號或者9號得唔得？

Mimi
> 9th exam >< After 1630 can stay for a while ge

> Sor唔記得咗exam period

> 威啦，畢業

> 等你哋考埋試先啦咁，做社畜有咩咁威😂

> Who will I group with?

> 可能係Dennis，你未見過㗎，佢逢星期六出嚟

> Icic

她感到莫名的失落。

分隔線

到考試完結，Mimi依舊沒有收到義教通知。

> Yo I am free on 21st and 23rd! See if anyone needs me~

橘
> 我幫你問下Dennis先

> Okok

訊息欄一如既往地下沉。

分隔線

就這樣過了接近一個月。

期間Casbah和Mimi在各處留下足跡，連平安夜和Boxing Day都一起度過。

「一起過除夕嗎？」他問。

「元旦是爸爸的生日，我們向來會在當天凌晨切蛋糕的，不好意思。」她答。

不好意思。

他大概心裏有數。

分隔線

除夕夜。

Mimi

一個月期限已到,履行承諾給你答覆。係咪有少少早就估到嘅感覺呢~

知唔知邊個係劉以達?嗯,呢個係我對你嘅first impression(雖然而家覺得你對眼大好多 xd)我清楚知道第一印象呢回事根本就唔可靠,但印象就係深印腦海入面。你對我嘅第一印象又係點?

無呃你嘅,我嘅異性朋友數量真係十指可數,喺ok desperate時識到你算係小確幸。老老實實,第一次見面之後,我推咗下星期嘅見面邀請,原因係心有點累(嗰日返到屋企我即刻瞓咗個晏覺),然後迪士尼之約沒有拒絕之理(貪玩mode)。

55誠實派小朋友係時候講返12月發生嘅事!
1號嘅message咩bfgf唔係我打的,係朋友搶咗我部電話,唔好意思 :(
如果你問我,當我知道佢send呢啲message但無阻止,咁算唔算係默認。老實講,佢send嘅第一句我係唔知情,等到你覆咗佢先同我講(IOS的弊端,我原本以為佢哋剩係想鎖我機 lol)。

我叫佢哋停啦好嘛?佢哋話想再三確認,可能因為我都想睇下你嘅反應,我無拎返部電話,一直到長message先係自己啲打,見到你個微笑emoji我有啲舒暢有啲失落咁啦~ Anyway呢個月令大家洗費大增我都過意唔去,說好了我很難養的,衷心謝謝你 :)

我應該係性格隨和嘅人,言語上被抽水係閒事,而最近你成為被抽的人。可能總會有個咁樣嘅對象?我先無佢地咁好氣~ 我每次都答:朋友身份。

我諗每個人結識異性朋友都會考慮有無發展空間。So far我哋去過溜冰、去迪士尼、食韓燒、去太空館、食甜品放題、搭叮叮、玩密室、過平安夜、去嘉年華、睇戲、睇聖誕裝飾etc.
如果一般學生有咁嘅異性拍檔,應該唔係普通朋友關係了。
絕對唔係派好人卡ahhh,你係一個好好嘅對象,成熟、穩重、偶爾帶點孩

子氣，仲要唔會喺我面前講粗口等等等等。

不過我諗要感動到我嘅難度實在高orz，我哋繼續保持呢種關係會更好呀，你唔會逆我意嘅係咪？

唔止對住你，對住所有人我都討厭帶著偽善嘅面具（雖然F.5第一次做話劇主角就拎咗全級冠軍，我無奈咗xd 但只係因為老師鍾意我啫~）所以對著我就做返真實嘅自己，大家都會舒服啲。

12月我哋見面嘅次數好多，多過曬我所有朋友，所以你當然係好重要！

送你一份「小禮」：follow @fulltimefaiching 我嘅私人帳戶絕對係解悶之選！有咩嘢我都會同你開心分享，你都要咁！多謝你欣賞我ha :D

Virgos

P.S. 說好了我唔鍾意偽裝，識我愈耐就會發現我愈嚟愈無禮貌，我會盡量有禮的！遲到就真係唔想㗎:(絕非懶高竇，只係懶床咋~ 好多時我都會準時到，所以你都唔需要太早呢~

P.P.S. 搭膊頭無問題啦~ 我覺得無需細分男女界限，清楚自己諗咩咪得！

P.P.P.S. 我想要親筆回信！

新一年願你找到真正的幸福，
也祝我們繼續做一輩子的好朋友，
來年繼續一起吃好東西！

Mimi轉到Yoyo及Andrea的「感情台♥」群組。
她更改了主題為「感情台♥ A0 pride♕」。

Casbah

\<The first and the last long article\>
Mimi姐：

希望你來年一切順利，呢一次應該係第一次打長文畀你（其實都唔算好長）Haha

我係一個平凡嘅人，唔算好聰明，記性只係一般，亦唔係好有錢，亦無男神面孔。對我而言，追到你難過登天。但係基於一句説話 "I can accept failure, everyone fails at something. But I can't accept not trying." - Michael Jordan（你知我鍾意打籃球㗎啦？XD）我決定試下。

Before繼續講落去，我想講下點解我會咁快約你出嚟同埋回應返對你嘅 first impression！

其實聽完Kelly講你嘅Background後，我係出於好奇心想知你呢個名校出身讀HKU嘅女仔係點樣嘅呢。你畀我嘅First impression係一個有啲Cool，畀人感覺有少少高傲嘅女仔，同埋由於未經歷4年大學同出嚟做嘢嘅洗禮，令我感覺你仲係帶點純真或者天真 :o)，同埋你啲想法同問嘅問題令我覺得你怪怪地 :D 唔好嬲~ 從另一面去睇，你畀人好斯文好淑女嘅FEEL同埋份人幾特別 HAHA

1號個MESSAGE我當然一早知道唔係你打啦，講講下無啦啦講呢句嘢係人都知有問題啦 XD，但係我決定用呢個機會直接攤牌，因為我想知你會點答！EVEN唔係你答，你始終都會覆我㗎？HAHA

你知道嗎？你真係一個好適合我嘅女仔（我之前講過欣賞你嘅內在）。至於外在 XD，你平安夜當晚嘅打扮最令我難以忘記係你嘅髮型 (I like it)，唔好問我點解啦，因為呢個世界真係好奇妙……嗯……

多謝你讚我係一個好好嘅對象~ 簡單啲講，就係無令你有戀愛/心動嘅感覺。可唔可以繼續做朋友就睇下大家嘅緣分啦。不過真心，幸好Kelly介紹你畀我識，令我永遠都會記得有個咁特別嘅女仔，喺我生命出現過。

或者你會想知點解我會覺得愛情比友情長久，我喺到分享下我嘅諗法。朋友你可以好容易就識到，要深交就睇大家夾唔夾，所以通常貴精不貴多，但係再好嘅朋友都唔會係陪伴你走到人生盡頭嘅人。愛情比友情難得到，但卻比友情更容易破裂，因為愛情同友情最大嘅分別係：友情係物以類聚，愛情係凹凸融合；朋友可以有好多個，情人只可以得一個。

我想要嘅唔係一段轟轟烈烈嘅愛情，而係一段簡單但細水長流嘅愛情。只有愛可以令兩個人一齊走下去，呢個係我所相信。可能有人會話，一個人都可以生活落去，你歧視單身人士？XD 我覺得如果只得自己一個到老嘅話，人生就會少好多樂趣，我亦唔想做呢個孤獨老人。可能有人會話，你仲有朋友㗎？但係喺咁多年後，仲有無咁多朋友，又有邊個會知呢？你朋友都成家立室時，亦都無咁多時間陪你，又有可能你嘅朋友已經移咗民。

ANYWAY，至少有一樣我可以向你保證，喺你面前我係做緊自己。

最後，祝你找到屬於你嘅幸福。
A song for you: https://bit.ly/3jQAxGI
希望你之後遇到困難/挫折會諗起呢首歌~

今次係第一次，亦可能係最後一次打長文畀你，因為我好少打文，除咗大學做PROJECT！我亦無試過打長文畀其他女仔（男仔就更加唔會啦XD），你真幸運~

「@casbah_wong已要求追蹤你。」

分隔線

00:00

新年快樂 ;)

Mimi會心微笑。
慶幸這年遇上你。

Chapter II
心跳回憶

「相互莞爾已勝過萬語千言。」

Episode 8
新元

新的一年，新的開始。

這晚，月話邀請了各科義工出席新年聚會，地點位於尖沙咀某樓上cafe。
Pearl和Mimi剛共進午餐，打算道別之際，Pearl問：「你有下場嗎？」
　　「我等下去義工聚會。」
　　「在哪？」「附近的樓上cafe。」
　　「時間尚早，我陪你上去坐一會好嗎？」「應該可以啊。」
　　「對了，你和Kelly的表弟怎麼了？」
　　「你有興趣知嗎？」Mimi戚眉打量著Pearl。
　　「其實沒有，嘻嘻。」
　　「反而，我覺得待會聚會的其中一名男義工看來不錯。」Mimi抿嘴微笑。
　　「有圖有真相。」

Mimi開啟Facebook，她知道Rasin仍未接受交友邀請，所以在橘的個人檔案上
尋找，不久便找到一張近期的畢業合照。

　　「猜猜看。」
　　「這個？」Pearl指著樣貌比較出眾的Terry。
　　「不是。」Mimi搖頭。
　　「讓我再看看，其他都很難選擇。」「提示：高的。」
　　「他？」Pearl指向橘。「也不是。」
　　「那就剩下他了。」
　　「對！」Mimi難掩激動之情。
　　「你的口味挺獨特。」「甚麼意思？」
　　「有進展嗎？」Pearl冷笑。
　　「沒有，只見過一次面，分分鐘人家連我的名字也不記得。」
　　「那你待會兒努力，祝你好運。」

她們來到cafe門口，Mimi推門而進。
　　「訂了今晚10多人的，我們可先進來嗎？」
　　「可以，這邊請。」店員指向角落的位置。
　　「坐哪裡好？」Mimi問Pearl。
　　「跟你的心儀對象近一點吧。」

「好呀，但要猜他會坐在哪裡。」她選擇了左邊最入的位置。

談了一會兒後，Pearl先行離開：「那我先走了。」「拜拜。」

「加油。」她們頗有默契地相互點頭。

不久，義工們一大夥到達現場。

Mimi拿起背包，站起來讓他們先選座位。她看到Rasin坐到左邊最入的位置，但他身旁已有其他不認識的helper。她有點洩氣，心想早知不裝有禮讓坐。

「新helpers盡量靠中間坐，好讓大家認識你們。」負責人Terry主持大局，Mimi依指示坐到中間。

聚會期間，Mimi不時偷聽鄰桌的對話。她留意到Rasin不多作聲，很多時候都是別人點名，他才回應。

「大家來round status。」Steven打趣地道，弄得全枱鴉雀無聲。

「傑青先來。」橘打破沉默。

「我不說。」開口拒絕的是Rasin。

「其實大家都知道你是A的。」

Mimi把一切聽在耳內，她偷偷瞄向Rasin，但見他臉上泛紅。

「要大家久等了，稍後會加你們進正式的helper group。」臨別時，橘面朝中央位置說。

「沒問題。」Mimi回應。

您被加到「月話數學組」

分隔線

「月話數學組」

橘

Rasin你嗰組駛唔駛新helper幫手？

Rasin

我嗰組暫時一打三，有無新helper想入我嗰組？

Steven

應該有三個未入組？

Rasin

好似未喺度

橘

係，有兩個唔喺呢個group入面，Mimi就喺度嘅

Rasin

><\\\\add返入嚟定點LOL

橘
> 我問問佢哋係咪真係想教先

Rasin
> @Nohemi

這邊廂，Mimi一直盯著屏幕。

真的是他嗎？她心想。

既然自己是新人，舊helper應該怎樣也會關照？

反正與誰也不熟悉，跟誰人同組也沒差別，更何況是他。

Mimi
> Hor yi💬

Rasin
> This Sunday free?🤭 If not then next Sun😁

Steven
> Dating😼

Rasin
> 會唔會係咁

Steven
> 好難講

Mimi看著他們的對答頓感無言⋯⋯

這就是他們的相處方式嗎？

回覆「This Sunday free?🤭 If not then next Sun😁」
> Okay ah😶

Rasin
> 👍👍

終於做一個正式的helper了，Mimi默默為自己打氣。

「加油！」她對自己如是説。

分隔線分隔線分隔線線分隔線分隔線分隔線分隔線分隔線分隔線分隔線分隔線分隔線分隔線分隔線分隔線分隔線分隔線分隔線分隔線分隔線分隔線分隔線線分隔線分隔線

説時遲那時快，在Rasin發送👍👍後的一分鐘內，Mimi已收到他的inbox。

Rasin
> Helloooo Mimi. 而家我加你入組😊

> Sure! :)

説實在，Mimi此刻感到難以言喻的奇妙。

畢竟，她曾對他的身高感興趣。

「月話數學 Group 4」

Rasin

Welcome我嘅新助手 Mimi

Hello!

第八堂— Mensuration
消息：教埋呢個topic之後，開始一年一年咁操past paper
地點：PolyU　時間：4-6pm
提提你：記得帶紙筆計數機

要每星期出來嗎？Mimi自知未必做到，她決定私訊Rasin。

我未必每個星期都出到㗎

Ok. 我仲有另一個助手

同埋我好耐無掂數學orz
I hope I am fine xd

唔緊要，warm up下先。慢慢㗎 XD
BBA好似都有statistics course ???

Next sem stat1002! Can teach me?

hahahahaha. ok ar
呢科好似讀過

Thx thx! This is core group? Or including M1?

One of the students studies M1

I see, btw me next sun not free ><

OK收到，嚟咗第一堂先

See u

星期日見

二十五分鐘時間，大致都是秒來秒回。
有時Mimi過了好幾分鐘才回覆，Rasin始終秒速應對。

「看來他辦事效率高之餘也很空閒。」她下了這個結論。

Episode 9
義教

Sem break總是過得特別快，轉眼到了義教當日。

Rasin

hello, today you come?

Mimi

Yes la~ Where in poly :p

Z core
you know where it is?

Umm is that a building called Z?

ya canteen

Can briefly tell me how to walk from mtr exit? Thx

xdd when will you arrive polyU
I fetch you la

Wt time will u arrive~
So warm wor

around 15:45 i think xd

Okok see u!

May I ask u like using "xd"? xd

sometimes more often using 😊

時間將近，Mimi打算先到樓下吃東西，然後再出發到紅磡。

Haha nice
Btw I will arrive at around 15:50😊

No problem haha

Mimi下樓後，朝葵廣頂層進發，她有意光顧那裡的一家炸雞黃店。
「要等十分鐘可以嗎？」Mimi猜想自己勉強能準時到達，便沒有異議。
最終等了足足十五分鐘才拿到炸雞，她立即趕往地鐵站。

Orz maybe I find the way myself la? So sorry

? I am at the entrance. Where are you now

Nam Cheong... Don't get angry please

:0)

糟了！他還要早到……
Mimi見尚有幾塊炸雞，萌生了一個頗為大膽的念頭。

I bring u fried chicken

:0)

轉車很煩orz

你住屯門？

Kwai fong, sorry ahhh big big

I see 等埋你先，反正要介紹新helper

Can u not use "late" to describe me

唔會啦，佢哋都會遲

Ok! Ho fai ga lah!

Xd

你係xd年代咩？

我個年代無emoji，利申用過MSN

Now tst east!

Goodest

Walking to poly

Exit A? I am at the main entrance

Okok

Mimi看到遠處站著一個高大的身影。她一眼就認出他，始終見過兩次面了。

「對不起，遲到了。這裡有炸雞給你。」
「哈哈，謝謝。在哪買的？」Rasin顯得愕然，但還是接過炸雞。
「在葵廣買的。」
「就是因為它所以遲到嗎？」
「嗯，我加了芝士與朱古力粉呢。」
「這個……好像不夠入味。」

「請慢用。待會有甚麼要注意嗎？我有點緊張。」她莞爾而笑。
「不用緊張，你只需從旁協助就好。」
「另一位助手Thomas也在嗎？」
「不在，他負責星期六的班。」
「原來如此，待會靠你了！」

一陣涼風迎面吹來，Mimi不禁打了個冷顫。
「你看起來很冷啊？」Rasin察覺到她的微小舉動。
「還好，我有帶外套。」
經過九曲十三彎，他們終於到達跟本部校園有一定距離的Z Core。
「幸好你堅持帶我過來，要不我肯定迷路。」
「小意思。」他倆走進面前的電梯。他按下2字按鈕，電梯門隨即關上。

分隔線分隔線分隔線分隔線分隔線分隔線分隔線分隔線分隔線分隔線分隔線分隔線分隔線分隔線分隔線分隔線分隔線分隔線分隔線

長達三小時的課堂就此完結，學生們在收拾文具及筆記。
基本上，Mimi整堂只有聆聽的份兒，除了特別照顧一位能力較弱的女同學，
記憶最深刻的是她預先抄下Rasin準備好的練習答案，然後他正想核對答案時
剛好大派用場。
「聰明！」他稱讚。
「小意思。」她回禮。
就是這麼微小的貢獻，而這句讚美暗暗令Mimi提升對Rasin的好感度。

Mimi回過神來，那位讀 M1的男生剛上完洗手間，待他整理好後大夥兒便能一
起離開。
「Missy。」M1男生朝Mimi說。
「我嗎？叫我Mimi就好，Missy聽起來很老呀。」Mimi心中甚感不滿，明明
她比他們年長一歲而已。
「我想給你聽一首歌。」
「這麼突然嗎……」Mimi頓感錯愕。
「甚麼歌？月亮代表我的心嗎？」身旁的Rasin禁不住搭話，她自然地白了
他一眼。

音樂響起。
　　"Mimimimimimimi Mimimi only mimi…"
　　——Serebro的《Mi Mi Mi》。

聽罷，Rasin笑彎了腰，而當事人Mimi希望止住這個不堪的場面，只好擠出無
奈的笑容。

「多謝……我們走吧。」學生們邊行邊談，而Rasin則與Mimi並排而行。

「今天辛苦你了。」他先開口。

「辛苦你才對，我沒有幫上忙。」她微微一笑。

此時已然夜深，回程與去程的路對Mimi來說有很大出入。一不留神，她拐進另一角落。

「這邊啊。」Rasin把Mimi拉回「正軌」，她不好意思地乾笑數聲。

「你大學主修什麼？」她轉移焦點。

「我主修統計學的，沒記錯你也是薄扶林大學？BBA對嗎？」

「好記性！統計學好像很深奧啊。」

「還好，當年高考有修讀A Maths，所以不算吃力……」Mimi一聽到高考，心思都不在他的說話。

原來他念高考嗎？那是很久遠的歷史了，還以為他是首屆DSE考生。

「真厲害。」她敷衍地回應。轉眼間，他們已抵地鐵站入口。

「我到那邊乘巴士，你呢？」Rasin問。

「我坐地鐵啊。」

「那麼下次見吧。」他們揮手作別。

車廂內，Mimi正躊躇好不好私下發訊息給Rasin。

在她猶豫之際，她收到他的訊息。

Rasin

炸雞好食
#BestAssistant🐔🐔

她驚喜萬分。

Lmao big big
Am I gonna follow u ah :o

Want any tips? OT無補水

Next time pay me💀
Lol I m so young :o

:0) I am also young :0 太老入唔到月話㗎

扮咩！我都勉強係90後啫
Same generation lol
U which year?

💬Graduated

$x^2-3986x+3972049=0$
智力題

是二次方程嗎？她拿起計數機輸入formula 01。
果然是數學人。

Gotcha! Then how many cm

Mimi飛快地轉移話題。

? :0)

Yau mo 185🐷

Exactly

真的很高！她因自己準確的直覺而沾沾自喜。

Waaa praise me!

同上面完全無關係，叻喇叻喇~

咁繼續自爆啦

有咩自爆🐷

As your assistant, I have to know more about big big

哈哈，講個秘密界你知，我仲有幫人補習

Come come
U ?$/hr ga

300一堂，500一堂都試過

同一時間，Mimi 收到群組的通知。

分隔線

「月話數學 Group 4」

Rasin
今日辛苦晒大家☕

M1男生
感謝大大耐心教導

Episode 9 義教

Rasin

多謝你首歌，本身好劫，聽完醒晒 🐱

Mimi沒好氣地按出對話框。

分隔線

想我點叫你~

Rasin

Rasin？如果唔係叫咩？大佬？

都得，咁叫我細佬

細佬你好，幾時上契？

係咪有飯食 @@
你有無真·兄弟姊妹？

有，你有無？我最細

我最大wo。Auntie uncle們~

有細佬妹？:0) 咁快auntie uncle lol

Bro

有細佬 good ar，家姐會唔會錫住㗎鬧？

Nah 弱弱一問，如果我認做你契細佬，然後我話：
我係你條契細佬，咁其實我係鬧緊自己定鬧緊你？

咪住，頭先唔係話我係大佬？明顯係鬧自己

大佬息怒！

🐱

澳門有無嘢想食

你去澳門？

Yesss 不如你都係用返xd

Why neh :0)

Cute d

Handletter plzzzzzz. Lol what a reason!

想要乜嘢~~ 唔過期至好

72

有咩揀？乜咁破費？

咀香園同鉅記啩，上契酒你畀😏

花生糖？真‧上契😊

我似講笑咩

上咪上xd 飲杯茶，叫聲大佬，dem返個和聲beat

實不相瞞，我識dem swire

咁勁，我識何東only

要有飯食喎~

咪食囉，下次完月話，一齊去紅磡打邊爐

都好，其實我下星期日都係去poly，完咗搵你R飯食~

你條友仔嚟polyU搞乜？

你可以叫我細佬仔，而唔係友仔

細佬仔😊 見你用條呢個量詞，咁咪用下

我同你講返個秘密吖，細佬我唔講粗口㗎

😊

係咪好pure先！

最pure係你

駛你講，你仲用唔用fb

用，你一search咪有

我add過你了

就在初見當晚。

唔見，你係咪add錯人？

不如話你del咗…

無

Mimi轉到Facebook，再次發出交友邀請。

Episode 9 義教

你個名完全唔知係你

有無印象？

有，唔通你係混血兒？

都話啦衰仔

其實也怪不得他。

一開始唔知乜水

Go Google translate my name

Wtf? Failed

That's my dearest surname <3

:0) Spanish?? 你dse有讀？

無讀呀，大佬咩hon grad

3.56/4.30

Gei lek jai wor

Second up ez, 唔叻仔叻女點入到月話

做咩讚細路👀

一不留神，她錯誤地將「細佬」寫成「細路」。

細路仔你好Xd

痛腳被捉到。

._.

GPA已是浮雲

大家咁話

Add oil la bro

Save咗我contact未？

Wtf?
加你入組要save contact先做到

我要有細佬個字！！

上契儀式？食咗飯先

　　　　　　不如你每打一個粗口我收返一蚊？

夠一百蚊請細佬食飯
瞓覺先，大佬明天要返工，晚安

長達三小時的秒來秒回，Mimi不難察覺到自己的心臟一直怦怦直跳。她正想
回覆，卻見他的狀態已沒有「在線上」的字樣。
是離線了吧？她覺得有點可惜，但想到擁有規律的生活習慣也未嘗不好，她決
定自說自話。

　　　　　　　　　　　　　　　細佬唔駛嗰

　　　　　　　　　回覆「Wtf? Failed」

　　　　　　　　　　　　　　　　　　$1

　　　　　　　　　　回覆「Wtf?」

　　　　　　　　　　　　　　　　　　$2

Mimi笑了笑，按出Rasin的對話框。

「感情台❤ A0 pride👑」

Good news!
I found my new 感情寄托 finally
I thought he's 2012 DSEr but it turns out to be last AL

Andrea
Whooooooo! Tmr night slow slow deep chat❤❤

　　　　　　　　　　　　　　　　No chance ga

Yoyo
Wowwww u like him?? Yau mo chut gai?

　　　　　　　　　　Ho old
　　　　　　　　　　I am his assistant XDD So random
　　　　　　　　　　Ho la tmr 10:40 c u!

Mimi明天將與她倆到澳門過兩日一夜。

Episode 10
澳門

一大清早，Mimi連忙查看手機。不出所料，收到來自Rasin的未讀訊息。

Rasin
早晨
Sem你個break~

明明是正常不過的內容，不知怎的，Mimi的心頭卻有點甜，她很久沒有這樣的感覺了。

Mimi
早~ 大佬有無上過莊

無喎，但玩過莊啲活動嘅
月話叫唔叫莊LOL

他秒回。

Wow 返工無限用電話 so bad bad

仲早呢 xd

返九半？

喺角落頭位，返九點

你用web version?

yes ofc 扮工必備 XD
月話大佬不是傻瓜

係喇係喇，係傻佬

點呀細佬

God bless
我半個鐘後上船，但未拎船飛⋯⋯

一路順水？LOL狗衝

塞車⋯⋯
Btw u predict our maths group students will get wt level?

終於到達中港城。

Mimi先與Yoyo和Andrea會合，然後三人匆忙地走到櫃位取船票。

「不好意思，我遲到了，但現在總算安全。」Mimi將船票分發給她們。

「小事，我反而對你最新的感情寄託充滿好奇。」「加一！」

「甚麼最新？明明很久沒對人有好感了。」

「表弟呢？」Yoyo以開玩笑的口吻說。

「沒有。」Mimi斬釘截鐵地表示。

「真多豔遇，明明說好A0 pride嘛。」Andrea也加入嘲諷行列。

「是是是，感情寄託而已。」

「甚麼人來的？」「如何認識？」

「我早前加入了一個叫月話的義教群組，要與舊helper組合為應屆中六生補習。我剛好與他同組，昨天上了第一課。」

「無圖無真相。」Mimi按進他的Facebook相片，然後把手機遞給她們。

「正常男生一個。」

「他很高的！還有，我昨晚認了他做大佬。」

「行了行了，去回覆你的大佬吧。」

「感謝提醒。」然後，Mimi便顧著低頭發訊息。

Rasin

>=4
希望at least有4就已經好好

Hehe got tickets
Lam needs special attention I think

Lam是Mimi昨天特別指導的女生。

lol go Macau at a freezing temperature
I think you are a good coach. Cchat her.

Shall I take it as a compliment?

of coz you can, your majesty lol

平身

LOL

話說你個名點嚟

[好白痴，唔準笑] 話說我中三嗰陣睇咗本書，
somehow界個魔法師嘅兄弟情touch到，而個名
又幾好聽，就改咗新名。然後有個NET teacher
唔識讀我個名，之後佢就堂堂叫我去擦黑板，
跟住有班friend話個名似提子乾，咁就多咗個花名

看到這個頗長的訊息，Mimi開心地分享給Yoyo和Andrea。

「LOL提子乾。」

「明明挺有趣啊。」Mimi雙目發光。

「你中毒太深了。」Yoyo搖頭，Andrea也隨之嘆息。

Mimi沒她們好氣，逕自回他訊息。

> 然後，我笑咗 Xd

😔

> 即係你花名係提子乾？

曾經

> 你咁講又幾似

咁你個名點嚟？唔講以為鬼佬

> 我本身覺得Rasin好似一樣嘢！！但我唔記得咗~~

似一樣嘢定一個字 :0)

> 一樣嘢！

我似一樣嘢？XD

> 係你個名

:0) 記得嘅話講嚟聽下

> Btw use o instead of 0 :o)
> Do u know why?

Pig?

> 因為可愛啲！

xd

> 做緊咩lmao

扮工，你又做緊咩？

> 我去緊J planet!

邊度嚟？

> 別心邪

你心邪！我純粹問下
澳門有啲咁嘅嘢喫？個感覺似冒險樂園 Xd

Smart bor dai lo, same company~

:o) 亂估都中

其實我去咗法國 xd

她拍下澳門巴黎鐵塔,再傳送給他。

去法國一日都唔駛,勁呀 Xd

點駛24小時

但都要十幾個鐘?

他附加了法國及澳門的士照各一張。

你走去研究圖中的士lol

Bingo! 所以係澳門,100% sure

係咪應該讚你觀察入微☺

笑得好恐怖😨

Mimi跟Rasin聊著聊著,不知不覺間已然夜深,她尾隨旅伴們踏上歸途。
經過一整天的奔波勞碌,她們仨都累透了,回到酒店後躺在床上一動不動。
　　「傳夠了訊息沒有?」「跟那顆提子乾。」
　　「哈哈,別這樣嘛。」Mimi嘴角上揚。
　　「這夜一於談心!」「Okok!」「Girls talk!」
她們東聊聊西聊聊,大概「三個女人一個墟」實在有根有據。
未幾,Mimi突然想起了自己未回覆Rasin。
　　「哈哈,我可以回覆他嗎?」
　　「不行!」Andrea立即駁回。
　　「算吧,有情飲水飽,我們阻不到她的。」Yoyo並非不講人情。
　　「唉。」Andrea向天長嘆。
　　「謝皇上,微臣速去速回還有,不是有情飲水,而是見字飲水飽,哈哈。」
Mimi馬上按進對話,開展新話題。

細佬我經常九唔搭八的,你鍾唔鍾意貓?

　　「說好的速去速回?」Andrea催促。
　　「好了好了。」Mimi放下電話。
　　「平身。」她們仨決定玩「終極狼人殺」,玩到自然睡著為止,而訊息一直
維持單灰剔狀態。

翌天早上，Mimi梳洗後便馬上拿起手機。

早晨:D 要睇咩品種，短毛貓like，豹貓仲正

嗯嗯，早~~

大佬尋晚傾傾下去咗瞓覺

同邊個傾先

:0) 同巴打傾完

又唔見你同我傾！
平時好早瞓？:o

:o) 你？？？！

她急於補充。

Bromance

Okok XD 早瞓呀，要返工

小弟吃buffet中

打包thanks :9

無嘢食？

未放lunch arrrr gg

Btw你舊名係咩？

她忽然想起昨天那段關於名字的長訊息。

Alex

都幾難聽😂

咁你有無舊名？🐷
食lunch，正😋

Yes 出面好凍

Canteen?

好細路，Nohemi正好多

最原先嘅名應該係Minnie

有個叫Nohemi嘅細佬係咪好榮幸

同類，個名一樣罕見

你改咗我contact未？

未，一間改

改完要過目B-) U born in hk?

You born in HK?

唔準反問

大佬話事

大讓細

決定唔讓

無智慧

關乜事 Xd

我身份證第一個字係Y

Hong Konger. 我身份證第一個字R

即係咩？

Not born in hk. You born in hk

係咪㗎？邊度邊度？
等姐姐教你西班牙文

呃你有獎？

回覆「等姐姐教你西班牙文」

Jm9😋

😔

$3.

仲諗緊你尋日唔講粗口幾乖lol
Malaysia? China?

細佬讚大佬乖

乖佬😊

點解你唔估西方國家？雖然我真係東方國家出世

家下有internet

81

:o) 你人肉咗我？？？:o)

講roarrr 乖

好恐怖
Fuji
An😊

又呃我！

真喎

以為富士山咁型

我係富士山以西，尋日你去咗法國下話？

幾時飛過嚟探我

飛咗啦，嚟緊，轉個彎就到

上契yo

你呢個老年人
Dim gai wui sik chinglish ge :o)

Ng duck meh

Because I also use in high school
Those girls... teach me

歷史有無咁久遠…

Yes it has
Coz we initiated the trend

有無成日食炒飯？

?

你家鄉
雞XDD

福建炒飯香港都有得食

回覆「雞XDD」
全部都係

鍾唔鍾意細路仔

你咪細路仔 :o
諗你係咪同個個巴打問同樣嘅問題？

真心問呀

至少我唔會虐打
鍾意還鍾意，細路仔係長遠計劃，唔會亂生……
地獄已滿，不再作孽，阿彌陀佛

大佬仔，當你有日真係玩hehe
記住同細佬仔講，點都十卜你嘅

Mimi會說這句，除了因為一貫跳躍的思路外，還有她在月話群組裡看到Rasin
跟其他男性義工的「曖昧」對話。

I am not gay :(

又steven又thomas 💩

她打趣地挑選了菊花圖案。

巴打嚟……
又mimi？

她對於他提及自己感到意外。

Ngaam ah, btw 有無覺得自己好高？

OK la

Thomas similar with u? lol

Thomas與Mimi同樣是Rasin的同組拍檔，雖然她沒有見過Thomas，但她從
Rasin的Facebook相片找到他的蹤影。

???? similar height

Jeng la, good for u!

:(dont做ME
雖然我對GAY FRIEND唔拒，但我唔是GAY
YOU INTERESTED? I CAN REFER HIM TO YOU

不了

細佬有無TARGET

「你看她一臉春心蕩漾……」「還要春笑……」

聽到對面的Yoyo和Andrea在低聲說話，Mimi將目光轉移到她們身上。

「誰？」她加入討論。

「還能有誰呢？」Mimi循著她們的視線望去，只見身後有寥寥數人。她轉過身來，發現她倆早就注視著自己。

「難不成是我嗎？」她難為情地搔著頭。

「總算不太笨。」「女大女世界。」她倆不約而同地歎了一口氣。

「幹嗎又歎氣了……」

「談到甚麼地步？」Yoyo問。

「剛想問你們意見，他說可以介紹他的朋友給我認識，然後又問我有沒有target。」

「咦？這樣看來非沒機會，先給我看看。」Andrea伸出手來。Mimi把手機拉近自己，她覺得自行保管手機比較穩妥。

「怕甚麼。」她們一手搶去她的手機。

「你們別再亂來！」

「Okok!」

「唉，其實他的package很不錯，但我也沒甚麼奢望。」

「這樣吧，我們來幫你反問他有沒有心儀對象。」「進可攻，退可守。」

Mimi沒有答話，當作默許，她只盼答案像她預期。

> 你呢？Big bro

?

> Don't escape

暫時無喎
YOU?

> Your status?

A380

看到這句，Mimi不禁反了白眼。

> 咁你估下我

A0? 😼 A3以下

「怎麼辦！他猜到我A0啊，真的這樣明顯嗎？」

「其實我也這樣覺得。」Andrea表示認同。

「想我們再幫你一把嗎？」

「不了。」Mimi的腦海裏掠過一個月前與Casbah的對話。

「我知道你在想甚麼，但這次有很大分別。」

「你明明就對提子乾有意思。」

「但……」Mimi遲疑。

「再不知道他的心意，你只是在浪費自己的時間。」「還有寶貴的青春。」

「有沒有這麼誇張……」Mimi思索了一會兒，「那好吧，我該怎樣做？」

「既然談到了status，就問他會否希望成為你的o1，直截了當。」

「同意的話，這次你自己打吧。」

Mimi帶著些許不情願，卻有少許期待的心情地敲打鍵盤。完成後，她把屏幕轉向她們，問：「你們看看這樣好不好？」

「很好。」「發出去吧。」Mimi把手指停在半空中，猶豫不決。

「可以幫我嗎？我未夠勇氣，待他回覆了才告訴我。」Andrea於是接過Mimi的手機，按了一下。

一分鐘後，Yoyo和Andrea互打眼色，然後把手機交給Mimi。

「怎樣了，他拒絕了嗎？」Mimi吸了一口氣，然後取回電話。

> 想成為我嘅o1?

:0) 你會唔會直接咗啲😄

老實說，Mimi很失望，但她還是要下台。

「該如何接下去？」

「其實他沒有正面回應你啊。」「我覺得不妨追問。」

「也沒有所謂了。你們幫我回覆好嗎？我有點sad哈哈。放心，我不會怪你們的。」這次由Yoyo負責傳送訊息。

> 咁你嘅答案係咩？🙈

我嘅答案係喺喺識咗我哋😄

> 你覺得我點？🙈

唔好玩啦，細佬😄
都估到你，第一日就請食嘢 :0)
唔知😄 識一日可以覺得點😄
First impression咪幾nice😄

Mimi看到這句，禁不住發聲：「請吃東西真的有關係嗎……我純粹覺得遲到不好意思才留給他的！現在怎樣收尾才好……」她抬頭看著她們，相對無言。

「我沒有責怪你們的意思啦。認真的，感謝你們讓我看清事實。我沒事呀，跟他聊了兩晚而已。」她續道。

「真的沒事才好。」「我看他也不怎樣好吧？」Mimi狀甚苦惱，臉上掛著一個微帶苦澀的笑容。

「要不，當作是我們玩你的電話吧。」

「你們不介意嗎？你們這次得到我的允許才發出去的呀。」此刻的她如同在茫茫大海中找到救生圈。

「沒差，反正他與我們沒有關係。」

「那就拜託你們。」Mimi點了點頭。

她們把剛才的兩個訊息刪除，再附上一個5秒的錄音：

「佢頭先去咗廁所我哋攞咗佢部電話玩咋，唔駛理我哋頭先講咗啲咩喇，佢都唔知我哋send咗啲咩。」Mimi聽在耳裡，內心百感交集。

「你說你去了洗手間，甚麼都不知道吧。」Andrea稍作交代。

「謝謝你們。」Mimi由衷地說。

分隔線

喂喂喂… sorry dai lo!!!!!!!!!!!
Idk wt they sent u... orzzz
I hope nth happened

Rasin
???
Okok nth happened it's okay
風平浪靜yeah

女夭
丁頁
我大概估到發生咩事😈😈😈
算我唔想知 wei sorry ah😅

Okok. Lol嚇死，勁尷尬

發情期係咁

回覆「都估到你，第一日就請食嘢 :0)」

但呢句係咩料…

好少人會第一日就請食嘢

我食咗幾舊㗎

Whatever 😶

可唔可以應承我唔好同月話人講？定你已經講咗orz

唔會啦

💩

😁

放心，佢哋唔會再玩了。
仲可唔可以上契？

Ok geh 你真係好搞笑

都幾㗎
超尷 I am sorry ahhh! It's me now really

接著，Mimi鼓起所剩無幾的勇氣，傳送了對未來起著關鍵作用的一句。

Tonight free ng free lol

Episode 11
葵廣

Rasin

Not free wo😂 Sunday la

再度回絕……
其實是意料之內。

Mimi

拒絕我…
我唔會食咗你嘅，放心仔-_-

上契食飯喎，唔是談情
我好放心，但今晚唔得😂

我真人好怕醜，不如快啲搞掂佢😱
Tmr please?

何以有這樣的勇氣？
說實話，Mimi自己也不知道，她只想盡快平息事件。

我真係唔係主動類型ah dailo

你咁仲尷尬，點食飯😂

得啦無事💩💩

😔

Ho la ho la bro bro!

?

面對大佬的連番推搪，她只好退一步。

When free ah...

Sunday?

今天才星期二……還要這樣拖下去嗎？

Hai mai day day dou ng free sin!!

晚晚返歸食

一家人！XD

那年
十八

星期日難得出街，順便食個飯，啱晒

咁食tea?
聽細佬話一次啦😄大佬

Tea補習

下話._. 助手助手

聽日lunch，點睇？

邊度？

金鐘

嚟喇嚟喇，可以食幾耐？

1個鐘if tmr

僅有一小時？一去一回也要至少個半小時……

細佬身份，真係咁驚我咩😂

lol咁你話lunch ok ma

Night laaa

😌ok 想食乜？
無驚你喎，咁本身講咗星期日^^ 轉時間so bad bad

Ng goi sai nei ah
True heart dic😂
Tonight or tmr night?

……點解你咁快想搞掂？

快手啲唔拖

她心知若不及早處理，只會陷入萬劫不復之地。

😶

一定有你好處放心

好啦，今晚食。即管睇下有咩好處

好處其實就是澳門手信。

後生可畏
我7點到香港:p

89

扮咩大佬~想食乜？

> 你熟唔熟葵廣,可以帶你食~ 我中港城落船

要去葵廣咁遠…
金鐘去葵廣,暈

> 免費導遊~

真・葵芳 :0)
家住鰂魚涌

> 讓我一次啦啦啦

okok任你導

> Dor tse dai lo☺
> 你放幾點:o
> Btw use o instead of 0 ah

630 :o

> 時間fit B-)

上船了。

Mimi沒有多説話,一來心情尚未平伏,二來為稍後的約會感到忐忑,她告訴朋友她想小睡一會兒。

泊岸了。

「一起吃晚飯嗎?」Yoyo提議。

「我可以。」Andrea回應。

「不好意思,我要回葵芳,下次見。」Mimi決定不告訴她們葵廣之約。獨自離開後,她急不及待掏出手機。

Rasin
Okok 好凍

> Later exit E?
> 定你行下商場先
> 自己保暖la bro

Ok 我未到,而家紅色線中
8度陪你食西北風係咪好好

> 東北!

😨

> 我由歐洲趕返嚟搵你係咪好好!唔畀打我lol

係呀係呀,你法國返嚟嘛

諗下食咩

有咩食？

你睇下想行喺行去定坐低食？

你想呢？

大佬話事go!

你熟啲喎，有無間嘢坐得耐？

你到邊~

旺角

你等等我，唔會好耐
你慢慢睇商場指南先

買杯熱飲

U walk walk lah

Ok

未幾，Mimi到達葵涌廣場。

人在哪

3樓

Okok

就在頂層的歇腳亭，Mimi輕易捕捉到Rasin的身影，並悄悄按下手機快門。

「喂，這包是你要的花生糖。」她從後拍他的肩膀，內心緊張得很。
「噢，謝謝你。我在等熱飲，天氣很冷。」
「明明你已穿羽絨。」她望向他的衣著。
「哈哈。」他笑了笑。
「想吃甚麼？」
「其實我不餓，午餐吃了魚香茄子飯，姨姨舀了很大碗給我，真好。」她覺得面前這人頗易滿足。
「那我們先逛一圈。」
「對了，我沒有帶散紙，你可先付款嗎？我最後一次過給你。」她遲疑了一下，點頭說：「沒問題。」

「你平時打機嗎？」她展開話題。
「我打機不叻的，哈哈，只玩數款手機遊戲。」

91

「讓我告訴你一個笑話。」她忽發奇想。「好。」

「是咁的，從前有一間樓高三層的精神病院。無論你問甚麼問題，一樓病人只會搖頭，二樓病人只會答沒有，而三樓病人會邊搖頭邊答沒有。」Mimi頓了一頓，抬頭細看他的反應。

「在我繼續説下去之前，你有聽過這則笑話嗎？」

「沒有。」與此同時，他也搖頭否認。

「你是我第一個遇到的第三樓精神病人。」她啼笑皆非。

「是嗎？哈哈。」Rasin如夢初醒。

「有笑話交換嗎？」

「暫時沒有，想到才告訴你。」

不經不覺間，他倆已逛了一圈，鎖定好目標——章魚丸、綠茶梳乎厘班戟及綠茶丸子。

「真巧，你也喜歡綠茶。」「你也是。」

「呀，我朋友今早開了個玩笑，真的不好意思。」

「沒事。」

「是否告訴我你的情史？」Mimi逗趣地問。

「真的想知道？」

「等等，你不會是gay吧？」

「當然不是，我之前跟三名女生有過短故事。」

「洗耳恭聽。」她慢慢調整心情。

「第一個發生在year 1的時候，我對一名女生有好感，嘗試接近她卻發現原來她已有男朋友。」「So sad。」

「第二個就源於朋友穿紅線。聽説那女生告訴我們的共同朋友想認識我，接着我便主動聯絡她，約會過數次後説好在一起。但之後有一段時間沒有見面，我只知感覺失了蹤，關係最後無疾而終。」Mimi一直默默聆聽。

「而最後第三個已是半年前的事。我以為她喜歡我，但見面時她總是默不作聲。直到有次我嘗試搭她的肩膊，她説了句：『你幹嗎？』。然後，就沒有然後了。」

聽到這裡，Mimi噗哧笑了出來。她想起初次與Casbah見面時，儘管她不喜歡無端搭膊頭這動作，但基於禮貌，當時她沒有作聲。

「所以，你的status是？」「跟你一樣。」

「真的？」「真的。」

雖然聽完三段關係後她心裡有數，但經確認後她仍是難以置信。

「但你這麼老。」她竊笑。

「我的確很老，但我騙你有什麼用？」

「也是。」Mimi的心情豁然開朗，她自知有所謂的A0情意結，全因她希望跟對方共同經歷很多很多的第一次。

「我來扔垃圾吧，交給我。」

「好呀四。」Rasin給她空盒，拋下了這句。

「男生應有的風度呢？」她甚感不滿。

「也是，風度是免費的，那下次到我扔。」

「還有呢？」她賭氣地問。

「稍後送你回家？」

「榮幸之至。」她滿意地點頭。

「不好意思，我很口乾，可以喝你的飲料嗎？一口就可以了，我買整杯只會浪費。」思前想後，從未跟男生共享一杯飲料的Mimi抱歉地提出這個請求。

「隨便喝吧。」沒料到Rasin爽快地答應，她急不及待地喝了一口。

「感覺好多了。」她呼氣道。

「上契的交換口水儀式禮成，細佬你好。」

「大佬你很壞。」她作勢拍打他的肩膀，他硬吃了一拳。

「算了，你吃牛雜嗎？」「可以。」他倆站在檔口前等候。

「題外話，雖然這裏沒有賣，但你知道甚麼是雞子嗎？」Mimi問。

「是豬的部位嗎？」

「你認真的？」「嗯。」他點頭，她無言。

「叫得雞子當然是雞的部位，雞子不就是雞的睾丸。」牛雜檔主忍不住搭話，接著遞上一碗熱烘烘的牛雜和十元找零。

「是嗎？怎麼我沒聽過豬子，哈哈。」他接過它們，而她實在說不出話。

他們迅速把牛雜吃光，Rasin提著發泡膠碗說：「既然要展示免費的風度，這次讓我來扔垃圾，垃圾桶在哪？」

「在那邊。」他走到垃圾桶前，放手的一刻隨即被濺起的醬汁彈到手心。

「幹嗎這麼不小心……」她邊說邊掏出紙巾，細心地印走他手上的污漬。

「謝謝你，哈哈。」

「我的十蚊銀呢？」他摸了摸口袋，她頓時有不祥預感。

「不好意思，我應該把它掉到垃圾桶了。」他尷尬地搔頭。

「天哪……你會還我嗎？」

「沒問題。」

「說笑而已，下次小心點。回家前到鄰近廣場走走，好不好？」

「跟著你就對。」

Mimi領Rasin到新都會廣場的空中花園，他們看著眼前的火樹銀花。

「閃閃生輝！」Rasin讚嘆，他們走到其中一棵樹前。

「要拍合照嗎？」Mimi建議。

「噢，可以。」

「你這麼高，當然由你負責。」他接過電話，嘗試拿捏拍攝角度。

「你拍不到我……」「我不懂揸機啊。」

「讓我來。」她取回電話，「但這樣會變成超低炒……」

158厘米與185厘米的差距。

他倆努力研究最佳拍攝方位。

咔嚓，咔嚓，咔嚓。

最後，由Rasin操刀拍了數張勉強合格的自拍照。

「他們好像叫你傑青？」回家路上，Mimi忽然記起新年聚會上的對話。

「對，你聽到？」「嗯，你拿過獎項嗎？」

「哈哈，當然不是。我叫陳青傑，他們會稱呼我作『傑青』。」

「原來如此，還以為你那麼厲害。」她暗諷。

「話說回來，前兩次聚會你也很少說話。」

「我害羞嘛。」

「我也很木獨，但你現在可不害羞。」她回他一個淺笑。

「你為新年聚會刻意打扮過嗎？」他繼續說話。

「你有留意我？」她很是驚喜。

「見你今天很hea。」

「只見你嘛。」她反駁。

「那我能確認你並非喜歡我了。」

聽到這句，她內心悸動。明明，僅僅因為今天是即興約會。

她不禁懷疑自己是否把情感隱藏得毫無破綻，抑或他反應實在遲鈍。

「是這裡了。」他們在屋苑前停下，Rasin微微低頭望著Mimi，她害羞地垂下了頭。看著他的羽絨，不知為何有股很想抱住他的衝動。

好不好擁抱他？

Mimi內心掙扎，打算就此表明心跡。

還是算了吧，這才是第一次單對單見面。

她始終沒有踏出這步，只勉強擠出笑容。

「再見，謝謝你送我。」「小意思。」

Episode 12
前奏

Mimi等候升降機時，她察覺到手機的震動。

Rasin
> 喂喂，未畀錢你

Mimi
> ……

> --

意外地接到Rasin的來電，她急忙按下接聽鍵。
「喂？」
「我未畀返錢你，你落返嚟啦。」
「嗯……你走啦，下次請返我咪得。」
「咁好啦。」
「下次見。」
「下次見。」
掛線後，Mimi心裡甜絲絲的。這可是他們頭一趟的電話通話。

> 唔知點解覺得今晚有啲浪漫😄😄

隔了一會兒，他再拍下葵芳地鐵站，表示自己找到歸途。
她按進對話，看到兩則訊息的發送時間相差十分鐘，心頭更是一甜。但當下她不知如何應對，只好轉移話題。

> 你行得有啲快…

> 高人∩

> 你咪試下追我囉☺

她包裝了自己的心意。

> 😄

> Ha

> 細佬你好鬼馬，釣我上水∩

Btw你覺得女仔秒回好無？
別拿一般人的準則跟我比較

Okok
我覺得得閒回ok

你公司無女仔咩

無喎，全中年

同你不相伯仲啫

:o) 結晒婚

男人如你要主動啲囉~~

你主動過我😏 你應該明白點解我A0

我估唔到㗎xd

星期日見，有驚喜畀你

咩類型？

禮物，發現有樣嘢可能啱你

唔方好嘢~

🙃

話雖如此，Mimi此刻的心情興奮得難以形容。

以後有聚會靠你carry orz

Lol我都係笑笑下，投入就融入到

我都唔知點解，可能好多時喺朋友聚會
我都係負責帶話題嘅角色
所以唔太熟嘅大夥人聚會，我就好少出聲

怕生

通常對住啲比我怕羞嘅人我就會主動㗎喇~~
但始終內心係怕羞底，所以主動得多會邊

今晚早啲瞓，整到你邊

其實呢，如果我無去澳門
我呢上半月可能去咗台灣旅行xd

好彩你無去😌

> 咁大佬喺細路身上學唔學到嘢
> 靠你接棒喎

盡力試下😌

> 説好的風度呢

送你返屋企

> 同埋我發現我唔鍾意同齡嘅男仔！！
> （細過我更加不了）求介紹~

她嘗試轉移焦點。

:o)

> 幽默感很重要

你要幽默？可惜我無乜gg

Mimi暗覺有趣，明明她在求介紹。

> gg=大獲？

Yes
I am 木獨

> 係嗰笑話呢
> 允許你打出嚟

有個員工有一日喺公司瞓覺，扯鼻鼾大大聲。
佢醒返之後，個個員工笑佢，你估佢點應？

> 唔界咩

No. 佢答：最勁嘅都未駛出嚟，你班友就笑？

> 完？

我覺得唔好笑，是咪零分重作

Mimi噗哧一笑，笑的不是這則「笑話」的內容，而是笑他的尷尬反應。

> 正喎(clap)(clap)(clap)

😄

> 勁！神級！

完

唔好笑，同埋我唔明…

不過我作過一個笑話界Sally聽，佢話好笑
想唔想聽下？

Sally? 印象中數組有女同學同名。

Sally from maths group?
Back home mei ah dailo
不如解釋啱啱個gag先

Yes, 而家到地鐵站
即係話我仲有貨，下次打大聲啲
Btw呢個笑話係老豆講，其實我唔覺得好笑
不過拎出嚟試下你笑點

回覆「Sally from maths group?」

我係佢閨蜜confirmed😏

哈，不打自招。
Mimi對他的傻氣更添好感。

弟的笑點很高，繼續努力

回覆「想唔想聽下？」

説吧

等等，終於返到屋企

11點前乖仔

這一等，等了二十五分鐘。
明明剛才還在秒來秒回，她正感納悶。

瞓咗未？在等嗎？

衰人😾

一收到訊息，她還是忍不住立即回應。

去咗沖涼😏
有一日，黃卓彤行行下街，突然見到男神，佢當然好撚興奮，男神都好
開心見到佢。咁啱有架雪糕車喺隔籬，男神問：「不如一齊去食杯雪糕
囉？」卓彤甜絲絲咁點下頭。
「靚仔大叔，唔該我要一枝雲呢拿雪糕？咦，卓彤，你想食咩味呀？」

衰人衰人衰人。小弟名為黃米米。

> 卓彤諗咗陣，就朱古力味啦。
> 大叔開始整雪糕，一開頭雲呢拿味好正常，話咁快就整完。
> 但係唔知係咪天神嘅安排，部機突然壞咗。咁朱古力味點整呢？
> 大叔就突然隊個雪糕筒去屎忽到，屙咗舊朱古力出嚟。
> 男神大笑三聲：哈哈哈。

……又完了嗎？

> 有粗口嘅……

> 呀唔記得mute

> 而家淨係改人名，誠意呢？

> 作故好講靈感，有一日我會突然好有靈感

> 呢個你新諗咩

> 唔係，不過你話聽下嘛

> 好過無囉

> 哈哈，星期日等我諗下講咩故
> At least我知你叫咩名，睇一次就記咗入腦

> 我是率真type的

> 睇得出

> 細細聲同你講啦，聽完就算喎，ok？

> Ok

> Haha

她打算坦白內心感受，但還未夠勇氣。

> ⋰學人玩我⋱

就這一次。

> 如果他朝一日我鍾意咗你，咁係咪叫亂倫？⋰

以自己名義說出，無論結果如何，都有過這一夜的經歷。

> 諗起韓劇啲狗血劇情：
> 如果。愛，也許一切可以重來

這算是甚麼回應……

> 唉~~呢個阿哥又傻傻地咁

如果唔傻，又點會A0

> 咁你快啲鍾意我啦啦啦:D
> Ng gong lah

瞓覺

> Yr turn to talk about being a teacher and Sally

😂😂

> 我聽日唔知昏迷到幾點，等你message

老師本身諗過做但無感，我要搞啲大嘢出嚟
E.g. mobile apps, data analytics

> Wow對世界有impact, good!
> Tutor le? 月話無償

Tutor我覺得係閒時幫下手，因為我知好多人對數學束手無策
Sally haha 呢個人鬼馬啦，一開始問數，後來開始問東問西。
以為佢又鍾意我，咁我叫佢咪冧我，點知佢話唔係，之後開始
傾佢男神同埋佢同人交際啲嘢，傾下傾下就變咗閨蜜😂

> 你條友仔

夜啦，屋企人催。無辦法，要瞓了
明天繼續，晚安

Mimi見畫面顯示23：37，她知道他明早還要上班，這次就放他一馬。

> 又幾有自信成日以為人哋鍾意你😊
> 仲以為你為咗我夜瞓添 😜 Night man!

無奈未等她回應，他的最後上線時間已經定了格。

分隔線

Mimi一睡醒便馬上按進對話框，還未回覆就被發現在線上。

Rasin

本身十點半瞓

回覆「又幾有自信成日以為人地鍾意你😒」

因為平時私chat 都係仔，突然有個女仔入咗嚟早晨！乜咁早起身~

弟弟返學嘈醒咗我
Yau mo lum hei ngo xd

昨晚滿腦子都是你，現在也是。
但她開不了口。

成晚都係你，夠未👀

唔夠

咁樣…尋晚瞓得幾冧

回覆「又幾有自信成日以為人地鍾意你😒」
https://bit.ly/3i2uPB1 睇晒佢唔該😅

Funny wor
嗱，撇除你應該有過很多性幻想，你嘅心智年齡都幾細 xd

細佬你又諗咗乜？:0)

對呀，她又在想甚麼。

應承我，大佬唔可以呃細佬，蝦我都唔得！

呢個得

邊個唔得lol

無個唔得，咁要講個秘密你知
我尋日下午講咗畀Steven知你畀人玩😅

佢點講
Is Steven yr secondary school classmate? Forgot xd

Yes，搞笑

Ho la ho la 坦白很好

😅

Btw幾時肯改用 :o)
轉一轉keyboard顯誠意，:0) 唔cute

:o) 女王陛下feel……同尋晚唔同咗嘅

我有名叫Princess Mimi，做你阿四都傻嘅

尋晚特別好
請君入甕 :o)

Ging term，以其人之道還治其人之身？

天降大任於斯人也

Btw my fb icon chi ng chi marshmallow princess xd

fb icon quite nice，茱麗葉feel

... can't u say juliet
明明勁可愛😍

lol ok used to be in canton tone
I think gothic beauty style haha

What levels u got for A level chin and eng lol

UE D CLC C haha
my language is bad

Normal
Maths big big usually r like that xd

i think you eng 5**?
from your accent I can smell that 5**

Lol I studied CAES
Dailo how old come hk ga

5 years old

Young wor 下次煮炒飯我食

:o) 首先要有kitchen

What is bromance like?

成日講粗口

咁唔得喎

隨傳隨到
突然想食飯又得
情路崎嶇就一齊去海邊談心

嘩你拒絕咗我幾耐…
澳門朋友咪就係尖咀海傍感情台😿

細佬識咗幾耐？一個月都無 :(

成年啦

???????

2017-2018

round up too bad bad
回覆「澳門朋友咪就係尖咀海傍感情台😿」
:o) 希望唔會聽到我個名

唔想理佢哋

Mimi的內疚感當然存在。

😄

不要再說了
回覆「隨傳隨到」

好呀你而家過嚟買早餐我食😋

不了，要返工
bromance=想唔到就唔到，隨時走數
之後講返幾句粗口，DONE

盡責少少
回覆「突然想食飯又得」
咁你約多啲我lalala

LOL咁又唔駛咁頻密。一星期一次？月話補習

勁啦你

😊

唔制喎

最多你有需要時咪陪下你
唔會日日都有需要咁 :o)

我可以有咩需要？

e.g. M痛

我唔點痛

103

或者feeling bad
前提係唔係返緊工 :o)

> 今晚囉😄😋

Mimi説出心底話，但為免期望落空，她選擇以emoji掩飾。

feeling bad?

> 現在感覺很worst

唔多似，完。

明明，這就是真實感受。

> ☺☺☺

唔多信，信你一成，雙目失明
會feel到的 if feeling bad

> 我都唔鍾意講大話

結果啱啱講咗個☺

也難怪，在剛才的對話中她努力切合他的嬉鬧腔調。

> Mo ah

今日幾點放學？
MTR can see see face if you like

> 唉。算，不如我試下追你shh
> 條件係你唔好同月話人講！

哪來的勇氣？
Mimi自己也不清楚，發出訊息後她便帶淚進入半睡狀態。

分隔線

這一睡，已是兩小時。
她感覺好多了，便拿起電話，看到Rasin在不同時間發出的兩則訊息。

Rasin

細佬係咪不滿我 LOL
細佬你今日幾點放學，過嚟揾你，或者你等我放工☺

她淺笑，他並非完全不著緊她。

https://bit.ly/3lSOWE3
我未開sem ah傻佬

正喎，可以去下⌒
你想幾時去？我估你係想今晚 :o)

見他自言自語，Mimi傻笑起來。

Sor ah bro ngo ho siu gum random yuek :(
Just that I cannot control myself. Idk why

暗戀的滋味？

A0
I understand😌
Bro you gotta control after sem start wo

有人追緊我㗎，不過太chur唔好 XD

她有意無意地搬出了Casbah。

lol I will lose haha, dim chur neh?

No feel actually
Told him several times... ng lei lu
But I met him 7 times in dec, hai mai yau d sui orz

dui ngo yau feel ??? :o)

用:o乖

😌 (摸頭)

(你太高摸唔到)

LOL

Tonight what time~ I go hk station
就你，我今日喺屋企

我都係6半放，7點喺hk station wait?

Okkk will u go home for dinner le

唔通叫你食西北風？
捱餓Not good

養我很貴

May I ask what do I attract you haha
Seldom ask question haha

Can I not answer? Bro:(

okok, fall in love at the first sight :o)
I think I am not that attractive

Nei dou chisin ==
Be confident is good but not that much dailo

ok me shut up~

Is yr first kiss still here~

:o why ask this? yes lo

Nei siu sum d ngo then

you so crazy

Mo duc hui taiwan :(

why ge

Is yr memory good...

my memory is bad
I can only rmb when we were taking photos

回覆「Nei siu sum d ngo then」
ngo ng hai gum easy to kiss ga wo. One month first lol

U better don't hurt me lah
Do rmb ytd those messages r really not sent by me
But they have their reasons to send tho
Forget about it anyway

haha I am a bad guy right?

U r cute ah, like a kid lol
I really like kids ga not kidding

LOL

My 兒時志願 is to be a primary maths teacher
It hasn't changed :)

你喜孌童？

What word is that

Harass kid

...

okok no offense

Go dieee

btw I am handsome when small LOL

How come now gum... :o

Idk lol

Ask u
Hai mai really mo miss me
Be honest ok la

think about you since night.
thinking whether it is too fast xd.
I have disappointed a girl once and I regretted it.
I don't want to make it happen for another time xd
So I must think xd
Will one month be painful for you, my dear? ><
okok i think there is no difference, let's see how it goes tonight haha

Mimi讀完這段訊息，不禁質疑：哪來的感情戲？

:')

?
I miss you ar, but I am thinking

U take the initiative la
I thought about the consequences (?)
Mai jui dor ngo quit moon talk ja ma, won't affect u ah

Xd and I lose a bro

亂倫jek msw la

14th our first day okay?
1月14 情人節

Meh lei ga

喵喵發現，你真鬼馬

你係咪記錯shh

Shitt Google does not help
原來係2月14，stupid Google

她無言以對。

Stupid u ah

In front of you I am always stupid la

Btw ngo ng sik flirt xd
U teach me

Lol ngo dou ng sik
I am working, offline now

Rasin迅速交代後便離線，Mimi趁空檔時間告訴Rasin從前的感情生活。

I continue my words sin
我對過幾個男人有好感 (all older than me ha)，對上一個係上年年中。
而家諗返，我只當佢哋係感情寄托，因為都真係無咩可能，直至有人so-called追我啦，其實佢係一個好仔 (2012 DSE)，想知我點識佢你遲啲再問~
可惜我對佢無感覺亦都同佢講咗幾次，但佢話會繼續鍾意我，咁無辦法啦
我咪當佢親人咁~~ 所以sem 1生活dry dry der
直至我見到你xd 其實都無諗過會入你嘅數組，之前橘好似提過dennis組。
然後星期日晚我咪開始當咗你係我久違嘅感情寄托，僅此而已。
我的世界很單純，既然我哋之間無乜牽涉其他人，我唔介意試下做主動
xd (貪玩mode)，但係我真係真係唔想你因為同情我，又或者想求其搵個人
拍拖而同我一齊，明？

Xd 明嘅。但老實講，hehe我唔識拍拖㗎，等你帶下我，好？

Suilooo
始終我係女仔，仲要唔係對男仔主動嘅女仔，執生roar

好囉，咁我試下主動啲

唔好欺騙我嘅感情！你真係鍾意先講啦

Mimi知道現在的Rasin並非對自己毫無感覺，但尚未達到「喜歡」的程度。

我諗你係忘年戀嗰type
荀盤係要mark實嘅，係咪？可能我係鍾意你夠主動

So sad

學下你尋日咁LOL

?

你尋日主動影相？
查實我好唔鍾意自拍，每次都係影風景算，可能人太柒

內心依舊係
三歲時愛躲在媽媽背後嘅細路女

same here but boy

I am sailo

sailo_r moon

唔好笑wo。你專唔專一㗎？

我講吳尊會點㗎？
你個問題都幾搞笑 ><

我每次只會鍾意一個人㗎

Same

Budyu type chinglish la u

dont follow this crazy action

Meh jek

打字啦靚女！

禾巧開心 XDD
I am jai

……友情、愛情、親情，你會點排？

問者先答

我個排法可能你令你卻步

231

親情第一，友情第二，會唔會對我失望？

唔會啦，我都一樣

除非……結咗婚咪變親情lol

Did u tell anyone we gonna meet tonight ah

Steven lol 又唔講得？

Weiyaaaa

佢好口密

:)

我密友嚟，識咗十年

Did he support me le

佢叫我自己諗
that's why I want one month understanding first lol
剎那衝動好易返唔到轉頭
而家bro嚟bro去都幾nice，情人就唔同㗎喇

Last time my friends stole my phone to text that man
And then my response is one month
One month has passed n I rejected haha

要知道我第二個係話一齊，之後突然個感覺無咗，
事關無乜點見，然後我係斬纜 XDDD
所以自嗰次之後，我係有啲怕

叫你主動啲ah suilo

第二個係有人穿紅線 XD
我宅男嚟，摺係屋，一個月出街扣除返工，
係得8日 XD，出街都係補習

邊個出街唔講嘢話？

最近嗰個，7月

咁第二個有咩特別

第二個係發情期，無諗清楚就上，結果唔得LOL
btw另一個問題，no offense，你好似唔係成日笑？

笑點時高時低 lmao
Btw ngo seung buy mark six!

一間買，你唔笑都幾惡

你記得先好

怕怕

明明有喜感

我諗起千與千尋的無臉男

Mimi on the right

And Rasin on the left?

Ya

To me u r right la. Can u gimme a hug?

她選好了一襲酒紅色連身裙，準備出門。

Ok

Btw I have op annual pass! Find one day play with me

But i dont have op annual pass xd gg

Are u nervous le

No ar
Maybe quite nervous 拍拖恐懼症開始發作

Btw不如你等陣試下撩我傾偈

Ok. Let's see

Open up yrself

Try try

Can ng can teach me how to skate later!

跟伴侶手牽手溜冰是Mimi一直的憧憬。

:o) 我都唔識㗎喎，can try try

Hai mehhh

Yes arrr
Eat first or play first? I prefer eating

I usually search from a foodie IG @lepetitmi.chaeael

好似幾好
不過我已經搵咗餐廳

Wow thx man, budyu play sin la
I don't want to vomit xd

Lol I think I will walk there, so near

Idk how to walk, bring ng bring me sin!

Bring haha ifc exit
Shit Google map does not help

U walk the wrong way?:p
I arrive lah lek jai :p

Coming from office haha
You go shopping first

Ok~

See you in ifc

U arrive tell me la

Ofc, walking
正 I go play first

他附送了兩張機動遊戲照片。

._. Where to wait

Coming, wait for me~ Where are u now

Wait

她首次使用了分享實時位置的功能。

Smart wo. Coming

Ga yau xd Long leg

Let me go find find

不久，Mimi感到一雙手驟然貼在她的頸際。

Episode 13
那一夜

「請你吃凍柑，哈哈。」一陣冰冷在頸後散開，Mimi甫轉身，便看到朝思暮想的他。

「終於到了嗎？」

「你走得很遠呀，我們先上去。」她沒有答話，默默跟在他背後。

「怎麼不出聲？呀，我知道了，你想我主動點，對嗎？」

「是呀。」他搔頭，她莞爾。

「那好吧，今天做了甚麼？」**想你**。但她當然難以啟齒。

「還不是跟你發訊息啊。」

「還有呢？」「沒有了。」

Rasin和Mimi並排前行，從天橋上看到不遠的嘉年華設施。

「就是那裡！」她興奮地指向機動遊戲。

「對呢，我剛才就想直接走進去。」

「那謝謝你來接我，呵。」「不客氣。」

「你有異性朋友嗎？」Mimi突然問。

「沒有啊。」「真的嗎？」

「真的！中學時的中年外籍教師算不算？我和同學至今也會跟她見面，道別時會來個法式擁抱，哈哈。」

「甚麼？」「這樣子。」他作勢擁抱著空氣。

「其實不就是普通擁抱嗎？」她疑惑。不知他仍否記得黃昏的承諾？

「也是的。」

轉眼間他們到了售票處，Mimi拿出學生證，Rasin見狀便嘗試混水摸魚，儘管他早就踏進社會大學。

「想不到真的能免費進場，應該是因為我這身intern裝束，哈哈。」

「你很無聊啊。」

未幾，一名陌生男子搭訕道：「你們好，我手上仍有兩個代幣，20元給你們好嗎？」

「噢，好的。」Rasin隨即掏出銀包。

「謝謝。」事實上她覺得議價不成問題，但見他做事乾淨俐落就不便插口。

「我們現在已有兩個代幣，多買四十個好不好？」Rasin問。

「好像太多？」
「那三十個？」
「好的，你留在這裡等我。」他自行走到兌換處。
「謝謝你啊！」
「不客氣，你昨天也付了葵廣食物。」
「當平數嗎？」
「也可以，去玩吧！」「好！」

他們到處遊蕩，雖然早前Mimi已跟Casbah來過這裡，但這次的對象不同，感覺也截然不同。
「想玩攤位遊戲嗎？」Rasin望向Mimi。
「好啊，你喜歡射高還是遠的籃？」她恰巧看到不同高度和距離的籃球架。
「還以為你在說擁抱的攬，哈哈，我沒所謂啊。」
難道他很在意所許的承諾？
「我們先去看看哪款公仔比較可愛。」她提議，他微笑說好。

最後，他們瞄準了汽水圈和龍蝦桶攤位，分別掛著大大小小的啤啤熊和minions公仔。
「你想先玩哪個？」
「汽水圈好嗎？好像比較容易。」他付好代幣後，職員遞來一大桶膠圈。
「給力！」「加油！」他們相視而笑，各自扔出膠圈。
「很難呢……」她有點洩氣。
「再接再厲！」
「可以整桶圈拋出嗎？」
「好像不能啊。」他環視四周。她偷笑，這本來就不合理啊。

直至桶內再沒有膠圈，他們仍是一無所獲，Mimi扁了扁嘴。
「別要這樣啦，我們去玩龍蝦桶？」「好吧。」
「很多小小兵呢！」看到琳琅滿目的minions，她的心情瞬間好了起來。
「我之前看過攻略，好像說以拋物線朝桶頂拋會比較容易。」
「聽起來很科學，但我應該做不到。靠你了！」

他以代幣換取五個球，拋出的第一個球反彈到地上。
「唉呀！你也要試試嗎？」
「你來吧。」她婉拒。第二個球仍沒有進桶。
「來拋一個吧。」她接過Rasin遞來的球，輕輕一拋，但球秒速反彈。

「不玩了。」她賭氣地說。

他笑了笑，拋出第四個球。這次球停留在桶中一秒，但還是跌到地上。

「差一點！加油！」她為他打氣。

「我會的。」

分隔線

Rasin把剛得到的小minion公仔送給Mimi。它是個子高的Kevin，跟Rasin有點像樣。

「喜歡嗎？」「嗯。」

「送給你。」

「謝謝。」她兩頰泛紅。

「剛才好險，明明球差點跌下……」

「但它突然自行彈中桶中！」她很是激動。

「對啊，哈哈，真幸運。要玩機動遊戲嗎？」

「好呀，玩那個轉轉轉好不好？」「沒問題。」

她帶他到洗衣機Remix，兩星期前她和Casbah也玩過同一款機動遊戲。

選好位置後，Rasin輕易就坐，相反旁邊的Mimi多番嘗試爬上座位卻不果。座位與地面相距甚遠，她需要花更多時間才能坐好。

「需要我幫忙嗎？」見狀，他站起來。

「讓我再試試。」還是不成功。

「我抱你吧。」他主動請纓。

「我很重的……」沒等她說完，他就以公主抱的形式抱起她。

「謝謝……」這下她的心猶如十五個吊桶打水，七上八下。

機動遊戲很快便開始了。

「幸好不算很快。」Rasin鬆了口氣。

「等著瞧吧。」

說時遲那時快，洗衣機逐漸加快速度，不斷上下左右旋轉。

「很暈……」可惜，空氣阻礙了聲音傳播。她偷偷伸出右手尾指，幾欲觸碰他的左手。奈何他絲毫察覺不到，她只好緊握扶手。

經過多次軸心公轉及360度自轉，洗衣機終於停定。

「你還好嗎？」他關心她。

「不太好……」暈眩感湧上。

「我們先休息一下，你還想玩哪些？」

「你呢？」

「沒所謂啊，最高的這個嗎？」

Mimi抬起頭，嚥了嚥口水：「不了。」

她留意到旁邊的Capriolo，類似海洋公園的翻天覆地，其中一樣她至今仍未成功挑戰的遊戲。她想在今天挑戰自己，只因身旁有他。

「這個好嗎？」她指向Capriolo。

「你可以，我就可以。」

「出發吧。」

「害怕嗎？」Rasin笑著問。

「有你在。」

「是的。」他點頭道。

她戰戰兢兢地走上機動遊戲，不出所料，她還是跳不上座位。

這次他逕自抱起了她。

「噢，謝謝你。」

「本份。」

「嗯，這個請求好像很奇怪。」

「甚麼？」

「你待會可捉緊我的手嗎？其實我很緊張，哈哈。」Mimi說得像急口令。

「你的手很冷啊。」**他們就這樣十指緊扣著。**

分隔線分隔

這大概是Mimi人生最漫長的五分鐘，她尖叫到快要失聲。

當他們腳踏地面時，Rasin自動鬆開了手。Mimi臉上閃過一絲失落，她隨即縮手，並靦腆地說：「謝謝你。」

「不用謝。你剛才握得很緊呢，現在放鬆些嗎？」

「噢，不好意思。」她臉紅耳赤。

「沒事。」

「還有，如果我是你的話，我不會在逆風時尖叫，這會吃風呀。」

「是這樣嗎……」

還是當朋友算了。

她忽爾冒出這念頭。

「在想甚麼？」

「啊，沒有。」難不成直接告訴你，我打算慢慢淡出你的世界嗎？

「還有時間，去坐摩天輪好不好？」

「嗯。」Mimi心淡的想法稍微動搖。

奇怪地，她更不期然幻想著會否出現電影般的浪漫情節。

「你有坐過嗎？」

「沒有。」她想起了上次跟Casbah因聖誕檔期而坐不成。

「YES！是大家的第一次呢！」

「是啦是啦。」她沒他好氣。

他們朝嘉年華出口方向前進之際，Rasin提議：「離開前拍張合照吧。」

「不是說不喜歡自拍嗎？」Mimi沒想到他會主動提出合照。

「和你就不同。」他按下快門。

可笑地，不久前心淡的感覺？

因著這個主動的行徑一掃而空。

「景呢？」她看著照片嘀咕。

「顧不上那麼多，哈哈。」

說著說著，他們走到摩天輪底。由於是平日晚上，並不多人在排隊等候。

「這次我來付吧，不過每人二十元。」Mimi說。

「那就謝謝你了。」

「你易哭嗎？」她問，同時踮起腳尖，她忽然想測試自己的嘴巴大約會停留在他的甚麼位置。

「還好吧，怎麼這樣問？」

原來跟臉部尚有段差距，幸好他沒有發現這個奇怪的舉動。

「我不易哭的，哈哈。有看過令你哭的戲嗎？」

「有一套我印象深刻，是日本電影《明天，我要和昨天的妳約會》。」

「你在邀請我明天約會嗎？」她露出奸詐的笑容。

「不是啦，我是認真的，想知劇情嗎？」

「你說吧。」她暗地裡埋怨。接著，他便努力解釋電影中兩個平行卻交錯的時空的科學原理。

「你能理解嗎？」「的確有點難懂，我有空看看。」

「另外推介你看另一套日本電影《逃避雖可恥但有用》。」聽到這個熟悉的片名，她記起Casbah也略略提過這部電影。

「你暗示想逃避我嗎？」她蹙眉打量。

「怎敢呢？」

輪到他們進入車廂。同一車廂內，還有另外四名女生。

「還以為能包廂。」Rasin說。

「沒辦法，外面還有人在等候。」說實在，她的幻想破滅。

117

「開始轉動了。」

「我們拍照好嗎？」他們用各種filter拍下好幾張相片。

期間，她並非沒有想過撲向他身上來捉弄他，但別人的存在令她卻步。

她自知承受不起被推開的風險。

「對了，之前見你Facebook有追蹤作者藍桔子。」他無端提及。

「起我底嗎？」她沒想過他曾特地留意自己的個人檔案。

「不，看看而已。」

「是啊，我兩年前訪問過他。」

「甚麼訪問來的？」

「中四五時我自薦成為網台主持，合共錄了13集以流行文學為主題的節目。當中有幸邀請到藍桔子外，還有廓神、張神、子瓜水立等，亦有網絡填詞人挽歌等嘉賓。」

「佩服佩服，為何當初會有這個想法？」

「先回答我，你覺得我的聲線如何？」

「感覺很溫柔，有關係嗎？」

「哈哈，謝謝你，很少人會這樣子形容。同學們大多說我的聲線帶磁性，於是我便思考該如何運用這把聲音。後來成了掛名網台主持，這跟我讀流行文學的習慣不無關係。」

「很勵志的故事！」

「訪問應該尚算高質吧，每次我也和拍檔構思逾百條訪問題目。題外話，跟作者閒聊時我們會強迫他們玩撲克牌，嘻嘻。」

「100條題目，聽落也覺『高質』。」他揶揄。

「是啦，辛苦了眾位作者，還有幫我後期製作的網台創辦人。」

「幸好他們是友善之人，那你有網名嗎？」

「哈哈，我叫情芯，愛情的情，花芯的芯；拍檔叫玄淺，玄妙的玄，深淺的淺；節目名為《玄芯說》，亦取諧音『鉛芯』，鉛筆內的鉛芯。」

「情芯你好，聽落很有詩意。」

「謝謝大佬，我們亦有口號！」

「甚麼？」

「向來玄淺，奈何情芯。」

「真夠鬼馬。」

「其實從小到大我都很害羞，這個網台主持的經歷令我增添了勇氣。」

「很不錯的體驗啊，待我告訴你我中學的活動。」他們共同朝向窗外。

「原來過了最高點。」Mimi淡淡地說。

原來甚麼也沒有發生。

只怪剛才自己談得興起。

「應該差不多到底了。」

「你看，那棟是我工作的地方。」他指向一座高樓大廈。

「原來這麼近。」

「所以我說我想先進嘉年華，嘿。」她聽後報以鄙視的眼神。

待車廂停定，他們收拾行裝，準備返回地面的世界。

「我們現在到哪裏？」Mimi轉向Rasin。

「吃飯好嗎？我預約了一間台式餐廳。」

「好啊，謝謝你。」

「我先看看餐廳的位置。」

「需要我幫助嗎？是哪間餐廳？」她提出協助。

「我應該能帶路，吃過鐵牛嗎？」

「聽過但沒試過。」

「我也沒吃過，我們可多點些食物。」

「怎麼了？」見他突然停下腳步，她疑惑地問。

「好像走錯了方向。」

「哈哈，不要緊，我也打開地圖。」他們共同尋找正確方向。

「你說有人在追你嗎？」Rasin突然問及。

「呀，其實是上月的事了」。

「可以告訴我嗎？」

「當然。我經長笛姐姐認識她的表弟，然後我們約出來見面，其後在字裏行間依稀感覺到他對我有好感。」

「聽起來也很迅速。」

「是的，之後被同遊澳門的兩位朋友搶去了電話，他間接表白。最後我提出一個月後才確認關係。」

「你拒絕了？」

「不然我不會在這裡啦。」

「你說得對。」他若有所思地點頭。

「告訴你一個fun fact。」Mimi靈光一閃。

「甚麼？」

「哈哈，中五時有班際英語話劇比賽，我隊得了全級總冠軍，不過評分準則並不透明。」

「夠厲害了,你不會是做幕後吧?」

「這樣子跟你說當然是做主角啊,而且是我首次擔任主角,呵呵。」

「甘拜下風,劇本的主題是甚麼?」

「一個跟死神訂下契約的故事,但主角最後也不敵死神。」

「所以你死了?」

「在劇本中。」

「那我也告訴你一些往事。」

「這是理所當然的。」

「哈哈,我A level的A Maths只有D。」

「真的?該是失手而已。」

「那時很失望,幸好化學得了A。」

「高考奪A很棒啊!」

「也只有這科,哈哈。」

「其餘科目呢?」

「要說比較好的話,物理和經濟都有B。」1A2B,再次印證了Rasin在Mimi心目中的形象。

「你好叻呀。」她由衷地說。

「不是啦。」他倆微微一笑,轉角走入最後直路。

分隔線分隔

閣麟街。

在熙來攘往的街道。

Rasin和Mimi並排走著。

忽爾間,她感覺到掌心傳來一陣微溫。

雖意識到這是甚麼一回事,心如鹿撞的她卻不懂反應。

她決定不鬆手,並慢慢轉向身旁的他。

相互莞爾勝過萬語千言。

在熙來攘往的街道。

閣麟街。

分隔線分隔

Rasin和Mimi大手牽著小手,不經不覺間到達翡翠中心。

四周一直瀰漫著曖昧的氣息。

「訂了兩位,姓陳的。」他說。

「這邊請。」

餐廳裡幽暗的環境頗具格調,他們相對而坐。

「你在大學裡有參加任何活動嗎？」Rasin打破沉默。
「不是沒想過，但後來決定自摺。」
「噢，我也差不多，只有參加過一兩次閱讀研討會。」
「Wow，mass mail那些嗎？」Mimi依稀有印象。
「對啊，我剛好看到電郵便報名了。」
「其實是什麼來的？聽來很學術。」
「簡單來說就是一班人圍圈坐，輪流介紹一本值得推薦的書籍，途中可以自由發問。」
「厲害，我一定不認識那些具深度的名著。」
「我也不太認識，剛好知道一兩本能拋書包。」

「讓我考考你，知道金庸小說名稱的首字所串成的對聯嗎？」Mimi對文學的認知僅限於金庸小說。
「知道，飛雪連天射白鹿。」Rasin接招。
「笑書神俠倚碧鴛。」她接話，兩人四目交投。
「那你知道哈利波特系列的首字也可砌成對聯嗎？」她調皮地笑著問。
「這個沒聽過。」
「開估！就是哈哈哈哈……」他露出歡顏。
「認真的，我高中時是校內Head Librarian，哈哈。」Mimi道。
「你也喜歡看書啊，我中五時當Head Prefect。」
「你一定很乖了。」
「還好，猶記得當年的prefect camp很好玩。」
「你負責籌備嗎？」
「主要由老師帶領，那些接龍和拋水球等集體遊戲，我都樂在其中。」
「你的記憶力很強。」
「不算，只是對這個訓練營的印象特別深刻。」她頓覺他帶點傻氣。

「你懂其他外語嗎？」Mimi轉換話題。
「略懂日文，我記得你學過西班牙文。」
「對，你自學嗎？」
「是呀，在那些語言網頁學了些皮毛，勉強清楚五十音。」
「いただきま！」這時餐點剛好送到，Rasin說出一句日文。
「甚麼意思？」
「我開動了的意思，你慢慢跟我說一遍：I ta da ki ma。」
「I ta da……」她遲疑。
「I ta da ki ma。」「I ta da ki ma!」
「開餐吧。」

「你知道馬拉松賽道為什麼是42.195公里，而不是整數嗎？」Rasin邊吃邊問。Mimi搖頭，心想自己連馬拉松總長度也不知道。

「想知道嗎？」「好呀。」

「奧運會一開始的馬拉松距離只有40公里，但後來為了方便皇室人員觀戰，刻意規劃出繞過城堡陽台的路線，所以就出現了小數點。」

「原來如此。」她恍然大悟，發現對方知道不少冷知識。

「你今天很美。」Mimi聽得愣住了，待回過神來已一臉通紅。

「謝謝……」

「但你的嘴唇頗乾呢。」

「是嗎？哈哈。」她害羞得不敢直視對方眼眸。

「話說回來，為什麼你會用感情寄托這詞語？」

「噢，因為我不介意單方面傾慕，也不需要他們喜歡我。要知道我是一名全職廢青，只要我與他的距離不太遠，閒時會互傳訊息就好。遇上你的時候，我是這樣想的。」

「現在可不用這樣想了。」他莞爾而笑。

一股莫名的勇氣襲來，Mimi夾了一顆青瓜到Rasin嘴邊，他自然地張開了口。

「謝……謝。」他因咀嚼食物而發出不清晰的聲音，她咪咪地笑著。

「是了，你跟Sally很熟稔嗎？」Sally是他們同組的學生。

「純粹朋友關係，她一直有暗戀對象的。」

「沒問你們甚麼關係啊。」

「澄清一下嘛。」Mimi欣賞他的坦誠。

「結帳嗎？」

「好的。」她掏出錢包。

「不用呀，這餐我請客。」

「真的不用，我們夾份好嗎？」她看見帳單上的300元字樣，感到不好意思。

「小意思，這是我一堂補習的價錢，哈哈。」

「你已經請了我玩AIA，不好太破費。」她雙手呈上150元正。

「那下次要讓我請。」

「一言為定。」

「突然……很冷……」步出餐廳，Mimi忽然冷得連聲線也震抖，便把雙手放進口袋。

「我把外套給你好嗎？」Rasin準備脫下外套。

「不，你穿吧。」

「傻瓜，這樣子給你溫暖。」他把手放到她的頭上，溫柔地掃了幾掃，一股暖流從頭頂傳來。

「哈哈，謝謝你。」她沒有表現抗拒，更看似受落。

「其實我有個親戚比你高。」她想到甚麼便說甚麼。

「真的？是你的？」

「親表哥。」Mimi刻意加上「親」字。

「他有多高？」

「好像是186，比你高一厘米。」

「他很高啊。」

「你也很高呢！」她衝口而出。

「傻妹。」他輕拍她的頭頂，她暗地享受著這刻的快感。

「噢，忘了買六合彩。」Mimi突然記起。

「不好意思，我也忘了。」

「傻啦，不要緊。」她勾了勾嘴角。

「現在去買嗎？」

「投注站應該關門了，下次才陪我買。」

「樂意至極。」他輕輕搭著她的肩。

「現在下微雨呢，讓我送你回家。」

「免費的風度嗎？」她揶揄他昨晚於葵廣的戲言。

「不，我想送你。」

「謝謝，但明天你要上班，不用了。」Mimi徐徐地說。儘管她心裡萬般願意，但她知道不能自私。

「不要緊呀。」

「還有很多機會。」

「也對，我借你雨傘好不好？」

「你用吧。」

「那我送你到月台。」

往東涌的月台上，Rasin張開雙手：「攬一個嗎？」

連Mimi也差點忘了的請求，沒想到他一直銘記在心。

她二話不說便一頭栽進他的懷裡，一股無形的力量環繞著他倆。

「那麼，星期日見。」

「星期日見。」他目送列車駛走。

Episode 14
沉澱

離開視線範圍後，Mimi掏出手機。

Bye bye :)

到屋企講我知

Ho la these few days I won't find u for dinner ga lah!
U accompany auntie n uncle more :)

Ok no problem
極速飛緊去中環站Arrr

識飛叻嗰~~

今晚又要夜瞓喇你 XD

嗱嗱界阿媽催返屋企瞓覺

好多同學嘅媽咪都鍾意我㗎嗰~ Trustable

又幾trustable
細佬到邊？我下站到

葵廣

有機會快過我返到

做咩成日用

偷笑

我發現我點樣gut高，都係去唔到你塊面嘅level……算~

她決定坦白。

買張凳仔界你，我到地鐵站

你踎低啲唔得嘅~~
Me last straight road!

梯級幫到你

Waiting for lift!

晚安✿

Back woohoo
Thank you for being with me tonight! :D
我第一次餵男仔（除真‧細佬）食嘢㗎✿✿

Rasin的最後上線時間並沒有更新。

分隔線

「感情台♥ A0 pride♛」

Guys... eh le... actually I met him ytd night n tonight...

Andrea
har????? Last night????

Yes...

Yoyo
u didn't have dinner with us n met him!

Andrea
gao chorrrrr

Sor ah

Yoyo
suen

Andrea
gum wt happen

Mo la 尋晚佢完全feel唔到我鍾意佢 -.-

Andrea
and then le

We met just now

Yoyo
Tbh your reaction in macau already betrayed u

Andrea
How many times did u spring smile

Maybe two times, thx!
我想留返啲矜持

Yoyo

矜持食得咩

Andrea

點只兩次，仲講咩矜持

Yoyo

Life won't give u so many chances.
If u don't cherish life but blame it,
next time it won't give u any chance.

Thank you very much for giving me
these experience about biu dai and dailo

Andrea

咁你哋頭先做咗啲咩㗎

我哋頭先拖咗一陣手……

Yoyo

Doon點解快到咁

Andrea

Doon原來連手都拖埋

Yoyo

咁都唔一齊我無咩好講

Andrea

再講我哋真係爆粗roarrrr

但佢無開口問……

Andrea

Ask wt

拍拖不？

Andrea

Ks already hai

Yoyo

This question gum important meh

Andrea

Li d yeh ji gei feel dou

Yoyo

Sai meh gong dou gum ming hin

她們就似夫唱婦隨，不愧為摯友。

I bathed just now
Gok duc ks ngo dou ng hai really zhung yi kui
Just think that he is cute

Andrea
Yau ho gum jau enough la

Yoyo
Ng wui before tgt already ho zy one person lorrrr

Andrea
Kui ng zy nei yau dim wui tor nei!

Yoyo
Plz plz plz dont leave it ok?

Yes madam

Yoyo
Finally🙈

Andrea
Finally🙈

Yoyo
真心講，我同Andrea無必要咁樣説服你同佢一齊。
如果係啲我哋唔care嘅人，我哋唔會關心佢拍拖定食屎lol。
我哋咁做係因為見到你日日喺度春笑，你嘅反應同我之前
鍾意人嘅時候好似。同埋我哋真係想你幸福，所以先咁做
同咁説服你，知唔知？如果係啲我哋唔熟或者唔係當佢
真心朋友嘅人，講真佢幸唔幸福真係關我哋鬼事咩⋯⋯
I don't want you lose sb you really love, coz finding
sb you love n love you is super super difficult

Ya thank you

一時間收到長訊息，Mimi需要時間消化，她只好先行道謝。

Andrea
你諗清楚就好解釋下點解呢兩日可以發生咁多嘢！！

Yoyo
mimi wong你完全刷新咗我對你嘅印象

印象刷新done!

Mimi的確需要好好睡一覺，沉澱這一夜的所作所為及所思所想。

Episode 15
對話

Mimi剛睡醒，便看到通知欄所顯示在不同時間接收的短訊。

Rasin

早晨^^
咁我都係第一次拖女仔手仔，除咗老母
Btw尋晚你幾好抱😌

Mimi

早~~

回覆「Btw尋晚你幾好抱😌」

Fei fei💀

My hands are smooth hehe💕

忽然，Mimi的媽媽傳來訊息。

分隔線

媽媽

Mi，媽媽好擔心妳
做女仔不能隨便，不能求其
真的要好好了解才能開始
先做朋友，了解下先
知道嗎？

咩料

敵不動，我不動。

xx大佬係咩人？

如無意外，該是八卦的媽媽偷看了Mimi的鎖定畫面。

義教group識

幾多歲？學生？
樣衰更加不好

... Ok la. 我有分數

你得18歲咋😒

你想睇相？……

Yes

Mim聽話地傳送了其中一張合照。

有咩你當面問我啦

又係四眼仔 :: 幾高

媽媽所說的「又」，應該是指Casbah。

185cm，不過好老……

好大？年紀？

末屆A level...

吓！幾多歲？

大6年，hku master grad

好，做朋友，了解下先

Born in china，不過人哋都無話追我 -.-

吓！中國製造！

雖然不算有趣，但Mimi還是不爭氣地笑出聲來。

妳都話他無追妳，即係普通朋友
下次吃飯，不能即call就答應

她已習慣媽媽常用數字鍵盤及斷句。

我約佢㗎……

你不好再約他
高貴啲，不能隨便
千萬不要再約他了，做普通朋友先，不好女追男

Okok

既然他不是追妳，你無謂約人
做女仔，不能隨便，好的男仔不會鍾意隨便的女仔
不要心急，慢慢來，一定會識到好的男仔
知道嗎？妳要信媽媽

Ok, thx for your care

終於擺脫了媽媽，她舒了一口氣。

「Mimi。」熟悉的聲音突然傳來，Mimi的心離了一離。她180度轉身，見到婆婆就站在床頭前。

「嘩，婆婆你何時入屋的？」

「剛剛。」

Mimi一直面向牆壁躺著，加上房門緊閉，所以留意不到鎖匙聲。

「有事嗎？」

「你媽媽告訴了我，你認識了男子。」

「天哪……我剛剛才跟她說完，你知道了什麼？」Mimi倒抽一口涼氣，試探地問。

「其實我不知詳情，但她叫我過來勸你不要誤信別人。」

「甚麼誤信？你孫女我很精明的。」

「我知道，那你親自告訴我那男生的背景好嗎？」

「沒問題。我在義教群組認識他，他是港大本科及碩士畢業生。」

「港大嗎？聽起來也不錯。」Mimi從小受婆婆老一輩的思想灌輸，因此立志考進港大。

「那他現在做什麼？」婆婆續問。

「在政府統計處工作。」

「收入應該穩定。」

「嗯，他比我年長6歲。」

「還好，公公也大我6年。」

「另外，他跟表哥差不多高的。」

「那麼高？但你這麼矮。」

「我要笑嗎？……這不是重點吧。」

「哈哈，這樣聽來還可以啊，為什麼你媽媽會反對？」

「我也不知道，她從早上開始便不斷發訊息給我，我猜是因為她今早無意中看到我的訊息欄，他傳來了『第一次拖女仔手仔』及『尋晚我幾好抱』。但我要解釋他所指的『抱』是抱我上機動遊戲而已，你也知我矮。」

「原來如此，我會替你說好話，但婆婆還是要提醒你記得帶眼識人。」

「我會的，謝謝婆婆。」

「還有，我買了炸雞給你。」

「婆婆最好了！但我想多躺一會兒，待會一起吃。」

「那我出去坐坐。」見婆婆步出房間，Mimi立即按進未讀訊息。

Rasin

回覆「My hands are smooth hehe」

Yes wo

等到你了

咁我等咗20年添

快25年

扮下後生

https://bit.ly/2QVTevZ
其實我唔係咁痴身㗎,有無聽過呢首歌?

無喎,咁似講緊我,宅男悲歌

大佬

?

叫返我

細佬

大佬xd

細佬xd

大佬佬!

細佬佬!

大佬仔~

細佬仔~

一幕幼稚但溫馨的對話。

開sem要集中喎

咁你識做啦

得閒無時搵下你
Btw auntie尋晚有無話你夜返?

她對他的答覆十分失望。

> ˙˙下次要早啲返 let me manage

坦白很重要
Nei dui ngo yau mo feel　　I am fine

她放手一搏。

> 點會無呀♡ But confirm our status after one month♡
> Or confirm this week?
> 未出過pool，有啲緊張˙˙

她由心而笑。

一齊無咁緊張˙˙

> ˙˙

Let's try˙˙ 我哋唔好玩心計！
U typing so slow xd

Rasin的狀態一直顯示著：
「輸入中……」

分隔線

半小時後。

> Rasin
>
> 細佬仔，老實講，我估唔到我哋會咁快喺埋一齊。
> 原先我預想嘅係，一個月，相處耐啲，認識多啲，
> 我唔想來得快，去得快。但係，相處咗呢個星期，
> 我對你嘅性格同為人係鍾意嘅，亦都覺得可以開始。
> 見你日日好似受折磨咁，我明白，A0 的苦惱，我曾
> 經都試過，而我愛你，唔想你咁痛苦。希望我嘅直覺
> 無錯，你就係我想要嘅人。有一樣嘢，要話你知，
> 就係我屬雞嘅。雞兔相沖怕唔怕？第二，其實我想
> 多啲時間陪屋企人，太痴身我會GG咗哈哈。
> 聽完，如果你願意，做我第一個女朋友好嗎？
> （禮物後上啦仲駛講）

終於等到了。
Mimi約略知道這是表白訊息，內心幾驚且喜，但同時感到不滿。一來她認為
逗號很累，二來她主張傳統的面對面表白方式。
此刻見他秒速下線，她不禁出言嘲弄。

即刻off喎˙˙

從頭細閱Rasin的表白訊息後，Mimi並沒有預期中的興奮，她希望徵求他人意見。她大概猜測到Yoyo和Andrea的反應，隨即想起中學摯友Rachel。

她倆不如Yoyo及Andrea這對朋友般對彼此的資訊倒背如流，Mimi與Rachel的關係，大概就是當任何一方有需要時，對方定會義無反顧地幫忙，可謂另一類的莫逆之交。Mimi再度按進Rasin的對話，截圖並發給Rachel。

嗱

Rachel
出pool？

你識咗人幾耐？

11月識……
嚴格嚟講真係傾偈就上星期日

點解你鍾意人地？了解清楚未？

Not really
But I like him more than he likes me actually

你hold住先

你都識講你哋真係傾偈都係一星期之前
你知道人地背景咩？同埋你又知一定夾？
呢啲嘢你自己決定啦，記住唔好玩玩下

No problem

看到摯友苦口婆心的忠告，Mimi在心裡下了定案。

Rasin

你想轉返一個月，都未遲

唔制

她沒打算正面回應，不答應也不拒絕。

我唔係player。如果你有下一段戀情，先唔好咁快，係咁噏你遇到個白痴毒L咋
個心定返啲未？你諗清諗楚先好答，記住
仲有第二點，太痴身我會GG，星期六日is the best
平日if有突發嘢，都會出，假期都得，尋晚先畀人鬧完…

姐姐呵返~

原來唔知阿媽胃痛…

屋企有無胃藥？
Now getting better?

有，好啲

我盡量唔同auntie爭la
Mimi is 乖

其實段嘢有無加咗啲幽默成份

無喎，好認真

A0的苦惱aha

我明的，因為我試過

回覆「我唔係player。如果你有下一段戀情，
先唔好咁快，係咁唔你遇到個白痴毒L咋」

Fyi

諗清諗楚啦嘛，my lady☺

好彩婆婆鍾意你

:o) 婆婆又知 :o) Goodest ar

佢聽到你有表哥咁高

佢知唔知年齡差？

佢話公公都大佢6年

Fyi婆婆由細湊大我，my good friend子

你！唔可以咁快鍾意第二個！知唔知！

我咁毒，好難鍾意第二個
你主動我先考慮咋，本身打算做和尚……
同埋我好揀擇，有樣有聲有性格仲要夠白痴☺

咁你而家嘅status係？

O1

當面同我講呀白痴佬 xd

打完，個掣就爛咗，係太震撼定係……

回覆「當面同我講呀白痴佬xd」

👀

What's that xd

手機套個軟膠

Sui lo!
有無同其他女仔成日聯絡？

無，私chat開嘅女仔得你同sally
sally多數問數，但多數有啲無聊嘢講，同佢無可能

I like u ok?

好無誠意，我打咁大段嘢👀👀
ofc ok

唔準呃我🥺

同埋你用like，似你會呃我多啲
GG，好離譜

鬧我？😞

點敢🥺

🥺

Big big likes phone call?

At home usually busy haha and sleep early wo
Saturday very free can phone me at any time

宅仔busy do wt sin

Learning and preparing for the future interviews
睇嚟你好唔放心我喎？宅仔好放心

唔係呀
U gum lek no problem
After work going home that period le

On the MTR wo

回覆「U gum lek no problem」

Haha let's see

一間行緊去MTR打畀你，駛唔駛日日都打 :o)

Ks I don't like phone calls xd
Can try try tho hehe

I tried with Steven, often is quite odd
Sometimes he will phone me suddenly to hear his emotions xdd

Let me hear yr emotion then

😌

Btw why u choose hku that time ge
Ust suits you wo

她暗串他宅。

Because of fame

此時此刻，電話響起。

「喂？」
「係我呀。」另一端傳來一把既熟悉又親切的男聲。
「哈哈，請問先生status係咩呢？」
「O1!」Rasin不自覺提高了聲線。
「傻佬。」他察覺不了Mimi並沒有正面回應表白訊息。但聽到這稱呼，他格格地笑著。

「做緊咩呀你？」她聽到人聲嘈雜。
「企咗喺地鐵站同你傾電話。」
「吓？就咁企咗喺度？」
「係呀。」
「做咩唔行嘅？」她失笑。
「我驚車廂太嘈，你聽唔到我講嘢嘛。」他的解釋讓她心頭一暖。
「傻佬，其實你呢個位都有雜音，一路行一路傾咁咪可以快啲返屋企。」
「好嘅，今日做咗啲咩？」
「同你兼等你message囉。」她刻意隱瞞被媽媽和婆婆接連「訓話」的事。

「我都係，不過我仲返咗工添。」
「叻喇叻喇。」
「哈哈，有無掛住我先？」
「無喎，你有咩？」她口是心非。
「梗係有啦……」
「哈哈哈哈。」她自顧自傻笑著。

「不如你聽日都做啲有建設性嘅嘢吖？」
「咩喎，你係咪想話我廢青？」
「唔可以咁講嘅，不過可以更加善用時間嘛。」
「好啦，我今晚諗下。但其實我認自己係全職廢青㗎，嘿。」
「廢青都有限度㗎嘛。」
「係嘅，不過就算我真係廢青，你都會要我㗎嘛？」
「要，前提係你無成為真‧廢青。」
「點解有前提㗎……」
「哈哈，係咁㗎喇，要迫下你。」
「咁好啦，我試下。」
「咁咪乖囉，隔空摸下頭喇。」
「乖你個頭。」她甜笑地頂嘴。

他們有的沒的聊著，過了好一會兒才依依不捨地掛線。

Rasin

電話傾偈覺得點

> Nei gok duc le~

Dou ok geh ho kuo mo

> *guo

> Suen la xd u type chinglish mk der!

Seldom use, not QQ
Btw下次教我Spanish!

> No problem

Episode 15 對話

喺電話教應該幾得意
回覆「電話傾偈覺得點」
未答me

Can chat with u ofc good!
Btw我點咗嘅食物仲未嚟

我食嘢先

Guess wt did I order!

Gum wide range, 咩菜式？

我有點想你 XD

接下來的數小時，Mimi忙著慶祝朋友生日，待空閒時已到Rasin的睡眠時間。

頭先又話唔想💭
今日返工有時候會突然傻笑，估下點解？
尋晚鐵牛靜靜地又幾好氣氛
就瞓了

早啲抖
回覆「今日返工有時候會突然傻笑，估下點解？」
你傻咗

晚安啦

Chapter III
若即若離

「原本黯淡無光的夜色，此刻看來更是幽暗。」

Episode 16
快慢

Rasin
早晨

Mimi
Morning xdd finally can sleep tight

唔關我事㗎喎 👀
得閒prep har next sem
Btw why you choose fbe?
I think your A1 should be education?

Mimi察覺到氣氛好像不對勁。

Yau ah tai jor siu siu source
A1 dou hai fbe but a&f is A2~
Nei dim ahhh

Why geh 又話想做小學老師嘅？因為pgde都得定屋企人逼呢？

回覆「Yau ah tai jor siu siu source」
Good girl
回覆「Nei dim ahhh」
問下問題都唔畀？ 👀

她的心沉了一沉。

Right coz pgde will be enough
Plus grandma prefers hku so I choose hku~
Ho chi cool jor ge

Lol need some rationality. Too irrational goes too fast

善變的男人。

Others told u to do so ga?

Need to think think. 唔識揸車太易炒車

唔好跟車太貼咪得

😌

Let's not think whether it's too fast lahhh
Um will u cherish me?

Of coz, but not too fast. 唔喜烈酒

What does it mean :o guan beer meh si~~

葡萄酒係越釀越醇

你會唔會覺得同細過你咁多嘅人一齊，
喺佢身上學唔到嘢，好似無咩得着咁？

我反而想你學到嘢
係有啲細路仔，但可以成長
你有好心，但缺乏耐性😊😊

Um right haha
你覺得凡事需唔需要講到清楚明白？定留白好啲

清楚明白啦，太轉彎抹角好易有誤會
想有啲情趣呀？
點呀？細佬佬🐰

她終於展現笑顏。

U r lek u know
你缺唔缺乏安全感

對未來無安全感
叻喺邊度？講嚟聽下

每一部份都叻！

:o) 講唔出，零分重作

呵~鍾唔鍾意聽呢啲

可能對其他仔有效，對我係失效😜

咁你鍾意獨立定係依賴啲嘅女仔？

見面時依賴，分開時獨立
Btw識唔識整嘢食🐰

少少~可能勁過你

🐰

都可以教我煮嘢食

🐰食唔食

我請你食

兔仔好似會食返自己果啲

141

😶💩

😶
放工！細佬而家喺邊？

想搵我？

想呀…星期日💇
去緊補習，電話？

補完習先打畀我啦

到時call你

肚唔肚餓呀你

一間約咗Steven搞基

我過唔過得嚟💩

會好odd💩💩

講笑啫，唔阻你哋hehe💩

個半小時後。

Lol補完啦我

Okie

Phone?

Ya

Rasin大佬來電中……

「Yo！補完習？」
「Yo！係呀。」Mimi感覺到他心情愉快。
「今朝又會咁cool嘅。」
「尋晚臨訓前諗咗陣，決定都係慢慢嚟好。」
「嗯，都啱嘅。」
「識諗就好喇。」也許，這段關係從來都不對等。

「其實呢，你有無任何疾病？」Mimi向來好奇心旺盛。
「無啦，傻嘅。」
「咩都無？」
「鼻敏感算唔算？」Rasin笑著問。
「咁要食安泰敏喎。」
「你又背晒㗎喎。」

「記性好，無計。」

「咁美素佳兒個廣告呢？」他考她記性。

「咩咩配方？」

「含有豐富深海魚油。」

「真係咩⋯⋯」她無奈。

「其實唔記得，哈哈。」

「唔好笑嘅，你係咪去緊搵Steven?」

「係呀。」

「真bromance。」

「同你係另一種嘛。」

「今晚傾完話我知『女人』呢個話題佔咗成晚嘅幾多%，哈哈。」

「你估下囉。」

「嘿，咁唔阻你哋，我食飯喇。」

「慢慢食，聽日再call你。」

「好呀，拜拜。」

「拜拜。」掛線後，他倆回到whatsapp延續對話。

> Just follow yr heart la it's ok
> Have a deep chat with Steven

Too fast no good. I follow my plan
細佬會聽大佬話㗎可？

> 未必呀

😶咁會激親大佬喔

> 激死你hehe

果然雞兔相沖😶

> 藉口

老人家不宜太激
慢慢你會明㗎啦，我潛一潛

> Hehe

兩小時後。

> 傾完喇？

雙灰剔。

Episode 17
轉捩

Mimi
> Morning :D

這是Mimi頭一趟比Rasin早起。

Rasin
凍，一間去公園行下

> How's last night ah?

It's complicated, 聽日可以傾傾……

> Tdy wt time tutorial?

3點幾

回覆「🤝」

?

發個emoji也有問題嗎？

> 係咪習慣早上冷淡‥

唔係嘅，睇下心情‥

> Jo meh ah? Can share ah

聽日你會知

> Sailo's shoulders here

聽日你會知，唔駛心急

> Don't force u lah
> 開心返啦啦:D
> 點解小傑跑得快過火車？
> 因為小傑真係跑得好快!

她力圖哄他。

Tell you a story
有一日我買咗堆自以為靚嘅橙，我食咗粒，阿媽都食咗粒。我嗰粒係甜嘅，但阿媽嗰粒係酸嘅。明明直覺覺得靚，但點解有啲係甜有啲係酸？因為直覺信唔過，任何嘢都要經時間去驗證。靠直覺，好無安全感‥

Mimi一邊讀著訊息，一邊感到不安。前天發生在她身上的事，這天輪到他。

> Free now?

Free ar😤

> 為咗我唔開心，唔值得呀😶

她自貶身價。

聽日傾下，下步點😶

她禁不住撥給他。

分隔線

通話沒有回應？明明他在線上。

> Hor yi not listen ah it's ok

Rasin
聽日傾？

> Okay

今朝喊咗😶

她不明所以，立刻再次致電給他。可他仍未願意接聽通話，她開始著急起來。

> Do you need me to say ily such words ahhh

唔駛嘅，我想了解你多啲呀

> 一直以嚟你都好少問我問題

但我一開始揸快咗車，而家入死胡同
回覆「一直以嚟你都好少問我問題」
係，因為我無諗過要問乜😄

> 你鍾意我未😊

無feel唔會喊喎😶
前兩日你好無安全感都係我衰
AIA我唔知自己做緊乜，跳咗step😄

> 你都無做啲咩

> 拖手攬攬，唔係咩？
> 如果嗰晚kiss咗，會返唔到轉頭

這樣說，難道他當時想過親吻她？

Mimi居然感到釋懷。

> 你嗰時同我講一個月，對我嚟講，係勁有請君入甕嘅感覺？

> 我嗰時咪就係同表弟講一個月 :

> 哈哈，我未ready，可能你都未ready neh
> 我明，但我唔係表弟
> 但今朝喊咗😂
> 我想了解你多啲呀

他重複這句。

> Ghost tell me ily :<
> 回覆「我明，但我唔係表弟」
> GG 你過嚟報復😂

> 所以話AIA嗰晚跳快咗

> I am okay

出乎意料地，Mimi並沒有太大反應。又或是，她不想搏他憐憫。

> :o) 同之前啲感情寄託都係咁？

> 升咗大學之後你係第一個

> 你亦勢估唔到咁快 :

> 好事嚟，to me la :')

> Really gum think? :o)
> 如果你第一個唔係我而係另一個，然後佢第一晚就kiss咗你，你會okay？

這是甚麼問題……

> 有無諗過我會推開
> 其實我對感情世界一竅不通，感覺呢樣嘢好蝦人

有
理性啲好，呢個世界好多衰佬⁚

好似你咁⁚

AIA嗰晚跳快咗，所以你以為個個情侶都係咁？
No la. 正常係會行一排先，之後再決定個status
要慎重考慮，玩玩下會變咗player⁚

他開始自說自話。

But I know you won't become a player

Haha how do you know?
無人知㗎喎，一個星期都無

30 mins chat ok?
Worried ah

唔當面講？
回覆「30 mins chat ok?」
Challenge accepted

Go!

Wait 急尿

我唔想聽到流水聲lol

👄Done

「喂？」
「喂？」
「聽到。」
「搵我有事？」Rasin的聲線微微抖震。
「嗯⋯⋯你見點啊？」Mimi急切地問。
「而家好啲。」
「咁就好喇。」她並不習慣他的冷漠，故隨意地回應。
「不過我宜家走咗入死胡同，你可唔可以救返我出嚟？」他哽咽。
「我⋯⋯」沒料到他會單刀直入，她不徐不疾地問：「你想我點做？」
「我可唔可以⋯⋯收返表白訊息？」聽罷，她的心像被掏空了一部份。
「咁又唔得喎。」
「⋯⋯咁㗎咩？」他無奈。
「係㗎，講咗就要算數㗎嘛。」

「但係……」

「唔駛但係喇，君子一言，駟馬難追。」她打斷他的說話。

「咁我唔係君子嘛。」她反駁不了。

「Ok fine，咁你想點？」

「返去朋友關係先？」

她心中有一百萬個不情願。

「喂？聽唔聽到？」Rasin追問。

「聽到。你咁堅決就算我話唔得你都只會當我朋友，咁無意思。所以我覺得唔係唔得，但要設時限，我好唔鍾意浪費時間嘅感覺。」Mimi一口氣道。

「乖細佬，我都係，就照原定嘅一個月？」

「嗯。」

「多謝你。」

「咁又唔駛客氣。係喎，你咪話想了解我多啲嘅？」

「係呀。」

「雖然自己講未必可信，不過我可以形容下自己。」

「好呀。」

「我會話Mimi Wong係一個ok奇怪嘅人，佢唔喊唔病唔講粗口係幾咁罕有，仲要少講人壞話少講大話少燥底，完全係稀有品種，哈哈。佢一直好努力保存自己和善嘅特質，嗯。」

「等等，咩唔食煙唔飲酒唔講粗口？」

「究竟你有無認真聽我講嘢……我話我唔喊唔病唔講粗口呀，唉。」她語塞。

「唔好意思，隻耳仔塞塞地。」

「係咁多喇。」

「點解你咁信我唔係player?」**因為你個樣似囉。**

「因為你唔識自拍囉。」

「吓？諗嘢咁跳邏輯嘅。」

「咁通常同女仔出慣街嘅話，點都會識自拍啩。」

「雖然唔係好認同呢個邏輯，但我真係一個小毒毒㗎嘅。」

「我知呀。」

「好啦，有啲急屎，等陣補習，聽日再傾。」

「咁突然嘅，好啦，去得暢快啲。」

「拜拜。」「加油啦你。」

這通電話長達一小時，掛線後，Mimi重返whatsapp。

少少要求，唔准再呃我

…真係屙屎，一間影畀你睇

其實她原意並非指他大便時上線，但她沒有意欲澄清。
不久，他傳來一張鋪滿紙巾的馬桶照。

好😳

Del plz
希望唔好畀auntie話我係衰仔🐰
同埋重點：唔識自拍=唔係Player
Logic thinker
I am gay

幫你拗返直😼

☹

我係話應該

I should be gay...

可能我真係冷血（我farewell無喊ha）
但我表面上睇㗎無嘢，內心會諗好多嘢㗎

所以時不時……
Will u cherish me?

Sent once only
畀啲風度呀衰佬/\

You are the best girl I have ever seen, in terms of character

回覆「同埋重點：唔識自拍=唔係Player」

This is siu wa

回覆「You are the best girl I have ever seen, in terms of character」

This is not siu wa

回覆「Will u cherish me?」

This is not siu wa. Fundamental difference

要笑嗎？……

Jm9

$1.
因為你尋晚啲笑話唔好笑，我搵啲好笑嘅畀你

好，我同你講，葵廣嗰晚喺屋企樓下
我咪遲遲都無入去，係因為我想攬你💕
但我無咁做到，因為你真係好遲鈍

十割都未有一撇…
未係男女朋友關係唔可以咁做

OK

乖，細佬💕

唔乖
去緊鐵牛嘅時候你主動拖我隻手
幾乎係我最開心最開心嘅事
我鍾意你，你鍾意我，咁其實無咩唔可能

Mimi決意攤牌。

有啲嘢係情不自禁😊

我本身就唔係嗰啲好軟弱好依賴嘅女仔，
但希望你唔好用呢個特點去傷害我，und?

No problem

你補習就專心啲！我唔想你影響到個學生

😊

我唔覺得自己係一個大膽嘅人
但適當嘅時候我都會鼓起勇氣

💕

我鍾意你呀，咁得未？💩
自己食返😊

一間再講，補習先

她決定繼續自言自語。

開開心心，簡簡單單咪得
你都只係當我係你第一個女朋友咋嘛
大佬仔唔準再為咗細佬仔而喊！
其中一個澳門朋友主張轟烈愛情，我唔太同意
佢嘅講法，我覺得搵一個更愛自己嘅人，關係
會更長遠，點知而家調轉曬……
不過有一句我而家都唔知認唔認同好
佢話如果真係鍾意對方
就唔會甘心一開始只係維持朋友身分
哈，真諷刺☺

分隔線

Rasin
搞咩嘿☺又亂諗嘢？

回覆「佢話如果真係鍾意對方」
因為我感到縹緲，唔實在

回覆「就唔會甘心一開始只係維持朋友身分」
係嘅，但由毒撚變到要做情侶要做嘅嘢，好唔慣
界啲時間我please

對住你，好難唔諗--

唔駛亂諗，時間會證明一切嘅
Btw聽晚食邊爐？

Go tst maybe?

Ok let me search search restaurant

Btw可唔可以帶你原本想聽日帶嘅嘢界我？

Mimi一直記得在葵廣當晚，Rasin說過星期日會給她驚喜。

Night lah sleep well

夜已深，見他沒有再上線，她便向他說晚安。

Episode 18
Z Core

Mimi

Morning man :D Do u have fish lens/selfie stick?

一覺醒來，Mimi突然想起他倆可利用道具拍照。

Rasin

No... Btw嫲嫲朝早打嚟叫我返歸食😋

不安感湧上。

Can u say u yuek jor me

Yuek？中文？

約
please ☺

Let me think think first

應約不是應該的嗎？
雖說並非戀人身份，但失約怎樣也是不該。

分隔線

二十分鐘後。

Rasin

唔得喎

Dim ah

今日唔食得😋 唔好意思

It's ok

她自覺卑微。

但要補償
Tmr?

Tmr not free wo. The coming sat has an exam
Next week?

真係唔可以見？

152

:0) 見咗會再諗多啲
下星期見啦，唔係好耐啫

開學喇 ☺

她不想拖拉到開學日，免得影響學業。

?
開學就唔見？:0)

你今日有無嘢要畀我？

原本係有，但唔係講好咗朋友關係先？

畀咗先？

……唔可以咁跳step

等陣過嚟搵你？

這天Mimi恰巧會到紅磚大學參賽，完結時間剛好跟數組相若。

可以傾下嘅但要去搵嫲嫲

☺

又諗乜 ☺ 救命

喂，我無諗咁多嘢呀
如果你覺得煩，真係唔好意思

開學喇，個人要冷靜返

你知就好呀

你都係返屋企會好啲
我覺得你見咗會再諗多啲

Come out la

喺N等？

Mimi在Z Core門前等候，不久Rasin便迎面而來。

「可以擁抱嗎？」她抬頭跟他對視著。
「未到情侶關係不可以啊。」他猶豫片刻。
「我想攬你的外套而已。」
「那我把它脫下給你。」她沒他好氣，試圖強抱他。
「喂喂……」他居然選擇逃跑。她只覺好笑，立刻緊追其後，他們就在

Z core前的空地你追我逐。

結果當然由185cm的Rasin跑出。

Mimi甘願認輸，停止奔跑，他見狀亦慢下來。

「細佬乖一點好嗎？」他嘗試觸碰她的頭頂。

「別碰我……」她欲拒還迎，口裡說不，身體卻很誠實地任由他輕掃長髮。

「真的不可以抱一個嗎？」她輕聲問。

「現階段不可以呀。」

「明白了。」Mimi將委屈藏在淚水背後，眼淚快要奪眶而出。

「有沙入眼而已。」她把話說在前頭，聲音逐漸轉為哽咽。

「別這樣啦……」她直視他的眼睛，意外地，他同樣眼泛淚光。

「喂，你真的容易眼濕濕啊。」她破涕為笑。

「其實算不上，但我不想看見你不開心。」

「現在我的心情好了點。」

「真飄忽。」

「那你也笑一個吧。」Mimi舉高雙手撐起Rasin的兩邊臉頰。看著他強顏歡笑的模樣，她打從心底地笑著。

「你知道嗎？人的眼睛有5.76億像素。」他開口。

「然後呢？」她佩服他的冷知識。

「但卻看不清人心。」

「你想說看不清我嗎？明明我這樣天真傻氣。」她輕皺眉頭，咀嚼這句說話的意思。

「這點我認同，但始終我們才認識了不久。昨天說好了先以朋友身份相處，但剛才你又好像不想承認。」

「事實是我昨天沒有正面答應……」

「說了就算，哈哈。另外，kiss的話一起後要多等一兩年，以我所知我的哥哥姐姐也是這樣的。」

「你認真？」「是呀。」

Mimi完全搞不懂這是什麼邏輯，但這番說話令她相信草食男的存在。

「其實你跟家人關係怎樣？」她好奇。

「我的哥哥和家姐都已婚，只剩下我跟父母同住。」

唯一同住的蠱子，難怪他的媽媽如此緊張。

「你一定很孝順了。」她語帶雙關。

「還好，只有我跟他們同住嘛。」他意識不到她的用意。

「好好照顧他們。」

「一定。」他續道：「是了，你是個聰明的女生。」

「我應該說謝謝嗎？」她聽得一頭霧水。

「我想說你的英文不錯，我猜有五星星？」

「之前說過不是啦，我讀了CAES的。」

「可能年代不同，但CAES與DSE成績有關嗎？不是必修嗎？」

「英文科五星星可以豁免，不過由下屆開始有五級或以上就不用修讀。」

「老人家可真不知道。」他好像想到了甚麼，「我遲些要準備見工面試，待我預備好面試題目，你可以模擬考官嗎？」

「哈哈，可以一試。」做事認真的男人很是吸引。

「說回我們的事吧，你有話要補充嗎？」Mimi直接地問。

「我想你接受我需要時間適應的事實。」

「嗯。」

「AIA那一夜是我情不自禁，對不起。」

「我不要你的對不起。」

「但我確實做錯了。」對不起？做錯？**思緒混亂的她急得快要哭出來。**

「發生了就是發生了呀，沒有對錯之分，我們雙方都有責任。」

「你很懂事。」

「雖然我的年紀比你小上一截，但別當我小孩好嗎？好歹我也成年了。」

「在我眼中你是細路女，而我仍是細路仔。」Rasin將Mimi一擁入懷，瞬間融化了她的心。

一秒過後，她輕輕推開了他。

「其實我沒想過這年會拍拖的，但你的出現令我改變了想法。待時機合適，我會正式向你表白。」他認真地說。

「難道你就不覺得我會對你失去興趣嗎？」

「我知你會等我。」**等我。**他的話憾動了她的心。

「衰人……」淚珠盈眶的她抬起頭來，嘗試止著眼淚。

第三度強忍淚水。

淚花在眼眶裡打轉，原本黯淡無光的夜色，此刻看來更是幽暗。

「答應我會正式表白，來勾手指尾？」她伸出尾指。

「沒問題。」

他倆小指相勾，姆指相印，逾一小時的對談隨之結束。

Episode 19
拍拖的定義

翌日。

Rasin
早^^

Mimi
早~~ 星期四約玩密室？

約係會約，但次次都係你主動先，唔代表我唔識主動係慢啲啫 😌

從連日來的觀察，Mimi已經適應了Rasin早上的冷漠。

你慢熱

然後你就迫我快熟
龍蝦慢熱但你一起鑊就將我dump落滾水喎
鮮炸波士頓龍蝦配芝士焗飯

龍蝦可以生食

補償呀

好啦，只限今次

#bethegdgirl

Sure? 當你OK㗎啦，一間又話無應承

精神啲！

I love Liverpool

同時，她收到了一張足球隊伍截圖。

U watch football?

I watch football news
In the current season I follow Liverpool

U before support which team?

Bayern Munich

老實說，Mimi對足球一無所知。

> Do u know how to kick football hehe xd

Ofc know, but don't know how to play football xd

> Challenging my eng?

Why not?xd

她沒他好氣，無意中看到月話群組提起Rasin。

分隔線

「月話」

橘
我發覺呢排Rasin好似真係痴咗線，係咪我錯覺？

Terry
你不是一個人

Rasin
呢排就㗎癲🫠

橘
Are you ok?

Terry
搞咩啊你？

Rasin
叫曬救命😭😫 一言難盡

Mimi按出群組，回到私訊畫面。

分隔線

> 記住同我散發負能量
> Btw did orange ask u about me lol

Rasin

Jm
今日無乜負能量
No la but 我大嗌救命

> 留返少少女仔應有嘅尊嚴畀我就ok

你尊重，咁我會尊重你
負能量特輯
1. 葡萄成熟時 2. 還有什麼可送給你 3. 於心有愧
正能量特輯
1. 喜歡一個人 2. 因為愛情 3. 一個旅人

Any suitable for me ga xd

What type of songs do you like?

Mostly Cantonese!
Lyrics are the most important factor to me haha

Eason is good

U seldom listen to songs?

often listen to the same songs haha
有聽新歌，最近有聽19 moment嘅
dear jane都好似唔錯

Rescue me

通常聽愛情歌會提升FF指數

咁係咪即係應該聽~

我，通，常，唔，聽，愛，情，歌
有。時。會。聽。下

Hai mai can't chat on phone lah xd

星期四見，can whatsapp chat xd

Hoi sem escape

😊

今日有無覺得我乖咗？

Ok wo 棒棒的

點樣先可以訓練你無咁慢熱

你快熟啫

咁就唔可以再話我細路女！！

我每次見一面，個感覺 last one week

所以每個星期都要見，如果唔係你好快會忘記我
Don't disappoint me :'D

月話一定有得見 :o)

Dim ji u ah

:o) If you behave well I may consider out pool

等你等到花兒也謝了:o

Why so desperate? 你對男仔揀唔揀擇㗎

可唔可以唔好再話我des

Ykm 其實你先18歲

我都唔知自己鍾意你啲乜

👍

You are kidding me?

No 你上次咪講咗
高，細路仔，識做數，大過你

同埋怕羞仔etc
Ks I mean ykm meaning~~

You like me

Ylm? lol

Sor typo, ily 依個term ho cute

回覆「Ghost tell me ily」

👍

他推了前天下午的訊息。

Siu peng yau

你係咪鍾意我主動啫

傾得埋，唔係主動👍
太主動chur die me👍

U said so

回覆「可能我係鍾意你夠主動」

😊

她尋回AIA當天下午的訊息。

可能😈

你今日啲message係咪主動咗hehe

Yes

Good job bro jai

As long as you are in control

As always
Did u go exchange before?

Nah... But went for conference in the US

伴隨的是數幅在外國拍攝的照片。

咁易搵到相

No joke

又唔見你快啲搵到細個靚仔相畀我睇

未搵到

你心地善良

LOL

This concerns me most la

If one day you change, I won't like u ga lah hehe

Xd

Hey joke time
「頭先急咗好耐，終於去咗廁所，幾暢快，
仲一路小便一路諗起個四字詞。」「嗯？」
「細水長流。」

……好重口
why you so 重口
上次打電話叫我屙屎暢順……

唔可以扣我分 :D

暗地裡扣咗

我的世界很單純

係你單純啫

Nei ng zhong yi meh

單純幾好，世界太複雜
我唔鍾意一個女仔為咗條仔犧牲一切，好恐怖

嗰個都唔會係我👀

我唔鍾意一個女仔唔經大腦就做嘢

Dim jek~

認真，做嘢要經大腦
Care about each other's feeling. That's love
And what I concern the most, is caring
My major criteria for a gf
要識諗呀，一個月好快過😌
晚安😎

Nei dou hai ah（摸頭）

Mimi按進剛發出的訊息詳情，未有顯示送達時間，只有單灰剔。

熄機快到一個點🔌
Night☺

分隔線

Rasin
早晨☺
https://bit.ly/3eWIevB 見到你

Morning hehe
真係覺得我似兔仔咩

Yes wo, 唔似咩LOL

Cute?

幾cute

Mimi淡然一笑。

我哋而家算唔算處於曖昧關係 XD

發展中？

這個答覆未免模稜兩可。

無聊一問：有無夢見過我？

會一起身就諗起你……諗下你會send咩過嚟
:o) 通常唔發夢
發得夢，一係惡夢，一係起身濕晒……

夢遺？... Yiii ho wuddud ah u ><

161

Episode 19 拍拖的定義

seems to be...
same as u la 細水長流 @@

無咁驚我啦嘛？

強迫擁抱巧驚驚

唔準成日J其他女人！！

$2.

邊粒lmao

J
LOL夢遺唔係因為丁太多㗎
通常因為突然想屙尿，然後刺激到… LOL唔講啦

唔准咁懶……起身屙尿啦

...Idk

Mimi也搞不清楚這到底是甚麼話題。

Btw for escape, choose 18:50 詭醫院 ho mo? Horrible theme tho

Why horrible theme :o) 又有鬼主意？

純粹係時間啱但係恐怖主題

想借啲二 ˘ᵕ˘

她的視網膜差點沒脫落。

詭醫院LOR 睇下有幾恐怖

So u want which escape theme le

星期四晚金鐘月台等~

她記得Rasin的工作地點。

唔駛太早到，我一定遲少少 XD

咩叫一定 /\
通常呢
就係女仔遲到嘅 -_-

好啦，咁我準時🐢
好似AIA咁驚喜好唔好？

你有驚喜先算

162

那年
十八

無💩

界個big big task你xd
試下感動我

她知道自己的哭點很高，要被感動有一定難度。

？？？

消失的風度

免費……隨時都有

但你一定唔會隨時感動到我囉~
溫好書就早啲瞓！

😌

有無覺得準· 女朋友仔乖女咗💕
Night lah

這天的訊息量不多，她酣然入睡。

分隔線

翌日早上。

Rasin
扮出嚟😑
早晨 xd

一起床就收到意中人的短訊，那是一種難以言喻的感覺。

早晨 xd

回覆「扮出嚟😑」

不喜歡偽裝~~
你知道每天把我叫醒的是什麼嗎

鬧鐘

No（提示：別從正常的方向想）

我啲message sound...

……我嘅理想答案係
膀胱

163

Episode 19 拍拖的定義

Mimi確實因人有三急而提早起床，當她得悉Rasin想多了時，只覺有趣。

……

真嗰

你太……

重口。
她明白他的潛台詞。

穩定咗
我就唔駛你成日陪我喫啦啦啦

Sounds good

Ofc，你都要界到安全感我先得
Fair enough?

Yes geh haha

Orz u think tmr before/after escape check grades ho d TT

他們約定好由Rasin按進Mimi portal內的"check my grades"。

前
後我即走，要溫書SHUUUU

明嘅

她記得他本周六要考試。

想我陪你返歸，我知喫

無嗰lol

LOL 算

聽日唔準笑我

過3就好，唔過3，good luck

有無利是

有銀

Xie xie ni
Can gimme names of yr sis n bro?xd

Mimi的話題向來難以預測。

164

Har??????? Jm

唔好傻啦……結婚部署？:0)

Laugh die

No face on their fb wo

Not on phone

No wo. They are shy ppl xd

Stalk stalk B-)

🐦屋及鳥

See see faces jek

Show me yr family pics then

Must have some ge (?)

Never mind
乖，唔好驚
點都要計劃下🙈🙈🙈
姐姐想問你有無打算幾多歲結婚👀

Wtf
三十歲啩
好鬼驚，點解你會突然間咁問

夠錢請我食飯喇

未xd

以為你要等到40歲 .v.
諗得長遠啲呀嘛，細水長流

……

你30我咪好細個！
等我大學畢業wo

大佬呀……

細佬

你唔好咁黐線啦

Ho la ho la just kidding

回覆「想有啲情趣呀」

情趣嘛💀

Episode 19 拍拖的定義

她找回數天前由對方發出的訊息。

我覺得似恐嚇多啲。Bye

……對聽日有咩感覺

畀你嚇到無晒感覺

I will take it as a compliment lol

咪玩啦，邊有人識咗一個月都無就諗結婚
諗唔緊要，但唔好咁快落下一步😓
諗下，如果有個人拍拖一個月同你諗結婚，
相處唔係好耐，係我（非轟烈愛情type）都嚇走😓
你究竟係咪轟烈愛情type㗎喋？😓

Mimi的原意只是開玩笑，沒料到Rasin如此認真。

傻啦

好鬼恐怖呀
Mimi style?

以為你鍾意諗得長遠啲

唔駛就我thx，好唔健康
亦唔駛扮到好縮身，唔喜😓

邊有扮lol

😓
進入朋友狀態，完。
讓我成為你的閨蜜，我會幫你溝仔😓

他在態度上的轉變令她無所適從。

沒有感覺了嗎 😓

Hahahahahahahahahahahahahaahahahahahaha
hahahahahahahahahahahahagahagahahahahaga
首先你要進化，感覺才會回來

進化成女人嗎

我最喜歡的你，依然是第一晚的你。乾淨利落，明事理，
男仔頭，有少少怕醜，唔敢掂人的樣子。
如果你唔係，咁樣可能我哋要相處耐啲先一齊，唔係一個月。
但你之後嘅行為真係。。。。
兩個字：驚嚇。

166

A0小寶寶
喂，幽默咗喎

Bye

24/11?

他們初見的日子。

????? 唔係
嗰晚對你完全無意思
陌生人一個😒

Kwai guong?

Haha

你主動啲laaa
你所講嘅我仍然主導緊

驚嚇mode 唔會主動緊😒
Lolol 第二晚我咪主動咗。不過之後只剩低驚嚇，完。
所以而家係friendship🙈
Goodest

她追不上他的思路。

地獄有一百層

……家下去到邊

九十九，就爆炸

葵廣晚你鍾意我喇咩

之後咪whatsapp話幾浪漫😌

原來當時是這樣的意思。

Wow shocked
AIA that me le

Ok ar, nice
所以咪話之後只剩下驚嚇😌

聽晚再下定論啦

聽晚都係當同friend玩逃出，完。

又hurt我 ._.

你要進入話劇模式嗎😒 買定花生

Mimi猜想他指的是班際話劇比賽總冠軍，那時她在前往鐵牛途中告訴了他。

> ... I shouldn't tell u orz
> Just becoz the teachers like me lol

Oh ok😌

回覆「首先你要進化，感覺才會回來」

> 你想點進？

其實你唔駛主動，主動傾偈就得
行為上，維持女性嘅矜持同你嗰份開朗嘅性格就得
想自拍就自拍，我自然會主動進入狀態，哈哈哈
感覺上我似教緊你拍拖
拍拖拍拖，不外乎一拍即合，而又拖下拖下

對於「拖」字訣，她實在不敢苟同。

> 聽日見

好，期待

> Mimi is strong :D
> Not really tough tho

對我失望未LOL

> Not yet

._. 其實點解無喇喇你會諗得咁長遠
因為老母？

> 鍾意你囉……得未 _ _

.................................一個月都無-.-

> 我都幾長情㗎，兩個月都嚟緊

由初見那天開始計起。

未拍過又知幾長情...

> 首先，你要摒除偏見

XD

> 任性的權利

咪亂嚟 T_T

> 搞到我成個變態咁 ._.

☺

　　　　　　　　　　　　唔好諗歪，但細水長流真的不錯呀

急尿☺

　　　　　　　　　　　　　　　　　我認真lol

☺

　　　　　　　　　　　　Not even replying in words wor~

點會唔re xd
細水長流係幾好但唔知係咪同你☺💩

　　　　　　　　　　　　　　　　　CC悶到

CC是Common Core的簡稱，即大學的核心課程。

上堂啦

　　　　　　　　　　　　　　　　　落堂了

溫書啦，唔努力讀書，情人節bye bye💩

　　　　　　　　　　　　　　　　　CC溫乜

唔知，見你上堂都re我message💩

她心虛地轉移話題。

　　　　　　　　　　　話説做咩成日send💩💩畀我呢

💩💩

　　　　　　　　　　　隔住個mon都臭臭der~
　　　　　　　　　　　係咪玩語言偽術先

或者你嗒嗒💩💩

　　　　　　　　　　　　　　　你不夠我來的了

他們的對話停留於晚上八時。縱然Rasin的上線時間有所更新，他倆的對話仍維持不變。

Mimi無所事事地掃著Instagram，目光停留在一則廣告上。

那是一家本地手工香水店，標榜回憶實體化。她想起下個月便是Rasin的生日，在好奇心驅使下她聯絡上店主。

Hi，想問回憶香水嘅詳情~

店主

你好，需要填寫表格讓調香師了解你，定製香水有兩款。

個人定製：根據你個人屬性調配香水。一般選這個的客人，
找不到適合的香水，想擁有一款有自己個性的香水。

回憶定製：根據你的回憶故事調配香水。一般選這個的客人，
想要紀念這份回憶，把回憶實體化作香水，用氣味營造回憶的感覺。

回憶定製，thx

根據客人提供資料配製：
香水名字(客人自訂)、
回憶內容(大致描述)、
回憶感覺(eg.幸福、心痛etc)、
回憶時間(大概歲數、人生階段)、
回憶地方(eg.學校、異地旅行etc)、
回憶對象關係(如有)、
回憶代表物件(如有)。

感覺很新鮮，Mimi埋首填寫資料。

香水名字：A0的苦惱😿
回憶內容：知道彼此感覺後的第一次約會，
男方主動拖女方手、抱佢上機動遊戲、擁抱
回憶感覺：甜蜜、驚喜
回憶時間：男24(有正職)，女18(year 1學生)
回憶地方：AIA嘉年華(中環)
回憶對象關係：大佬->男朋友
回憶代表物件：Minion Kevin公仔

P.S. 生日禮物用，有靚packaging嗎？謝謝！

她猜想屆時已完成一個月之約，故這樣填寫「回憶對象關係」一欄。
經店主確認資料後，她即時過數。

已收款，會於截數後5-7天左右寄出，謝謝

Episode 20
逃出

這天，Rasin和Mimi將會玩密室逃脫。

Mimi
Sleepy~ morning!

Rasin
Check jor GPA未🙃

Wait for u💩

Check now plz🙃
Check jor happy d

Lol no way, tdy 10:30-1820 lesson no break
我會唔開心成日 ☺

Check check check xd

傻嘅 :o
Did u play escape before? Any successful case haha

One gua

Icic

接著，Mimi傳送了一道統計學的題目，可惜隔了六個半小時仍未收到回覆。
她只好把全副心神投放在課堂上，但依然少不免為稍後的逃出之約感到擔憂。

Weehee now dismiss!

?

他終於回覆。

Wait at admiralty

Ok

B-)

到邊？車頭等

"Hi!" 走到車頭位置，Mimi熱情地向Rasin打招呼。

"Hi." 他卻冷酷地回應。

「我們先上車。」她心中不是味兒。

下班時間，車廂內擠滿了乘客，他們艱難地走進車廂中間位置。

由於車廂實在擠迫，她迫不得已靠近他的胸膛，他們彼此也默不作聲。

列車毫無預警地刹停，Mimi瞬間失去重心。

「呀…」她無助地望向Rasin，但見他無動於衷。

心淡。

快要向後倒的一刹，她再次閃現了這樣的想法。

幸好車廂塞滿了人，令她不致跌坐地上。站好後，她尷尬地緊握扶手。

在扶手電梯上，Mimi轉身見到Rasin站在距離她數級的階梯上。

距離有必要這麼遠嗎？

怕被熟人認出嗎？

我似帶菌者嗎？

……

無數疑問在她腦海裏打轉。

街道上，他們再不如從前般平排走著，而是一前一後的步伐。

「知道會有多少玩家參與嗎？」Rasin問。

「應該只有我倆。」Mimi努力追上他的腳步。

「吓？每間房不是需要多人參與嗎？」

「我明白，但現在應該沒有很多人會去玩。」

「真沒想到。」她接不上話。

「是否check GPA?」Rasin露出久違的微笑。

「呀，你按吧。」第一次check GPA，Mimi希望有重要的人在旁。縱然她隱約感到不妥，但既然早已約定就無謂失信於人。

「GPA還好吧，CC要努力，但Econ不錯啊。」她接過手機。

「唉，那該死的文革CC！明明我在DSE中史文革那題取得滿分，怎麼要我用英文讀……」

「哈哈，再接再厲。」說時遲那時快，他們到達目的地──金利文廣場。

聽完職員的指示後，他們隨即進入詭醫院主題的密室。

陰森詭秘的環境令Mimi產生懼意，但她知道不能再依賴他。

「該從那裡開始好呢？」

「我們周圍觀察吧。」

他們留意到地上有個貼著「秦陵」的計時器。

「既然放在這兒，就一定有它的用處。」Rasin自信滿滿。

「但秦陵是另一密室主題，我認為較大機會是職員沒有收拾好。」Mimi表達個人想法，但他堅持己見，她也不好阻撓。他打開計時器背面的電池蓋，發現入面空空如也。

「我們去找電池。」他發號施令，她著實啞口無言。

不出所料，電池並非關鍵之物。他們找到另一個3位數字的密碼鎖，但手頭上的線索實在有限。

「不如撞吧。」他頓了一頓：「組合數量為10的三次方。」

Mimi聞言變色。

10x10x10。

還要撞到天昏地暗嗎？

但經過剛才搜索的過程，她已失去出言勸阻的意欲，只草草回應：「加油，那我去看看有沒有其他線索。」

待時間到之際，他們仍停留於起始階段，沒有進展。

就如他們的感情一樣。

「要幫你們拍照嗎？」步出房間後，職員問。他們沉默，等着對方回應。

「好呀。」「不用了。」**同一時間，不同答案。**

「拍吧。」儘管Mimi早就嗅到不尋常的氣氛，她依然遊說他。

「嗯。」他們選好道具後，便預備拍照。

「靠近一點吧。」他倆不好意思拒絕職員，只好步近對方一小步。

離開密室後，Rasin按下電梯鍵，電梯徐徐降落。

「我有話想跟你說，我們先下樓。」

周遭安靜得很。

Episode 21
月台

下樓後，他們頗有默契地保持了數步的距離。

「我想跟你說些話。」**要來的終究要來嗎？**
「我可以不聽嗎？」
他沉默片刻，輕輕呼了口氣。
「你可以不聽，但我還是要說的。」
還是逃不了，但至少爭取過吧。
Mimi凝視Rasin，他卻有意無意地逃避她的目光。

「媽媽從我上星期連續兩晚外出發現了端倪……她建議我以工作為先。我不想跟她起爭執，所以……」**所以就甘願放棄這段關係嗎？**
因為媽媽。
雖然Mimi對這藉口甚感不滿，但當刻對情感的執著蓋過了怒氣。
「如果我說：我等你呢？」
「不是你的問題，不論是誰，現在的我也沒辦法給予愛情。況且，其實那時的我只想嘗試一下……**找下一個吧。**」

試？試愛嗎？
現實可不是一齣電影。
「哈，你猜這麼容易嗎。」她勉強擠出一抹苦笑。
「你才Year 1。」

她默默跟隨他走到不遠處的地鐵站。
「你往那邊走吧，我坐這條線。」他說。
「我和你過去。」
「不用了。」
「走吧。」她堅持，反正都是最後一次了。

到達往柴灣方向的月台，列車即將抵達。
「Sorry……」他像做錯事的孩子般，低著頭喃喃地說。
「可以來個最後的擁抱嗎？」她心頭一軟。

　　「不能。」他卻斬釘截鐵地回答。她的心一下子沉進無底深淵，遍尋不獲。

當下Mimi不知怎接下去，索性提出心底的疑問。
一句電視劇的經典對白。

　　「你⋯⋯有喜歡過我嗎？」
　　「有⋯⋯」
　　「嗯。」一切又恢復平靜。

呼呼──呼呼──
列車合時抵站。

　　「有車了，你走吧。」
　　「也不差在數分鐘的目送。」他沒有答話，逕自走進車廂。

嘟嘟嘟嘟──
車門關上。

　　「再見。」她對著眼前的空氣說。

呼呼──呼呼──
列車駛離本站。

Mimi戴上耳機，打開《Story of 1999 那年十八》Youtube Playlist，隨意點播歌曲。她閉上雙眼，想要沉溺於另一國度。

　　「現在成為我細閱著的情史，由往事陪淚水湧至⋯⋯」
　　──《一撕莞爾》，由挽歌之聲填詞的粵語版《小幸運》。

曲終，她默念MV裡女孩的獨白。

　　「謝謝你，出現在我的青春裡。謝謝。」

她的聲量很小，小得只有自己能聽見。

完了吧？
如無意外。

Chapter IV
塵封記憶

〖塵封的記憶被翻起 腦內形象未依稀〗

Episode 22
日記

【塵封的記憶被翻起 腦內形象未依稀】

十天後。

→壓抑←

1月27日 星期六 晴
就用這日記形式好了。
話題其實仍有存貨（這是我作為網台主持的習慣），問題在於你回覆的速度。
可能不打擾是我最後的溫柔？
新年將到東京旅行，就讓感覺留在香港，歸來時就會消散。
我喜歡小朋友，而你的行為舉止跟細路仔很相似，這是最純粹的原因，沒有其他了。
你一定以為我仍然喜歡你吧？這是女人的直覺。
才不是！
我只想以最短時間跟你做回朋友，不過早已上契才繼續以兄弟相稱。

1月28日 星期日 多雲
你現在應該只是不經意按進訊息，所以才回覆吧？--
我不是要你這樣做……説好了巴打身份！
不知何時才能回去，初識時互相秒回訊息的時候？

P.S. 就用行動證明我不再喜歡你？即是自己打日記不騷擾你……
真心希望大佬你別再自作多情啊！！💩💩
答應我，不要傷害其他女生就好了。

//能提取溫暖以後渡嚴寒 就關起那間房//

1月29日 星期一 微風
收到回憶香水了，當時怎樣也沒想到入數當晚你就和auntie傾談……
真諷刺，那時還傻傻地以為到你生日之時我們已在一起。
雖然跟你越來越少交流，剩下自己毒毒地打字，但這裡就是我的內心感受 :p

時隔二十天，終於再見澳門的兩位朋友，這段時間各自都經歷不少。
我真的沒事了，不過有時看到你跟其他女生在群組的對話仍然不是味兒（妒忌？whatever）。女人的佔有慾，哈。
決定了星期日不來義教，加油啊！

1月30日 星期二 陰
這天看到經典語錄的貼文：

> 「故事總是從熱情到敷衍最後再到冷漠。
> 我們之間最有默契的是：
> 我沒回頭，你沒挽留。」

從前覺得這類貼文矯情至極，現在卻覺得感同身受……
唉。

1月31日 星期三 晴
一月的最後一天，其實應該別再想你了。
不再主動發訊息，也許是作為細佬能做的事，免得誤會再深。

又是經典語錄。
> 「12星座會如何度過地球毀滅的前一天？
> 雙魚座會親吻愛人；處女座會勇敢表白。」

原來嘛，不想你的時候心境很平靜。
下個月會更好的。

→逃避←

2月1日 星期四 雨
踏入你的生日月份。
這幾天好像不在做真正的自己。
沒辦法，過於坦誠反而令你受驚。
希望新年旅行後還能相見，別再拖到下個月，就當是為了大家著想。

2月2日 星期五 多雲
迫不得已問你數學，是其中一位同遊澳門的朋友問的。我不懂，也不想答錯。
久未收到你發的😊，一陣心軟的感覺湧上來，真痴線。
意識到自己尚未完全放下從前的大佬，中毒不淺。
輪到你救我離開死胡同，我會等到這一天嗎？

2月3日 星期六 陰
悼念一個已逝之人值得流淚吧？
跟你聊數句後，眼眶就突然紅了。
做一個堅強如我的女生是件好事嗎？
假如當天我在 Z core 沒有三度強忍淚水，也許結局會不一樣？
至少，你不會覺得我能輕易承受那份感覺。
我選擇在你面前做真正的自己，我無悔這決定，只怪淚腺不夠發達 :')

2月4日 星期日 晴
原來跟某人談過後，真的會放下 XD
不是説自己花心（跟他沒有可能），但有其他「他」的出現，確實會加快忘記的速度。
為的就是忘掉你的好。
其實，是否要待我找到另一個，你才會放下戒心，然後，慢慢退出……
可以不這樣嗎？教我如何建立兄弟情💀💀

2月5日 星期一 微風
昨晚發了一個夢，一個記憶猶新的夢，連對話也記得清楚。
我和「他」從地鐵站出口走出來，然後，他主動牽起我的手。
那種感覺跟你牽我的時候不同，我很驚訝，盤算著應否鬆手，一直眼望前方的我決定了……
握緊一下。
接著，我保持著鬆手姿態，看了他一眼，問：「會唔會……太快？」
他想了一想，答：「唔知喫，但我知之後會好開心。」（大約係咁……嗰陣聽落幾sweet，而家打出嚟就怪怪地。）
夢到這裡完結了。

重點是我張開眼睛後，不期然流下一滴淚，到洗手間照鏡子，只見雙眼通紅。
因為感觸而流的淚水？真奇妙。
也許，冥冥中自有主宰？
學懂放下。

2月6日 星期二 陣風
感覺散了不少。
昨晚朋友send了剪好的影片「8-9/1 LMAO之澳門之旅」，片長30分鐘。原來已事隔近一個月。
對了，説起夢，去年年尾至今年年初我在追看一個特工故事。
主角是一名百毒人，任何人一觸碰他就會毒發身亡。
不知是否睇故睇上腦，義教前一晚我夢見跟你kiss了一下然後你便中毒……XD

所以7號義教見面時感覺其實怪怪的（但與炸雞絕對無關）。
只是沒想到，你才是不能觸碰的那位 :')

2月7日 星期三 雨
放生自己放生人。
昨晚睡了半天，狀態不怎樣良好。
其實你對最好朋友真的一點感覺也沒有？需要這麼仰慕嗎⋯⋯

2月8日 星期四 晴
搬屋兩年了。
剛更新了你的蠢事與我們的第一次，比例剛好是4.5:1...
每經歷一趟「第一次」，代價就是承受着你所做的4.5件蠢事。
百無聊賴地scroll我們那幾天的訊息，蠻好笑的。
我們的對話方式算是另類flirt吧，大佬你真鬼馬~

2月9日 星期五 晴
原來媽媽還是很擔心我被人討厭，但我不覺得自己cheap好嗎？
她教我說：「你適宜做我哥哥，而唔係男朋友，雞兔真係相沖㗎！」
笑了出聲 xd
沒辦法了，媽媽只是為我著想，就提早終結對話吧，反正對你沒有影響。
那麼，你也能提早不討厭我嗎？
大家都是因為母親，再加上發現自己原來不太喜歡對方。
發情期惹的禍😊😊。
忘了告訴你，我眼中的ily一直是I like you;)
三位數組大大可以停止在群組間接抽水嗎⋯⋯

2月10日 星期六 雨
應該是我跟你完全沒有交集的第一天。
昨晚夢見你與Thomas在連登發帖邀請人們出席你們的婚禮⋯⋯莫名其妙。
明天到浸大改模擬試卷，好久不見。

→彌留←

2月11日 星期日 早
是日數組改模擬試卷。
大概不打擾確是我的溫柔？
不用你安慰，只不過我的內心應該在淌淚。
如能留下一滴實在的眼淚會更好。

2月11日 星期日 午
你很享受被人抽水的感覺嗎?你斷絕了我所有的可能性吧?
你知我不說粗口的,但心裡還是想對你說聲:女夭 :)
我向來認為每當聽到謠言時,心底抱有質疑,不要盡信就好。
我要找的是這種人。
小小的希望,你會兌現承諾,不要再欺騙我。
若然你之前說好不會做的已經做了(我不在意是否你本人所為),拜託,一五一十告訴我好嗎?
僅餘的互相尊重。
是否沒有期望,便沒有失望?

2月12日 星期一 凌晨
果然一見面就會想很多。
我知自己很煩人,但也有自知之明(正如你自知seven一樣),煩極也有限度。我只是一個人,默默地在備忘錄記下心中所想。
我也不知道為甚麼要這樣做,可能純粹不希望留下更多的遺憾。
一個人嘛,就是會胡思亂想,連自己也覺得對著你很謙卑。
我真的不喜歡你了,剩餘的是怒氣。

2月12日 星期一 午
他說:「你的心在淌血。」
她說:「哪有天不是。」
重新定義男女閨蜜可以嗎?
用你最舒服、最自然的方式跟我聯絡,不用迴避甚麼,這樣反而會令大家尷尬。
就當從前的我們已經不復存在,彼此有着更好的轉變。
我會配合你的,大佬。

2月13日 星期二 午
今晚月話團年飯,感覺很平靜。
沒有任何期待,反正你都當我是透明的存在,可我還是想看清月話聚會的你。
是時候把回憶埋藏在冰封的一隅。
珍重。
(Sorry for 偽文青)

2月13日 星期二 晚
嗯嗯嗯
如果因為我而令你認識到更多朋友,我真係恭喜你呀!💀
其實我很少會這樣默不作聲,原來並不怎麼樣。我可沒這塊厚面皮。

你覺得需不需要跟我解釋到底發生了甚麼事？
你。
第一次有女生喜歡你而已，有必要這樣做嗎？
我不會否認這個曾經的事實，即使你違背諾言硬要跟人分享的話，都請你說出完整的版本。
希望你學懂尊重，做男人要有些少風度。
你開心就好呀 :D
跟車太貼真的很容易炒車。

2月14日 星期三 雨
大概一百人有一百個故事。
單是我倆的經歷已能分為男女方的版本。
我不知你跟別人說的版本是甚麼，但昨晚我跟數位好友傾訴心底感受（我保證沒有刻意隱瞞對你做過的事），她們對你的形容如下：

朋友1：小氣，都幾過份下，無風度又自我中心
朋友2：真心好衰，好明顯佢唔care
朋友3：唔好咁委屈自己，留喺度只會傷自尊
朋友4：我覺得你嘅情況好似畀人搵住，咩都做唔到
朋友5：如果係我……我唔會想再見到佢……
朋友6：Reli gok duc u don't have to care a person who doesn't care about u

簡而精的結論：Cheap。

我不談論只懂道聽途說的「朋友」有多珍貴。
但如果你天真到認為用八卦（如：第一次有女埋身）可以與人換到友誼的話，拜託，25歲人，經大腦思考好嗎？

愚蠢。
我不知自己的心有多大。
幸好我不易哭，也不易動怒，所以昨晚才沒有肉眼看到的情緒。
請你真的不要這樣對其他女生，不是每位也能承受得了。

就當買了個血的教訓。
這次我原諒不了你，抱歉。

撰於機上

2月15日 星期四 陰

我不會為了你而抑壓自己的情感。
偶爾還是會想起，我喜歡的那個你已經不在了……
的確心酸，但還是擠不出眼淚。我只會愈來愈堅強吧。
我做過最重口味的事，就是對你有好感。

預祝你新年快樂。
新一年，願大家找到各自的幸福。
於我而言，你只是一個「不存在」的存在。

2月16日 星期五 微風

我討厭不辭而別。
我不會做到「退出群組」這一步，責任心很重要。
守承諾更重要。
回來後我仍然會幫忙 :)

> //我 承諾過的會做到 望你遠方都看得到//

反之亦然。
讓前塵沉澱。

〖
放手太易
回憶的詩
卻怎休止
〗

Mimi按出備忘錄，準備出門，臨走前她跟父母道別。
　　「爸、媽，我要出去了，拜拜。」
　　「小心點。」「早點回。」
　　「知道了，再見。」她禮貌地回應。

門尚半掩著，她依稀聽到媽媽跟爸爸交頭接耳。
　　「你女兒喜歡了一個185……」

砰。
門關上。
Mimi的心扉也合上。

分隔線

叮！
不是心中的他，而是久未聯絡的Casbah。

Casbah

> 有無興趣睇黃子華last show?

這麼突然嗎？但Mimi確實感興趣。

Mimi

> 5555

> 4月24正式公開發售
> 可以遲啲先搶

> Sure ah, thanks a lot!
> If later u can buy, I will pay u back ahhh

> 唔知搶唔搶到

她打開「A0的苦惱」香水瓶口，嗅了一嗅。

然後把它放進抽屜的最深處。

Episode 23
悼念

兩個月後。

《一個有關雞兔相沖的極短篇故事》

前言：戴頭盔真的很煩很煩很煩。
以下不包括男方角度（也無需揣摩），看下文吧。
〔中二病mode on〕

壓抑逃避彌留的階段都經歷過了。
可能因為我一開始就不甘心跟他以朋友相稱，嚴格來說，我們根本不熟。
現在嘛，也許他會形容我為「不熟的朋友」。
而我呢？抱歉，我對朋友的要求很高。
如果說以前的他是大佬，那麼現在的他連朋友也稱不上。
太陌生。

> //那感情戲　並未存在過　那小火花卻讓我　過敏地回應太多
> 心急談情　自然忙中有錯　錯在我太寂寞　隨時愛上未知什麼//

好吧，來讓我告訴你，其實我仍不時懷念他。

經過葵廣某些食店和某個垃圾桶會想起他，新都會空中花園亦然，理大、摩天輪、翻天覆地、閣麟街、香港站、密室逃脫、浸大……

說起身高差、義工群、澳門、提子乾、上契、精神病院、雞子、傑青、實時位置、AIA嘉年華、Minion Kevin、日劇逃避雖可恥但有用、電影明天我要和昨天的妳約會、勾手指尾……（還有數首FF情歌）

其實，不只你們帶有疑問，連我也不清楚：
為何只是這麼短的時間，回憶卻那麼深刻。
我對他的好感源自初見；他對我感興趣出於我的主動。
事隔三個月了，我想，Mimi是個深情的人吧。
只怪自己的記性比較佳。

我是一個會將最後畫面定格的人，有些回憶跟別人重複多次就不會再那麼深刻，有空的話找我去上述地方，我很樂意的。

齊來沖淡回憶。

　　　　//我知　日後　路上或沒有更美的邂逅
　　　　　　誰都心酸過　那個沒有//

坦白說，沒人知道完整故事（連自己也選擇性遺忘了部分吧），感激你們的相伴。
要我再次出席義教活動是不可能的了，臉皮再厚也承受不起多一次的難堪，但我願意在網上回答學生問題。
待Jupas改選時段完畢，正式退群後，一切會好起來的。

事實上，我和他同樣視親情及友情優先，那時他沒有跟我糾纏落去，算是不太差。
我的自我保護機制很強，尤其佩服自己可以將以前和現在的他分得那麼開，可能為了令自己好過點而已。
「有樣有聲有性格仲要夠白痴」（第一項…）的我仍在！
儘管外表💀，但單是我夠真誠+不玩心計+不說是非 （下刪一萬字缺點……）
我對未來還是抱有憧憬 :D

衷心感謝聽我無端發牢騷的大家。
畢竟人需要獨自成長，而成長需要勇氣。
我知道，還是要靠自己站起來。
然後，再勇敢地付出。

　　　　//無奈你我牽過手 沒繩索//

終有一天，我的心會痊癒的。
我相信。

P.S. 早前讀了Ashley Ip那篇《思念逝去的他是一條非常孤獨的路》有感。特別是末段「人不是要學會忘記舊人。記得不是一種罪，而是要學懂如何讓這些回憶伴隨你一生而你不會再感到難受。」是的，情感處理向來是人生的重要課題。

P.P.S. 今年多了眼紅的時刻，追了四個月有多的故事《病港》即將步向終結，內心有股莫名的感動。

(自行改編《你不知道的事》末句)

//手放開 是最美的結局//

分隔線

正當Mimi打算退出備忘錄，Casbah忽然傳來一則訊息。

Casbah

完全搶唔到⋯

Mimi

nvm lah :)
thanks a lot biu dai!

對呀，不要緊，反正都不再重要了。

很喜歡某位補習名師的一句：

「放晴若已成意義，何須執著雨後要有彩虹。」

看著窗外蔚藍色的天幕，Mimi的心情豁然開朗。

Episode 24
A0的苦惱

五月初。

《A0的苦惱 終章》

從前,有一個細路女喜歡上一個細路仔。
你問細路女為甚麼喜歡他?年齡差身高差大到咁樣樣……
細路女不直接回答你,等她用例子回答你。

初見在新人聚會上,他是最遲到達的人,看得出他有點難為情。舊人admin們似乎在捉弄他,但作為新人她不便提醒他甚麼。
他的自我介紹以讀了五年大學為焦點(把無聊當作有趣吧……事後才發現原來是年代問題)。
得悉了他在港大碩士畢業,現在在政府工作,其實沒甚麼特別。
直到大夥兒離開,她才驚覺他高得很。
是地面不平嗎?她不清楚。
唯一肯定的是,他真的很高。

她對他的身高產生了莫名的興趣(LOL),希望跟他有進一步的交流。
她嘗試加了他的臉書帳戶,但他沒有回應。
對她來說,別人拒絕加她的帳戶並不是新鮮事,因為她的名字和相片與現實不太相符……
不要緊,反正他發到群組的訊息不太有禮。

第二次見面,是在新年聚會。
這次的人數很多,原本她想跟他親近一點,但兩人的座位距離很遠。
無意間聽見他是available和甚麼傑青東東,僅此而已。

機緣巧合下,她等到了,他終於聯絡上她。

Rasin
Helloooo Mimi. 而家我加你入組

Mimi
Sure! :)

然後呢?

如果她當時沒有選擇留港過一月上半月，而是到台灣旅行，又或者取消澳門之
旅，事情或會有著截然不同的發展。

可能吧，但可惜沒如果。

事情朝著無可逆轉的方向繼續發展⋯⋯

以下30段精選片段

細路仔有幼稚的一面：

形容自己木獨

認自己打機唔叻

反應極度遲鈍

傻傻地說中學prefect camp好好玩

讓細路女餵食

答自己status為O1（把聲仲要high high哋）

企定定在地鐵站聽電話

為細路女而哭

傳送💩💩照片

真的容易眼濕濕；

有智障的行為：

極少數的第三層精神病人

扔垃圾時被醬汁濺到手心

認真地說雞子是豬的部位（兼反問豬子。。。）

扔了細路女的十蚊銀到垃圾桶

連情人節是哪月的14號都不知道 ._.

稱自己筍盤

說kiss要一兩年⋯⋯（畀埋原因真係搞唔掂）；

亦有令細路女產生莫名感動的時刻：

一見面從後觸碰細路女的頸項

在意細路女的訊息，一直記在心中

送公仔給細路女

公主抱

知道細路女第一次搭AIA摩天輪後，YES出聲來

主動提出影合照

能背誦金庸對聯

讚細路女的聲線和樣貌

鼓起勇氣牽細路女的手
問細路女需不需要借雨傘兼送她回家
傳送表白訊息
補習後自動來電
小指相勾，姆指相印

事與願違，細路女終究等不到細路仔親口向她表白的一天。

　　「點解嘅？」
　　「佢死咗喇。」
　　「咩話？」
　　「我講多次：**佢死咗喇。**」
　　「唔好意思……」
　　「唔緊要。」

細路女更一度模仿經典語錄，創作出屬於自己的矯情「語錄」。

「有種關係是
他牽你手，
你沒鬆手；
然而，他卻沒有把話説出口，
那麼你就無謂想太多。」

儘管，細路女所喜歡的細路仔已經不在了。
但只要呢啲回憶確實存在過，咪夠囉 ;)

嗯，親愛的細路仔，
以後，要幸福快樂喔！

//緣盡了至少博得批評未至愛得太虛無
如沒有抹黑那些感情狀態也許更荒蕪
結局帶著缺陷　也是好//

By 細路女

> **少少心底話：**
>
> 感謝讀畢全文的你 :)
>
> 若然你現在問我仍否喜歡他，老實說，我不懂自己的心意，所以我不能肯定地回答你：究竟我在「利用」他成為我筆下的人物，抑或是心底裡的感覺仍未完全消散。
>
> 細路女選擇既往不咎，沒有刻意記下細路仔的差，只記住他的好；而她可以，你們也可以。
>
> 上述只是微不足道的經歷，對拍拖者來說更是不值一提，但細路女是個喜歡用文字記錄內心感受的人，記性也相當不錯。
>
> **所以，由她吧，她終歸會學懂成長。**
>
> 肯定的是，這三個半月以來，哭過傷過痛過，不論你在哪個階段知悉這個經歷，細路女衷心感謝陪伴左右的你。
>
> 祝願我們找到真正的幸福🌹

//故事　假使短過這五月落霞　沒有需要　驚訝//

Sem尾期間，Mimi稍不留神，被紙張剒傷了指頭。

　　「媽媽，凡士林在哪？」

　　「你看看廁所櫃裡有沒有。」

Mimi打開櫃門，看到一盒尚未開封的凡士林。原來凡士林的英文是Vaseline。

回憶蜂擁而至。

那時她與Yoyo及Andrea身處澳門。

Mimi

> 我本身覺得Rasin好似一樣嘢！！
> 但我唔記得咗～～

Rasin

> 似一樣嘢定一個字 :0)

> 一樣嘢！

> 我似一樣嘢？XD

> 係你個名

> :0) 記得嘅話講嚟聽下

回憶強行中斷。

大概，他們就像兩道平行線般，終其一生都不再有所交集。

Mimi定睛望向凡士林：「不打擾，是我最後的選擇。」

傷口總會癒合。

「：因為對一個人好，只會令你變成好人
　　感激唔等於感動

　　　　　　　　　　　　　　　：咁你會點做？

　：賭上一切去爭取
　　　　　　　　　　　　　　　　　　　　　　」

Episode 25
網友

大學五件事都沒有涉獵的大學生是很空閒的生物。

在這段感情空窗期，Mimi為釋放多出的愛心，她到處成為義工，履行公民責任。當中包括但不限於：
自組義教補習小組、聾人福利促進會的功課輔導班導師、聯校青年會義工，以及學友社放榜輔導熱線的輔導員。
寄情於義務工作的Mimi，紛紛被朋友戲稱為「愛心米(Mi)」。
「係愛呀，哈利。」她習慣以笑帶過。

分隔線

六月底，正值暑天，天氣悶熱得很。
這天Mimi刻意打扮過，因為她將與網友Michael見面。
他們是怎樣認識的？

說來可笑，他們經Mimi的另一位網友Leo介紹下認識對方。
Leo跟Michael是幼稚園、小學、中學同學兼好友，而Mimi和Leo則在網上交流近三個月，至今仍是素未謀面。

十二天前，Mimi收到Leo的訊息。
她正與老是常出現的Yoyo和Andrea同遊韓國。

Leo
我有個朋友返intern
嗰度得兩個女仔，兩個都係bitch

Mimi
Yr friend is a guy? lol

係啊，兩個明明有男朋友
一個就明示試下溝佢，另一個就收我個friend做兵
叫佢幫手做嘢，雖然我個friend都算有少少自作自受

唔好理佢哋啦
Tell yr friend I mean

我個friend傻又傻唔曬
其實佢係清醒但係又唔識拒絕人

好仔喎

樣子同身高不行嘛💀

For me? XD

佢無18幾，你唔會啱㗎la
樣普通la

他知道她對身高有種憧憬。

Am I suitable for him xd
Me ok good ga!

我都唔知

U r close with him?

幼稚園識到而家

Is he available?

A0, pure and true lol

正合她意。

Same as me wor

佢讀計量金融同風險管理

雖然Mimi對這科沒有甚麼認識，但聽起來是神科。
或許是志願成為數學老師的緣故，她一向佩服數學了得的男生。

放心，我待人真誠

我唔知佢有無興趣，得閒問下

好~~ 唔該曬
你對我啲朋友有無興趣？

我覺得應該好難搵到同我啱傾嘅女仔

而我勉強都算？xd

一般女仔同我嘅距離係10
我諗你可能7咋，relative來講近啲lo
搵女仔做普通朋友講下心事，對我來講都好難

正常唔會斷啦，我咁nice xd

你幾nice嘅，你都係想我讚你啫

> 你想approach邊個我會盡幫！
> 雖然識咗你好似拖長咗我放低前大佬嘅時間
> 但我知唔關你事，多謝你成日聽我呻佢同男神等等等等

她突然想感謝他。

好榮幸幫到你。雖然我個人鍾意睇人pk多啲

> Thank you xdd

你最好grad之前拍一次拖la
因為grad之後個世界會好唔同

> Help me?~

盡量help下。雖然我能力好有限

> Thank you ah

那時Mimi等了兩天，未見Leo回音，便再次傳訊給他。
從小到大，她深明「機會需自行爭取」的道理。

> How's yr A0 B.B. xd

佢未答我

> 真係問咗？XD 唔該你 :p

佢話ok

> Lol haha
> Hi I am Mimi:)

Leo發送了Michael的telegram帳戶名稱。

> I contact him?

你鍾意la

> 有無性格background haha 幾好笑

自己摸索la

> Does he know u told me about his internship?

是旦la。識個網友唔駛咁多頭盔

> Okie

La la la……察覺到Leo心情不佳，Mimi也不好意思再騷擾他，她決定直接跟Michael打招呼。

Episode 26
十天回憶錄（上）

Day 1

Mimi

YOLO Mimi here xd

Michael

Yooo I am Michael
Are you studying or working? ☺

標準的開場白。

Year 1 haha
U know who I am right

I assume u know me more than u know u xdd

怎麼好像怪怪的……

Really :o Is that typo lol

Ng hai☺ In fact I just heard a few words from Leo

I know me keke

Hahahaha hai wor

Be like mimi😎

As if I know how😅
What u plan this summer? :)
It has been long since I went to university

Michael打開話匣子。

「在跟誰聊天？」身旁的Andrea探過頭來。
「之前跟你們提過網友Leo，這是他所介紹的朋友Michael。」
「其實我忘了誰是Leo。」Yoyo插口。
「總之現在是Michael。」Andrea一語道破。
「哈哈，他好像挺健談的。」Mimi沒有反駁的餘地，只好笑著說。
「又是A0小寶寶嗎？」
「Leo說是的，很pure很true。」
「真的會有這樣的男人嗎？」Yoyo質疑。
「我也不知，但相信才會有希望嘛。」Mimi一貫樂觀。

「我也沒有話要說了，你才是我們仨中最有經驗的那位。」

「我同意，每次出遊總有收穫。」Rasin就是從澳門之旅拉近距離。

「都拜你們所賜。」Mimi苦笑。

「習慣了你重色輕友。」「有異性，無人性。」

「唉。」Yoyo和Andrea同時歎氣。Mimi沒她們好氣，自行按回對話框。

> Just studied a credit-bearing course in Beijing~
> July and August... tbh no plan :p

Michael

Me2 uwu my intern ends in mid-July and
it's literally nothing until Sep sem starts
Ehhh how do you like Beijing?
Only been there once when I was a child

> It's my first time~
> The air quality is better than I thought
> Oh u will be year 4 next year?

Mimi知道Leo剛畢業，同齡的Michael卻看似仍在學。

Nahh I will be year 5 instead ☻
Thought it would stink tim
Any place of interest? Or people haha

> Ohhh wt do u study?
> I went to Xi'an as well, Terra Cotta is fab lol

兵馬俑 xd
I know my knowledge to Beijing is stereotype
Quan. Fin and Risk Man. in CU
No free credit fml
How about u?

> Hku A&F
> Double degree so 5 yrs?

Went exchange and interns, plus I am just lazy
Could do it in 4 years but people usually prefer 5

> Enjoy yr final year ☺
> Oh yes wt did Leo tell u about me haha

I basically don't have u life haha but thx
U wanna hear the truth or more about Leo?

> Any will do keke

197

隔了大半小時，Michael才回應。

Just now sin finish meeting
He told me u do volunteer and stuff about gym lor
U are getting along very well xd
How about me haha

老實說，Mimi覺得等候時間稍長，但始終他們才剛聯絡。

Meh liu haha, btw u know chinglish right?
U ah ignore those two girls la
But I think u know how to do hehe
And ya I know leo from ig

她嘗試好言相勸。

Hmmmm this I know too
I usually type Chinese but can do both ways

那個話題看似被無視，她也不好繼續。

U r his kindergarten friend?

Yea ar, but don't know him well until secondary

But still keep contact? That's good ah
Off work?

Yeh finally
Usually off at 6 but tmr is intern project present
Frankly screw that I am taking a4 paper with me tmr
For a moment I wonder why tho xdd
Yeet closest friend to me

Ga yau ah tmr! :)

Aye thxxx :)

Anything wanna ask me haha

Of course there's much
I'm looking for a good timing xd
Now that you created one, shall we start with hobbies?

談了一段時間，Michael一直以英語溝通，給Mimi留下一本正經的印象。

Note that I am an annoying plastic XD
R u shy shy

How did u get this conclusion
Face palm
If a guy tells you he is shy shy, is he still shy shy? Lel

他又不無道理。

U r interested in him more wor (smirk)
Sor I saw leo lmao
Read wrong hahahahaha

她誤將Lel看成Leo。

No plz no. Kek
And did Leo tell u our worst decision in life
Is to get in a boy school

Um u two r in the same secondary school?

Yep

Same primary?

55 What a misfortune

Ging

And I can't believe mother just ditched me
They went out for dinner lol

他突然談及媽媽。

Lmao this is real fun xdd
U have siblings?

Sister, u? Lmao they just went back

Brother
Mama won't ditch u xdd

Nah she really forgot about my dinner
Is he annoying at times?
My sis is 8 yrs younger than me

Wa even younger than me :o

八年是很大的差距。

Which is pain in the ass tbh

R u hungry lol

Very very. Now she gets better at senses

反叛期

We like each other
Lemme guess yours is 中二？

F.3. Oh yours is F.2?

Lol Mimi is smart

Good for her to have an elder bro ah
Shall I take it as a compliment

Yeh I always imagine having an elder sis
But from what I've heard, it's neither a good stuff to have
I don't do sarcasm

U need to have a better impression after knowing me!

What's yr hobby? Btw
I know I am persistent

他追問一個半小時前她忘了回應的話題，她發自內心地微笑著。

It's good for me xdd
Um frankly speaking, eat play sleep lol
Full time fai ching lol, u?

Full time toxic j lel
Not like Leo I don't have very unique hobbies

What's lel and kek haha
擬聲詞？

Laugh and laugher laugh，傳神啲
I used to watch lotta anime and play comp
But now I spend my day watch 日劇 n novel a while ago

Woohoo what are they?

說到日本影視，她想起Casbah和Rasin共同推薦的一部電影。

Dark soul for a while ago, and many u won't know
if u r not into it :) Novel is 東野圭吾

有無睇過逃避雖可恥但有用？

Nope thx for the recommendation
I start watching 日劇 few weeks ago
All those are detective/keiji
So u r into Japanese drama/Netflix more?

Sorry what's keiji xd
I don't really watch dramas haha

Japanese police
What play entails ͡°

Are they good?
I play boardgames haha
I am super slow in watching dramas

Super great when I can lie on bed and watch something
Then slowly lose my conscious
That's why me dou bo duc gei fast
Boardgame's definition is so broad too, I used to play
boardgames with my young cute cousins literally everyday

Oh like what haha

Monopoly is basic and they have a derivative called deal,
which is card version of it, they liked it a lot
Then it comes Scrabbles and stuffs

孩之寶fans lol

Yeh I could only 苦笑 for this
Used to play with them everyday back in Singapore

Scrabbles too high level for me haha
I like playing rummikub!

Know the rules haha

U r SG ppl? Or they r haha

They moved to SG n I exchange in there

原來他曾到新加坡交流。

Btw u watched Ben sir? Japan flat is super cheap to my surprise

Oh it's on tv? Around how much?

突然談起樓價，Mimi只覺Michael的思維跟她同樣跳脫。

Just happen to overhear part of it while doing other stuff
Yesterday's episode said for a 2ldk estate 1 hour away from district,
it's only around 220k hkd
Today's a deluxe one with garden which is 5mil hkd

Waaa such a big gap
Btw yr eng is far better than yr bestie!!

Not true 😖

她想起與Leo的對話，絕大部份時間都以中文溝通。

Thought of immigration?

Haha had Aus SG JP in my mind

Ah aus, why?

There's nothing really bad except racists and
the fact that u need a car to get to places

Do u know other languages?

Not really, I can hear Japanese tho hahaha, thx to anime

回覆「Thought of immigration?」

How about u?

Wow Japanese!
Um tbh not yet thought about immigration

Yeh don't think of it too much

Ah do u play pubg xd

Watched some, yr friends play?

I play!

Woah didn't see that coming
Pro? Or luck :D

Carry me? B-)

If u can let a newbie carry you

Sure XD good ah
Now? Or u need to sleep la

現在已是凌晨時分。

Tmr night or maybe after that
Tmr got project :'(
Any tips for beginners? Sleep is for the weak

Help me kill ppl!
Ah so sad :(

No la tonight need to install the game lol

他忽然轉軚。

Hai mai ah xd Me guai guai der

Can't see
正經事行先 (笑)
Tbh killing people doesn't really go with guai guai der
有咩正經得過打機

她展現笑容。

乖乖，咁係咪而家打

裝緊，笑
已經係網速之鬼

他傳送了一張正以電腦下載PUBG的相片。

Wait computer and phone r different ga
Use phone!!

Argh phone ar also can
Played several rounds with my sis hahaha
She carried me through lying chicken

Mimi事後才知道，原來電腦版食雞需要付費。

Bro bro carried me too!

Lmao

Me seldom da gei, last time should be tos ahaha
Downloading?

Tos?
30% to go, 小水管

神魔之塔
What's little water pipe?

網速慢嘅代名詞
Some say tos copies p&d
I am not fond of either haha

Btw ngo mo interrupt yr project sin ho!

Can't break what is already broken
In fact maybe tmr night use iPad for that
My phone is aged while only comp is great
What phone are you using btw?

No problem~
iPhone 7+ like me😱

唔好咁講
I plan to buy note 9 tho
Just like me😆

她笑了。

The latest one?
回覆「唔好咁講」
Same here

Think will release soon
Right now still using 祖傳 note 3 inherited from mama

祖傳lol

It's real :(

Does it work well?

It does nothing else other than working fine

Btw we play tmr right~

Hai ar~

Ho la why not sleeping earlier?

Why should I tho
U seem really like it, thought u said u like sleeping :)

Meh wor xd
Do u play 網上交友😎

Do u mean in general?
Or u noticed I am inexperienced from my words

Am I experienced ⌒

I bet u are

Nah ._.

But u and Leo are met online

他一語破的。

Ngaam ah

回覆「Do u play 網上交友😎」

Be persistent B-)

Why use telegram ge haha

Great I'd like that
In fact I don't play 網上交友 like at all
So far my friends in telegram I know them irl

Guai! But why not whatsapp :o
Me so so tappy sad

Have both
Idk maybe cause I like doing random things
Why tappy ge

Lazy to find intern._.
And sometimes I feel dry haha
But I am a good girl la!

I don't recall doing anything in year 1 so it's ok
Sometimes when I am alone at home for too long
It takes time to get used to talk to people irl
At least I am ok with girls not being good

Btw what's irl?
Ah u feel so too

In real life
Do I seem like sociable to you

U r lek ah :o I can learn eng from u xd

No la
Just a fun fact, Leo has more social life than I do

Btw how do you interpret this emoji 😤 ?
Ok I m so mo liu and random xd

Which is great
嗤之以鼻？
Nah should be just sick, thought too much

U type chin! XD
My interpretation is 感動流鼻涕！

Really! 其實我同朋友係打開中文
但係佢一滴眼淚都無

鼻涕咋嘛
我諗過點解你全英

因為你一開始用英文，如果我打中文咪好奇怪

笑你

我感動會留眼淚先

眼淺嗎

起碼我多數睇劇/戲唔會覺得感動

由全英轉變成全中的過程。

一轉轉全中！

咁邊樣好啲

Msw laaa

Likewise，其實你英文都好好啦，起碼好過yhm

YHM是Leo的英文全名縮寫。

你哋不嬲直接嗌全名？

我不嬲唔會嗌佢個名

多唔多見？

其實都算多，幾個禮拜都食一次飯
差唔多日日都message

Haha點睇秒回

一係喺個app入面，一係得閒

點睇*女仔*秒回

過了好一段日子，她依然對這話題感興趣。

有啲女仔覺得秒回會貶低自己嘅價值
不過無所謂，我覺得唔關事嘅
只要唔係話幾日覆一次好似有時差咁，其實都無咩所謂
你覺得yhm點∩ ∩ ∩ ∩

話説佢剪咗個咩頭lol

Mimi知道Leo最近換了新髮型。

7？唔知wor 好似全部都差唔多
得罪講句，反正我哋啲頭都唔會型得去邊

喂，呢句好笑

多謝？
你有無睇愛回家/深宮計
Sor好似好random

Michael的話題之多令她訝異。

Real random ah
舊愛回家yes
Me not in hk now

馬壯？

Ya人強☻

He is so gay but nvm
你而家喺邊？:o

Korea!

同朋友？韓國有咩睇？
我都係細細個去過，跟住覺得啲人好無禮貌

> Yes with friends
> 而家啲韓國人幾好！
> Btw I sleep lah, night!

Good night :)

韓國時間已是凌晨三時半。

Day 2

這天，Mimi跟旅伴參加了一天團，早上七時便睡眼惺忪地起床。

> Morning keke

Morning, u slept like 3 hours or so? 😨

沒想到隔了一小時便收到回覆。

> Do I become stronger hahaha
> Tdy joining one day tour zzz

Mimi記得他説過"sleep is for the weak"。

如果你平時都係咁我驚
Nice wor, to where?

> Gang mud ye lol

Stronger than me xd

> Tdy ga ga yau!:) Go rail bike!

Michael傳來了江村鐵路的相片。

Something like this? haha
Thxxx :) U too lol

> Yes yes haha
> And 南怡島小法國村 xd

法國村啲屋同小王子都幾靚
仲見到有條林蔭道，你有無份plan個行程？

> A bit, but tdy one day tour ma xd

Maybe you can also meet new friends
Ho guai no freeride

I ordered packagesss xd

Legit contribution xdd
Hostel or hotel?

Hotel!

好豪啊啊啊，你哋玩幾多日？

7

For a second I thought u mean I am 7 lolol
And so I am can't deny

她傻傻地微笑。

Lmao when start presentation?

2-5pm for all groups, which is 3pm in Korea
Then the interns arranged a celebration farewell

Gum these few hours yau meh do~

寫稿 ;)

Yr internship will end soon?

Mid of next month
They gonna force me to sing k and drink later uwu

Do u often listen to music? QQ

Japanese songs a little la, might be heavy taste for the general public
But u sounded like u do

Any example of Japanese songs?

https://bit.ly/2QZ90Xa
Maybe try this idk more popular
What do u usually listen tho?

Cantonese ah

咁有無咩好介紹😁

U like lyrics or melody or wt~

Why not both xd
I am typing the script while we are rehearsing

No need script lah champ champ

這一隔，便是一小時。

The other guy basically helped me with the whole script
while he is not using any, turns out his part sucks
I did all the backend work and told them my English is bad☺

Oh finished?:p
Congrats!☜ ☜

Finished rehearsal jaaa ☺ ☺

Che xd Practice makes perfect tho
U will definitely make it :D

離開應用程式，重返現實世界，旅遊車已駛至小法國村。
小王子是Mimi很喜歡的小人兒，看過相關書籍和電影後，她較為喜歡文字版本所帶出的感覺。

被馴服的狐狸告訴小王子一個簡單不過的的秘密：

「真正重要的東西，是肉眼看不見的；唯有用心，才能看清事物的本質。」

"It is only with the heart that one can see rightly, what is essential is invisible to the eye."

她在櫃枱買了一張時光明信片，寄給一年後的自己。

POST CARD

Yo! Mimi :D 我係一年前嘅你呀，人在法國…村XD
時間很趕急我企喺度拿拿臨寫畀你！
係！入正題:P 一年前嘅你而家享受緊tappy sem break life keke
你而家做緊intern未啊？Year 2 已完嘅你對大學生活嘅睇法有無唔同咗？
兒時志願有無變呢~~~ 至少我可以好肯定呢刻嘅你（我）初心未變 =D
Ks 你仲追緊幾個ig ac？堅持很重要oosh! Status幾多啊 (smirk)
Now u r so dry dry orz
唔需要為A0 Pride堅持喎 :o) 追尋自己幸福ah ching! 我會bless you der XD
一定，要幸福快樂喔 :p
位置所限寫唔到咁多 xd 唔好掛住我，要向前望，知無？:'D ily <3

P.S. 為未來的我好好活下去！謝謝你 :)

撰於2018.06.22 (步行匆忙中)

Mimi刻意沒提及初相識的Michael，一來現階段對他的興趣不大，二來他的回覆速度未免緩慢。

掏出手機，原來Michael上一個傳來的訊息已是四小時前，她自知沒資格抱怨甚麼。待她準備啟程回到市區，才收到新回覆。

> It was a great success indeed :D
> How about yr trip? Hehe

> Lek jai!
> Now going back to Seoul

> Dor jer☺ Now we go celebrate~
> Exhausted from riding bike?☺

> Go sing k la u xd
> Now go shopping keke
> We rode less than 1 hr, not really tired

儘管Mimi在外地旅遊，但一收到回覆還是秒速回覆。

不過那邊廂卻深潛下去。

分隔線

三個半小時後。

Michael

> 我哋有唱k ar☺ 要清曬啲酒先走得☺☺

> Naughty u

> 你有無試過飲酒？
> 上次我第一次飲，佢哋界啲whiskey我
> 個的士佬送到我去停車場，跟住問我邊期咩座
> 我話，唔知啊，是但啦
> 今次人多飲咗好少☺ 所以係乖，勉強safe

> I don't really drink
> At last dim xdd Guai lol

> Then u need someone to drink for u haha
> At last he put me down in some random place
> I was few steps from home but can't walk straight line

> Did u vomit that time :o
> This time feeling ok right

Lay on bed wanting to vomit but can't lol
This time I even drink for others
And still back home in one piece

Drink for me xd

回覆「And still back home in one piece」

Jm9

點解係以飲酒為前提

回覆「Jm9」

Alive and well maybe?
總之我無飲醉啦
Btw點解pubg一開始咩衫都無，畀啲爛布我著下都好

沒想到Michael記得昨晚說好一起玩pubg的約定。

要等七日先有褲ha，好似聽日有衫

吓啊啊啊啊

但你玩嘅時候可以執衫

回覆「總之我無飲醉啦」

係咪喫

呢個我知，仲可以咁清醒咁打字

唔駛死頂bleh

通常啲人飲醉呢，都唔會認自己醉

但係唔醉嘅人都唔會話自己醉喫嘛

所以啲人設計咗咁多邪惡嘅飲酒game，到最後無論輸贏其實都係不停飲都唔知有咩好玩，又唔係特別好飲

咁你醉未

你覺得呢

同唔同我玩

試下有無醉haha
啱啱整咗角，叫michaeaeael
被人用曬啲名

> Add me bro
> Jm99999999999

十一個9。

> 你個名？↻

> I don't say foul language la
> Just jm9, 丁頁 and 女天！

> For me it depends on who I am chatting with la

> Tell me after u add

> So what's your name

> Sent
> 回覆「Jm99999999999」
> Yo

> 真係

　　「昨天跟你們提起的Michael説現在可以玩pubg，一起組隊玩嗎？」Mimi問身旁的Yoyo和Andrea，她倆分別拿起手機。
　　「剛好手機沒有storage更新不了，sorry。」「那我都不阻你倆。」
　　「這是甚麼意思……」
　　「二人世界怎能容得下外人。」
　　「我才不玩雙人模式。」Mimi無奈。
　　「總之玩得開心點，我在旁觀戰。」
Mimi只好獨自上線，接受了Michael的交友邀請後便組隊對戰。

　　「Hello~」「Hello~」
遊戲剛開始，他倆尷尬地隔空打招呼，無視了隊中剩餘的兩名陌生人。
　　「我係Mimi，哈哈。」
　　「哈哈，我係Michael。」
　　「等陣加油，我跟你跳傘先。」
　　「喂喂，唔好！」剩餘隊員都知趣地跟隨Michael。
　　「咁我揀個細城……」Mimi注意到他的聲線渾厚。
　　「Ok，我入屋搵物資先。」她告訴他。
　　「好呀。」意外地，她看到他走進同一屋簷下。
　　「哈哈，做咩跟著我嘅？」她失笑。

「新手求carry。」
「但我哋喺同一間屋搵到嘅物資咪好有限囉。」
「係喎，咁我去隔籬睇下。」他恍然大悟。

一會兒後，Mimi告訴Michael：「我搵完喇，你呢？」
「我都走得。」
「咁我哋各自去會合隊友。」
「無問題。」
當她全速狂奔時，她聽到身後有腳步聲。她轉身一看，原來是Michael。
「又返嚟搵我喇你？」她笑問。
「我蕩失路。」
「好囉。」
「講笑，跟住你無死。」
「哈哈，一陣間你就知唔係。」

話剛說完，Mimi將自己的麥克風調較至靜音，轉向兩旁的Yoyo和Andrea。
「做咩mute咗自己支咪？」「唔傾下偈？」
「認真，唔好笑住先，覺唔覺佢把聲幾好聽？」Mimi不懷好意地笑着說。
「唉，Mimi Wong又春笑。」「咩料呀，咪正常男人聲。」
「唔係喎，我覺得好聽過一般男聲。」她反駁。
「你慢慢欣賞。」「專心玩啦，你而家毫無防備咁瞓咗喺山頂。」
「你又嗌喎。」

這時場上只剩寥寥數人，Mimi不斷按下預設的訊息鍵：「Help! Help!」
「我哋衝落去？」Michael厚實的聲音傳到耳裡。
「唔好！我好驚。」
「唔駛驚喎，跟著我。」他自行衝到山腳。
「喂喂！救命呀……」她亂了陣腳，苦苦哀求著。

與此同時，房間響起了歌聲。
「原來沒有~」
「從來都沒有~」
Yoyo和Andrea突然唱起她們這趟旅行的「飲歌」——《沒有人》。
「咳咳……」Mimi立刻乾咳數聲，藉此遮蓋歌聲，同時以手指示意她們合上嘴巴。
「纏綿邂逅~」「完全虛構~」
她們無視Mimi的手勢，她只好瞪大眼睛望向她們。接著，她倆向對方點頭。

「我沒有為你傷春悲秋不配有憾事~~~」

雖然她們拒絕閉上嘴巴，但反正她們已在唱另一首，Mimi就此罷休。

回到遊戲畫面，Michael返回山頂位置。
　　「返嚟喇你。」Mimi舒一口氣。
　　「我哋留喺度埋伏好無？」
　　「好呀，唔好走開。」「嗯。」

噠噠噠。

　　「有槍聲！Enemies ahead!」Mimi著急起來。
　　「進入戒備狀態。」
　　「救命呀救命……」敵人步步進逼，她近乎生無可戀。
　　「我哋衝出去啦。」
　　「呀呀呀！」她邊衝邊叫。

最後，縱使未能成功食雞，他們也得到難忘的遊戲體驗。

Woah consider I am just a newb
And thx for the carry captain

Lol ks gei fun

你頭先應該一早衝落嚟享受遊戲嘅樂趣

No! Buddha style

佛系自殺
I will try not to die next time

Well I don't play with stranger ga ·:

Ho la, then I leave lor ·:

My sound dim!

訊息維持單剔。

<u>Day 3</u>

嗌救命嗌得好好聽☺

嗌下唔駛理我

215

我未嗌得切已經死咗

好好笑♡

咁起碼我嘅犧牲無白費
你哋今日去邊度玩啊

Ging Leo feel lmao

所以咩係Leo feel ⌢

試下轉Michael feel

What you play today
其實我正常唔會咁問，但因為我真係想知
試下Mimi style會點問，enlighten me

哦 :o

她忽然想嘗試冷淡應答。

:'_

他也不弱，純以表情符號回應。

.w.

再沒有收到回覆。
Mimi，Yoyo和Andrea一行三人接連到智勇迷宮、4D藝術館及Running Man體
驗館，玩得不亦樂乎。

分隔線

六小時後。

Michael

頭先去咗睇公司球隊踢波

回覆「哦 :o」

咁所以有咩玩

識睇波？

嘩而家啲人咁寸嘅
平時就無睇開嘅，見今日季軍賽先支持下咋

識唔識㗎

識啲基本嘢囉
你係咪好有研究，點解咁問 ☺

唔識喎

哄~好似話啲女仔睇世界杯都淨係為咗睇靚仔
利申無睇，不過成日聽周圍啲人講

所以你都係睇為咗睇靚仔 xdd

嗒啊啊啊啊，畀你發現咗

妹妹有個咁嘅姐姐~

咩玩法，邊個係姐姐哈哈哈哈哈

I mean yr sis calls u bro ga ma
But turns out u should be jie jie instead of bro xdd

I will just take it as a compliment xdd
When she is cute she calls me gor gor and other times
I am bruh or 喂 or some sort

Hungry ah TT

Eat!!!!

No food nearby orz

Don't worry, food tastes better when u r hungry

Ai why u A0 ga xdd

她無厘頭地問。

Because I am toxic jj😂
係咪yhm講我壞話⌒ ⌒ ⌒ ⌒ ⌒

無啦，咁我有問佢你嘅status嘛

不過唔緊要，反正我無咩衰嘢畀佢講☺
可能我差緊啲機會啩，唔知啊
搵到嘢食未？我好鍾意佢哋啲炒粉絲

Ate fried rice haha
你地咁樣唔夠friend喎

Friend係喺大家面前講壞話，唔夠friend先喺背後

Hai ga meh :p

所以佢以前啲瘀嘢我都唔會周圍講
終於有時間去gym T.T

Lazy u

Gum how about u ._.

Lazier than u

如果你有一日想做gym記住唔好用兩磅啞鈴
Yhm會歧視你 :D

Lol ok, play pubg?

Can do

這次他倆配對到跟外國人同隊，聽到Michael以流利的英語跟外國男子交談，Mimi只有聽的份兒。

我覺得自己講英文係難聽過粗口
逼住同啲外國人尷聊orz

下話

一路等緊你表演，然而並沒有

從來都沒有

纏綿邂逅完全虛構
咁樣互相傷害真係好咩 TT

叻喎你接到落去

毒歌兵歌點都識返幾首嘅👀

這樣説，Michael不就聽得出咋晚Yoyo和Andrea唱得興起的飲歌？
正當她打算回應之時，耳際霍地傳來Andrea的尖叫聲。

「呀！」
同一時間，Mimi看見正要掉到地面的風筒燃起火光，她心中凜然。
「甚麼……」她話未説完，房間內突然一片漆黑，伸手不見五指。她馬上開啟手機的電筒。

「發生甚麼事了？」Yoyo問。
「我剛才在吹乾頭髮，怎料風筒愈來愈熱，更一度噴火，情急下我一手把它扔到地上……」Andrea心有餘悸。

218

「好險！沒事嗎？」仍然整理著思緒的Mimi急忙問。
「幸好沒事。」「嚇怕寶寶了。」Yoyo安慰著Andrea。
「我們下去大堂跟職員說明情況吧。」

員工到場檢查，發現保險絲跳了，更換風筒後她們三人便回到房間。
Mimi定下心神，重返telegram。

> 仲有邊幾首ha
> 想心酸還可以？

Michael已下線。

Day 4

我沒有為你傷春悲秋不配有憾事😂😂 我好鍾意呢首
仲有咩夠鐘死心了
六天，唔該阿Joe，我係柏豪啊😂😂
我以前是冠軍怎會慣做後備愛人
但係我唔鍾意偽毒坤，咩原來她不夠愛我

> 啲歌嗌你

我寧願啲歌唔嗌我😊

她不知該如何回應，遂轉移話題。

> Hot die wuwu

Hk also hot die today 出街都一定要商場接商場

> Tdy do mud

係屋企瞓下覺煲下劇囉 :D
久違gym一做返一又全身痛
But tonight family book restaurant can eat good west

> Sik mud :9

她一向八卦。

一間叫Ocio嘅西餐

她對這餐廳有印象。

> Ocio yau souffle pancake

咁可以一戰

> Tell me later!

Yeet 係wor, 有啲咩係你最唔鍾意食

Si si

Lolol, ho hea wor ching

Jm9

Tsk tsk tsk
好，我訂正一下
喺你食過嘅食物裡面，最難食係咩

What's tsk tsk tsk xdd

嘖嘖嘖

嘖你個頭 ._.

係咪報應☺
無曬梳乎厘，但我有心太軟

你order定你個心太軟lol

Why not both🙈

睇過😎

此時，Mimi正忙著幫好友們剝蝦。這是她為數不多的技能之一。完成後，她高興地拍下自己的「傑作」給他。

啲蝦好型，咩事

型過你 :o)

大家風格唔同

U wt style ah

啲蝦係彎嘅，我係直嘅
頂sor好爛

她笑而不語。

此刻身在首爾的Yoyo, Andrea及Mimi正前往karaoke，打算感受當地文化。Mimi拍下該建築物的外觀，傳送給Michael。

係k房嚟？:o

55

好似disco咁，香港有呢啲就好

U sing meh ga

通常係人地點畀我唱
反正有好多歌都唔識，你呢？

Mostly Cantonese ah~~~

我識啲歌多數都係幾年前，成日畀人笑
周圍有好多痴線佬，有個係唱開日文歌，有個係男人女人聲
有樣嘢Yhm講得好好，以前啲歌普遍好聽啲

好多歌都十年前lu

個同事話我十年前穿越過嚟 :/

E.g.?

陳奕迅！我以前好鍾意佢啲歌, e.g. 一絲不掛
容祖兒以前嗰啲都唔錯
由這一分鐘開始計起春風秋雨間
再舊啲有首傻女，可能舊到你未聽過

Eason nice!
一絲不掛個melody好入腦
限我對你以半年時間慢慢的心淡
李逸朗版傻女lol

你竟然識曬😊😊😊😊
Btw單人食到雞！

做咩之前扮曬嘢

Hehe低lv係對電腦，好似係
我個妹未瞓啊

想同姐姐玩啊？

好啊

U add me

這次Andrea也加入隊伍，他們一行四人最終奪得第二名。
令Mimi印象較深刻的是Michael不再尾隨自己，而是跟隨妹妹的步伐。

Thx carry!

佢好激動haha

呀妹好叻，勁過哥哥

佢笑咗，有時都要畀啲小朋友開心下

我執行李先haha

Hahaha加油

Can play with my bro someday later lmao

Can do, then can certainly chicken
佢話send咗邀請畀你，交友嗰隻

Accepted

Day 5

Did u 上莊

無上到
見到啲人dem beat唔係幾開心
你有無諗住上先 :o

有咩推介 但我老了

我哋好似唔同學校，不過通常系莊唔會伏
倒不如下年做組媽識下啲可愛嘅後輩

This year jo joma
Jo jai ngaam nei ng ngaam ngo bleh

Gum meh sin ngaam nei arrr joma
隔籬個男intern喺我隻紙杯度畫咗個心……

Jm9

佢哋寫㗎我都唔知jm9
仲要寫得勁核突

Che仲以為你有好介紹orz

我夠以為你會介紹啲oppa畀我orz
不過佢好似打pubg好勁

你同佢打鋪 B-)

> 佢話我太廢唔肯add我lol
> 自己練功ok

因乘搭飛機返港的關係，Mimi隔了三小時才回覆。

> U know jau ho~

在香港國際機場，Mimi正與旅伴們相擁道別。

「回到家記得發個訊息。」

「喂，我們做個約定好不好？」Yoyo掛著一副滿心歡喜的模樣。

「甚麼約定？」

「哈哈，又會突然心血來潮，先説説看。」

「若感情台A0 pride中其中一人成功出池，必定要在群組宣佈喜訊！」

鴉——鴉——鴉——

「嘩，很尷尬。」Mimi打破沉寂。

「知你最大機會了，但訊息可否含蓄點？」Andrea揶揄Yoyo。

「同意。」Mimi和應。

「不如設定一個暗號？」

「有趣有趣，以日子作暗號，如：一個月，順道催促其餘兩人於限時內盡早出池，你們覺得怎樣？」Mimi思考片刻，提議道。

「真的有可能嗎……」Andrea聽後只感苦惱。

「世上無難事，challenge accepted。」Yoyo自信滿滿。

「就『一個月』？」

「"30 days"怎麼樣？」

「雖然不切實際，但聽起來也不錯。」Andrea終於同意。

「就這樣決定，30 days!」Mimi雀躍不已。

「你要現在宣佈嗎，嘻嘻？」Yoyo打趣地問。

「閙著，才不是！」Mimi秒速反彈。

好一個無厘頭的約定。

分隔線

那邊Michael再隔兩小時才應機。

Michael
> 頭先揸住uzi都食到激烈戰場
> 不過界個圈搶咗頭，所以0殺

成日唔預我玩
Uzi廢咩 :o

我一開始得散彈，唔敢走出去
我同妹妹去到最後，佢畀人殺咗，跟住我用uzi爆頭
最後個人竟然唔死，但個圈殺咗佢lolll

回覆「成日唔預我玩」

你成晚都唔係度 ٿ

原來他留意到自己的上線時間。

ٿ
Wa suet do u think I am flirty

Ng g wor ٿ
But do you think it is a bad thing in the first place

I don't think I am ga
It's negative in my mind
But yr friend said so lol

Maybe he can't distinguish between flirty and happy

Happy. Ok

她無奈地笑了。

Idk maybe u r happy chatting with him
I think it's ok to flirt as long as you are aware of it
No such thing as good or bad, just a kind if chatting

英文台捲土重來。

Lol flirty not good
Do u think Mimi is pure n true!

Question is can I judge a person in a few fays
But I do think u are as I feel comfortable chatting with u

Do u mean u r pure n true too...
Not judge la I ask u ja ma

Then if u r ok with opinions
Me too :)

U too wt

Ok with being pure and true too hahaha

Narm yun
Pure duc hui bin ah☺
Mimi is weak, so she has to sleep first, night~

Good night ☺

經過一輪奔波，Mimi是時候休息。臨睡前，她忽然記起甚麼。

分隔線

「感情台 ❤ A0 pride♕」

Can anyone send 大事回顧list later? Thanks!

Andrea
U want words or video

Words ok!

Yoyo
機場行咗一轉，E道，巴士，地鐵，手套，梨大，
行錯路，地鐵， 豆漿面，爆炸，難食mi

Mimi在腦海中回憶起相關片段，將每一幕都牢記於心。

//這趟旅行若算開心 亦是無負這一生//

Episode 27
十天回憶錄（下）

Day 6

翌日醒來，Mimi第一時間按進Michael的對話窗，可惜最後的訊息仍停留於他的一句晚安，她欲追問尚未得到回應的問題。

Mimi
Nei dou mei darp ngo

Michael
Darp nei Mimi is pure and true? 😎

回覆「But I do think u are as I feel comfortable chatting with u」
Mei darp jor lor, ding hai nei shern tang ngo gong dor chi?

咪答咗囉，定係你想聽我講多次？
縱然不算標準，但她看得出他努力嘗試用chinglish溝通。

Can ah

Mimi is pure and true
回覆「Pure duc hui bin ah😄」
Dim gai nei gum gong😝

Nei gok duc le

Ngo gok duc not every narm yun dou hai😏
At least I think I am☺
Agree???

Gum nei yau dim gai gok duc ji gei pure?

Because girls said I am a nice guy😂😂😂😂

若然這是一個笑話，它達到了其目的。

……
會唔會係自作孽先，純理性討論

的確以前做過蠢嘢，可能以後都會
但更加多係因為我唔適合

你鍾意邊類呀

點可以咁簡單將人歸類呢，鍾意都係睇感覺
無一日可以準時收工😌

抵死 xd

咁惡嘅 xd
回覆「你鍾意邊類呀」
你呢？😏

高啡idk
心地善良

好多嘢天生都改變唔到，只可以做好其他

唔駛介意高度嘅keke
通常細粒champ啲

我無介意啦😊
不過上次去睇18禁嘅戲，個票務員淨係查我身份證

我知呀，你童顏嘛

係就好啦，你今晚玩唔玩

Michael首次邀請Mimi打機。

Ok ah but I have to bath first :o

Sure

Gok ng gok yau sailo mui 心境 wui young jor

她回來後便傳訊息給他。

跳緊傘
Ngo gok ar :) 不過都係好開心嘅
入唔入嚟打返局，不過得我同muimui兩個人

食雞啦
我細佬未返sad，但我覺得妹妹勁啲

就嚟啦，得返六個人

專心

妹妹又carry

Top 1?

頭先係
同細佬妹玩得多，有時會覺得自己老了

咁你的確唔細

心境年輕，抄你
細佬咁夜都唔返屋企 :)

睇波

你都一齊睇嘛 ._.

佢同朋友睇，我諗住同你食雞嘛

死啦我好感動啊 ❤ ❤ ❤
我係諗住盡量練到死得慢啲

你個笑容令我好質疑啊 :DDD
回覆「我係諗住盡量練到死得慢啲」
It's me hi
Survival 100.0

Hahahahaha Cls
我可能唔夠pure但係我好true ✿
0殺食有無試過

有啩，唔係喎，或者無
回覆「Hahahahaha Cls」
哼

同妹妹玩全程好似執寶遊戲咁

我不嬲都係咁覺得

後勤嘅同志

叫妹妹早啲瞓啦
如果唔係好似壞哥哥咁易衰老 :o)

佢一早畀mama拉咗去瞓

回覆「如果唔係好似壞哥哥咁易衰老 :o)」

你又知

Do u know my face?

Mimi不確定Leo有沒有把她的照片發給Michael。

Do you want me to know?

No la just send me yr pic xd

Let me find one less ugly

他聽話地傳送了一張個人照。

By Leo ga lol

Quite fun wakaka

Just a fun pick, I have other photos but all are equally ugly sooo...

修下眉lol

從照片可見，他的眉毛可謂雜亂無章。

髮型師都係咁講，我買埋眉刀

叫人整啦……

買把眉刀畀佢整，我自己唔夠膽

你驚污糟？-.-

唔係，我驚成條無咗，或者左右唔對稱

激光，無曬，得咗

立即無曬亦得，早知買埋眉筆

Jm999男人修眉夠啦

我意思係成條無曬，畫返出嚟

咁點解要咁做

激光，你講嘅

明講笑

229

啲人剩係讚我條眉，多毛的好處僅限於此orz

所以我都係

車，點知你係咪真膠

一個關於眉毛的話題。

話說yhm講話你識西班牙文，得閒表演下

Me llamo Nohemi

Me lmao 之後睇唔明

啥？？？

Mimi放棄解釋。

From my words, how u think I am?

Ho pure ho true lor😌😌

Thanks wor, I think so too~
Ai ho worst.
After the trip, my friends n I r too dry wuwu

Why not spend some times with oppa

Can't communicate
Do u have introduction? Then the relationship
will be my online friend's friend's friend wakaka

Wow nice one

Wanna know my friends?
Lol nei hai mai night jau wui reply duc fast

夜晚先得閒
My friends are not handsome ga bor

Need not to be handsome keke
Better free d xd
So he can accompany me more hahaha

我啲朋友得Yhm一個係free lolll
抵啦，做工程
其他都早過我畢業，或者intern識

Suen la ng sai xd

她心知認識再多的人也未必有用。

I m afraid my july and aug will be so so boring

Me 2

Any suggestion♡
Anyway I hope it will be a fun summer
Ho lah I sleep lah
U early d rest too la tmr work

Can think of some activities to stuff it up
Hopefully
Sweet dreams

他們互道晚安。

Day 7

Any tutorial student referral haha

回覆「Can think of some activities to stuff it up」

Any will do

見Michael久未上線，Mimi的寫作靈感忽然湧現，便找來了紙筆。

「給不再是A0的妳:)」

喂！
嗱好突然，今朝心血來潮想手寫啲啲
心底話畀前，大佬，咁就拿拿臨寫先~
雖然我知道之後睇返已經唔再重要，但至少記錄過，可以了解自己多一點。好啦，你知唔知吖？如果你當時兌現咗一個月之約，咁我哋而家已經一齊咗差唔多四個半月喇 :'D
喺另一個平行時空，或者我哋開始咗但散咗都未定 ;)

我今日又可以上portal check grade喇，但我無咁做。（點解？）
我想每次都係由一個我鍾意嘅男仔代我撳入去check呀 TT，同埋今次過唔過到3堅係未知數kaka，希望我year 2前會知道今個sem嘅grade :p

係嘅你嗰日咪叫我有就去馬嘅，但我當時都知邊有咁易吖 @@
其實諗返我令你動情我都幾叻豬 B-) Just kidding ha
等陣去學友社考核，只限1 take sad D: 其中一個組長係你同學ah ching ._.
唔pass的話真係無咩機會見lu，所以我要停一停係咁易溫下書 xd

（返嚟）下個月完埋Jupas排位我就quit group喇，不過依然會保留你FB, IG同數組group 4嘅……
除非你del我lol，我已經唔想再日日睇到你send嘅group message喇。
諗過下如果我哋喺街撞到我會有咩反應，其實都過咗咁耐，我都一早同自己講，就算你搵返我，我都唔會應承㗎喇。（點解成句咁mk lol）
Turns out係FF even worse -_- 有時都真係想知你呢段時間嘅感覺，係咪真係咁絕lol

Anyway 我嘅初次stage 1, 2都因為你而失去咗好可憐 :(
Ho la~ 祝願大家找到各自真正的幸福 :D   2018.06.27

Mimi徐徐地將信紙放進信封內，靈機一動的她在信封面寫上：
有仔先好開roarrr

就讓一切記憶轉化為字，封存在信內，放下於心外，任塵埃翻閱。
也許連此刻的她也察覺不到，自己的臉上一直掛著釋懷的笑意。

一小時後。

Michael
> 都好耐無幫人補習lu
> 戶外活動點睇？⌒

Like hiking?

> 係啊，咩踩單車、行山、沙灘、打波個啲

沙灘 :o

> 咁佢係戶外活動啊嘛

我想學踩單車lol
通常室內打羽毛球算

> 我兩樣都識，雖然無正式學過
> 夏天梗係要揮灑青春同汗水
> 雖然青春過咗⌒

剛完成學友社考核的Mimi收到Michael來自不同時間發出的訊息。

減肥囉 ☺

> 講得好，而家就落去減，今日終於可以做gym

Oosh做service要考試 TT

> 你做咩service?

Hok yau club

> 你輕鬆啦，讀書咁勁

一定係啦

> 我之前見到有份義工係幫dse考生做心理輔導
> 好似係yhm比我睇

沒想到Leo那時已轉發給Michael。

Lol I sent him
Hahaha he R u join?

佢話畀機會我，但佢自己唔做
369

Chisin佢做咩畀機會你
What's 369

佢以為我需要機會lol 等陣
「常用於恥笑對方的時候。 亦常與sosad、banghead等
圖示混合使用，人稱『恥笑三寶』，以增強恥笑之效。」
369= ng g jo mud 9

譯唔譯到中文㗎

原本係一個高登表情㗎，你應該無興趣知
S又唔小心污染咗你嘅心靈

邊個表情

Oh ho chi nei!

條眉啊嘛明㗎啦

聰明。

有無啲前線少少嘅service
做後勤好難識朋友好似

Mimi正考慮好不好告訴他自己現時的前線義工活動。
如此一來，他倆將會見面。

星期六，come? 🙈

她下了定案。

Think can do, but what's it about?

Do u have other recommendation sin

Do I look like I have friends

Ya at least I know one

所以係咩活動㗎

Hong Kong Society for the Deaf
Teach children do homework hahaha

Waa ding jeng ar☺☺

Jo meh 丁頁

Sor一時按捺唔住我嘅善心，太興奮
Can ge

但我唔想見到你喎，點計先

但係會唔會好尷尬

⌒

咁算啦
⌒⌒⌒⌒

U like children?

I do but children do not like me

I like them, they like me

班細路果然鍾意姨姨多過怪叔叔

她不打算跟他爭辯。

你係想識朋友？
回覆「但係會唔會好尷尬」
尷咩嘢

都係，不過細路都唔錯
大家都聯群結隊咁出現，我係一條友orz
回覆「但我唔想見到你喎，點計先」
啊
仲有仲有你唔想見到我⌒

Wanna meet me?

她嘗試以退為進。

Am I supposed to meet a person who doesn't want to meet me tho

我想唔想同你想唔想，兩回事嚟

Nonono~ 呢啲嘢雙向嘅
如果你都唔想，咁我無理由想
係咪先☺☺☺☺

咁如果你鍾意一個人，但佢唔鍾意你
你係咪無理由鍾意佢？😊

無錯。你有無試過畀一個你唔鍾意嘅人鍾意

遺憾地，她想起了Casbah。

有

如果我鍾意佢會令佢困擾、難做，咁不如放手
回覆「有」
所以就算佢有理由鍾意你，但係更加有理由唔再鍾意你

唔嘗試爭取？
如果爭取過就唔同講法

利申試過
不過重點係，爭取嘅過程多數都唔係個女仔想要嘅
有幾多個人真係會因為對方對佢好就鍾意

感動佢囉

首先要對方對你嘅好意唔反感
否則好容易會變成單方面覺得自己付出緊
但其實對方覺得討厭麻煩，咁樣好自私
就算係知道點樣令對方唔反感咁付出，到最後只會變成兵
因為對一個人好，只會令你變成好人
感激唔等於感動

咁你會點做？

賭上一切去爭取
但如果知道佢唔鍾意我，就放手

你是好人……

Oh 多謝
唔駛你講我都知♬

他們終於聊起愛情觀，Mimi轉到感情台群組分享心底感受。

「感情台❤ A0 pride👑」

I wanna find a target ah, even FF dou ho
最好就會陪我網上傾偈嘅

Andrea
Michael

Yoyo
米高

應該feel到我有諗過啦？

Andrea
Woopsssss

Yoyo
Nei lum kui!

Andrea
Dou wa nei yau d ye

☺

Yoyo
We tai yun so 準 dic

Ytd I asked for his pic...

Andrea
Send lei cc

Mimi轉寄了Michael的照片。

Andrea
Erm his voice doesn't match his face

Yoyo
Ngaam ahh

Hai lol...

Yoyo
Tbh同你幾襯呀

丁頁。Kui yau ng chase me wor

Yoyo
Wa wa wa mimiwong

Andrea
Aiyooooo，都話咗你！

Lol愈來愈難搵pure love wuwu

Yoyo
Ngaam ahhh super difficult

畫面轉回Michael的對話窗。

同你講埋先

Forwarded message
We have regular class for deaf kids aged
6-13 on Saturday.
Time: 10:30-12:00 homework class
Venue: 白普理幼兒中心

Michael
係咪要識手語

No need

Icic 咁你哋點溝通

They did surgery so they can hear
Speak louder and slower jau ok

咁無問題
淨返最後一個問題，就係你唔想見到我😂😂😂
又回到最初的起點

Mimi的嘴角微微上揚。

做service啫

咪就係囉ㅅ

If u have service dealing with children, can ask me too

Aiiii sure

Ai mud

你都係一個鍾意服務小朋友嘅好人ㅅ

Jm9，駛你講

Aye type wrong. 講下都唔畀

他們再次聊到凌晨時份。

Day 8

Yr company those two girls dim ah lol

Dim gai hai two lol

Not meh

得一個

清醒

梗係啦，唔通好似yhm咁咩

要識拒絕人
#究竟我哋仲可以抽佢幾多次

可以抽成世

Can!

咁如果畀著係你，有同事唔識做跟住搵你幫手
趕住交而且得你識做，你會唔會拒絕

事實係無咩嘢得我識做

其實都係寫啲query，係intern入面無其他識㗎
佢老細都識做，不過唔好意思搵返佢

她不懂如何回應，遂轉到義工話題。

Btw r u going this sat

Hai ar! ☺

畀返background info你先
你第一次去要填表格，所以盡量早少少，你話係我朋友就ok
同埋我前男神或者會喺度，但呢個唔係重點

事實上，這數月內Mimi的心儀對象清單有所增長，只是不足掛齒。

有頭有面，無論去到邊一開你個名

回覆「同埋我前男神或者會喺度，但呢個唔係重點」

不知不覺滲入咗啲奇怪嘅束西

然後佢哋一句乜水

咁寸嘅

咩呀
你要先搵職員kelly

係，知道 ☺

搵下我傾偈
總之唔好網友feel!

首先我要知你咩樣⌒
網友feel好差咩˙˙

Well

放心啦我一定會
因為班細路唔會show我lol
你哋之前係咪做咗好耐？:o

Go die xd
Since March

死咗點傾偈🙈
咁都幾耐下，所以我最驚就係得一條友😌

All separate, guan meh si

你哋完咗唔會食下飯個啲💭

Wanna treat me?

她展示R飯吃的技倆。

的確，附近有好多好嘢食
所以會唔會⌒

講白啲

但係請食飯唔係都需要一個理由？
一係咁，你介紹一間好食嘅，我就請你

Sor jai :o
我會揀好貴xd

好食就無問題 :)

Yau mo $$ ga nei

無wor💦💦💦
無所謂啦，揀啦

Did u try 豆漿麵？

Mimi早前無緣在韓國品嚐，一直耿耿於懷。

豆漿 麵，竟然有啲咁嘅嘢

記唔記得我前幾日去咗邊

首爾？
睇落就漿埋一舊 from google

> Wei ah ngo sik ng dou
> 上網睇到韓宮好似有

靜態圖片睇落係唔錯
不過味道同口感係分開嘅

> But I can't find it in the OpenRice menu
> Can u check again later? Thx!

睇下先
佢喺OpenRice個menu真係無
我可以聽日打去問下，我估係限定啲friend

> Ho ah thx
> If mo then u choose another xd

咁除咗韓國你仲鍾意咩國家
講明先我一定無你識得咁多

> 你又知！

她的確自己經營著foodie IG。

女仔可以約女仔出街食飯都唔出奇
而且你仲鍾意食好嘢

> Did I tell u :o

Sort of. 同埋男仔無理由成日約出嚟

> 你最唔鍾意食咩話

米線，如果啲人話去譚仔食，我寧願食樓下華御結或者唔食

> yyy u don't like rice noodle?

因為個口感真係好差，同埋多數啲湯底都
唔係話特別好。你有無啲咩係唔食？

> Not too spicy please

這次仍是Michael先下線。Mimi甚感沒趣，開啟whatsapp與摯友傾訴。

「感情台♥ A0 pride♛」

> If I can find one I like him and he likes me ge wa I will treat him good ga ˇ˙

Yoyo
I know u will. U so gfable reli

Andrea
Me leh

Yoyo
Mimi duc yee d

Andrea
:((

Yoyo
She reli most gfable

Andrea
Dou hai ge

> U two jm9 互相傷害

Andrea
Hahahaha

Yoyo
This is the truth

> Btw um just saying
> I may be meeting Michael this sat ha

Andrea
Wow have chance have chance!
Gayauuuuu!

> 哦

Yoyo
Congratsssss gayau
Yoyo supports u

> 尷呀

Andrea
Andrea supports u as well
First time jek, n then jau mo ye wakaka

> Ngaam ah ˆˆ ˆ

Andrea
Gum mai duc wakaka
Gayauuuuuu! Wait for yr good news

Yoyo

Wait your out pool newsssss woohoooo

Andrea

Tai har yau mo 偷偷碰撞你的手 <3<3<3<3

節錄自《沒有人》的歌詞。

Yoyo

Hahaha yauuu

Mimi帶著笑意入睡。

Day 9

Michael

咦，我頭先打過去韓宮，係個大陸男人聽
我問咗幾次，佢話得冰豆漿冷面
咁咪即係豆漿面 -_- 我同佢溝通唔到

Lmaooo

另一邊廂，同是學友社義工的Pearl傳來一張相片。
Mimi按進去，原來是輔導員考核的取錄結果，她的心怦然直跳。
幸好，她們的名字都在名單上。

Woah

她暗自鬆了一口氣，原本還以為自己的考核表現尚未達標。

See u this sun :D

Pearl

Yea c u!
All of your group members pass the test?
For my group, all girls pass but not the boys

Me not sure
Oh that's sad, who fail?

Pearl

Only one boy passes...

Mimi這才驚覺原來取錄並非必然，只望自己能真正幫助應屆考生。
她回到與Michael的對話，但見訊息仍未被讀取。

分隔線

四小時後。

Michael

佢EQ低唔可以怪人
Btw Espuma有無食過，喺尖沙咀
仲搵咗間台灣牛肉麵，都喺尖沙咀

> Mo ah, I wanna try the mochi waffle in Espuma!

她少數期待已久但尚未朝聖的餐廳之一。

好啊咁食唔食呢間

> Okok I rmb it has minimum charge tho

你食唔曬畀我囉☺

> 又好啫

Btw via tokyo有無試過

> 咁夜食雪糕

因為食完拉麵，要中和返

> 關係？？？

唔知啊 xdd

> Tst/cwb?

梗係cwb，間拉麵係一虎，同心齋橋個啲係伯仲之間

> Do u like green tea

鍾意但唔係超鍾意，我知apm有間綠茶雪糕幾正
等我舉個例，譬如我超鍾意食咖哩
咁就算難食如7仔咖哩，都可以入到口，不過綠茶唔得

> Logo係十字果間？

Yes 辻利
嘩你真係識好多，香港有邊間你未食過

> Haha I like green tea ma
> Ai ngaam ngaam bei yun lut dai sad
> U tmr gei dim arrive

原先約好明天一起做義工的朋友臨時有事。

放心我唔會，只要我識去。十點到？

咁早呀

搵埋去尖沙咀嘅路喎

Btw I m not close with the staff
I went with my friends every time before
and they don't go tmr wuwu

Lol u have old friends
Go with kawaii jo jai lor
Chuckles

她拒絕應對。

Wait me go upstairs? xd

Ho ar! But I have to fill the form right

Me anti-social lah sad

你個tone好social
我先係站著如嘍囉

我先係真·那年十八☺

咦好似係wor
頂笑咗∩
點解yhm唔嗲啊

你問佢

啲時間倒落海都唔想益人
唉好差

早啲瞓啦，聽日唔好遲過我就得☺

咁早瞓唔著，我啱啱先返到屋企沖涼

此刻已是凌晨一時。

Chapter VI
戀愛啟航

「畢竟，他們心裡都清楚：
表白設有『此日期前最佳』的嚐味期限。」

Episode 28
相識（可對應《男方視角》）

翌天早上九時。
終於重返回憶錄的起點。
六月底，正值暑天，天氣悶熱得很。
這天Mimi刻意打扮過，因為她將與網友Michael見面，無奈出門之際腸胃卻不聽使喚。

Mimi
Morning

Michael
Morning 我而家先出門口

Me or gun si!

她如實相告，毫不尷尬。

你屋企近啊嘛，我驚搭巴士唔識落車

How do u go?

85 大圍，宋皇臺道唔知長咩樣

Erm btw I think you r me chat important d
Nvm you can r others first xd

我哋喺樓下等嘛 ☺
No ar I think r nei chat important d, others don't even
know who they are
And I doubt anyone will r me, so can I just toxic fold
No, should be please r me chat senpai

Michael以一堆訊息轟炸。

前輩？

Yes 你做咗三個月 ☺

No la ks mo mud chance chat
And I didn't go over a month haha

咁係咪代表其實我無乜機會r你吹水
可能嘅細路仲認得你

一定唔記得我叫咩名先
把握機會r我！👀

放心一定會
不過你講到我好似做義工唔係為咗幫人咁

回覆「一定唔記得我叫咩名先」
玻璃心碎到一地都係

Orz I go out now

Me nearly arrive

她終於離開廁所，準備出門。

壞咗架lift... Might be late haha
U go up first la, no worry!

好眼瞓
要行幾多層樓梯，笑

講埋先，我住29樓

非常好

我唔會話自己無見過網友
不過真係好少好少

但係我無見過

一兩次到啩 xdd
Don't attack me bro :o

點解要攻擊？
你當我係咩😊

Pikachu? 她心想。

咁我去到係咪搵kelly

Yes, a short hair girl without glasses

Kk 係咪話我識mimi姐

Help me tell her I will be a bit late, around 1045 thx!
The only lift too many ppl...

我搵到話你知
Here?

他將眼前所見都拍下來。

Left building

但係座嘢好似係幼稚園嘅啫

Yes haha

機智如我找到了
見到隔籬個細路玩緊pubg，連佢部手機都勁過我😭

Lol get inside la

Ok, u sure they call u mimi

職員果然忘了她的名字。

Meh liu. 被遺忘wuwu

真 · 被遺忘

接近功課輔導班的開始時間，Mimi全力狂奔到中心。
「我是Mimi，不好意思遲到了。」她上樓報到後，便馬上擔任導師崗位。

她環視四周，留意到一名素未謀面的男性義工，想必就是網友Michael。
他身穿黑色襯衫，頭髮濃密，因背對著坐的關係她看不到他的正面。見他正與
學生談得興起，她不便過去打招呼。

這次Mimi的學生是一名小四男生聰聰，儘管聽覺欠佳，但她從言談間能感覺
到他的聰敏。
「學校教了同分母加減嗎？」
「剛教完，我自學了下一個課題—小數。」
「這麼厲害？」「是。」
「讓我出題考考你。」
「放馬過來。」聰聰果然輕易拆解了她的題目。
「真的答對啊！」
「傻豬來的，這些可難不到我。」她被這小男孩逗得不亦樂乎。

到課堂完結，Mimi拿起手機打算跟Michael相認。
螢幕顯示一則未讀訊息：「**你係邊？笑**」。
她抬頭尋覓他的身影，只見他正站在不遠處，似乎認不出自己。
「喂，我在這裡。」她淘氣地用手袋撞向他的大腿。
「噢，你好。」他倆同時露出靦腆的笑容。

「是否去吃飯？」

「對呀。」「走吧。」他們一起下樓。

Mimi留意到Michael的個子不高，僅比她高出半個頭左右。

步出大廈，金色的陽光灑滿大地。

「我很怕曬的，不介意我開傘嗎？」Mimi問。

「當然不介意，難怪你這麼白。」

「哈哈，你也不黑。」她細看Michael的膚色。

「讓我幫你撐傘，好嗎？」「麻煩你了。」

同一雨傘下，他倆的距離很接近。

上一趟幫忙撐傘的男生已是去年底的Casbah，事隔七個半月了。

原來都過了這麼久。

「咦，你的傘好像壞了。」Michael的聲音引領Mimi回到當下。

「是嗎？哪裡？」

「這邊，你看看。」

「不是你提醒，我也沒發覺。」她這才注意到其中一根傘骨正曲著身子。

「待會看看有沒有新的，我送你一把。」無事獻殷勤？她只覺奇怪。

「不用呀，它仍好使好用。」

「小意思啊。」往尖沙咀的巴士正好抵達。

「呀，先給你韓國手信。」她把一包包的Toms Gilim杏仁塞到他的手裡。

「嘩，這麼多，謝謝你。」

「這裡有不同口味，每包各一。」

「應該夠我吃很久了。」

「分享給妹妹也可。」「我代她多謝你。」

「哈哈，不用客氣。」

「聽Leo説，你好像有個人foodie instagram？」

「對呀，沒想到他仍記得。」「我可以follow嗎？」

「當然。」她按進自己的帳號，把屏幕遞到他面前，「這個。」

「很多貼文啊！」

「還好，我會以hashtags #lepetit地區和#lepetit菜式分類。你瘋狂like posts的話，我還會截圖放上動態精選高度表揚！」

「聽起來很有系統，我馬上做。」

「那我先謝謝你。」

「做好了，你有空才表揚我，哈哈。」「當然當然。」

「作為一個專業的foodie，平時你除了到處覓食外會做運動嗎？」

「你看我的身型就知沒有了。」她自嘲。

「不是啦，我認真問的。」

「那我認真答，真的甚少運動……」

「你之前提及過自己不懂踏單車？」

「記性不差啊，對呀我不會。」

「行山呢？」

「當年AYP撿回小命一條，已算幸運。」

「哈哈，真懶惰。」

「我乾脆承認。」他倆含蓄地相視而笑，此時巴士剛抵站。

「你知道餐廳位置嗎？」下車後，Mimi問Michael。

「抱歉我不清楚，其實我不熟香港的。」

「你不是香港人嗎？」她噗哧一笑。

「是的，但我不常外出，平時也是跟著別人走，讓我嘗試看google map。」

「不要緊，我記得餐廳好像位於厚福街，我大約知道如何前往。」

「你是我見過最厲害的foodie。」他真摯地說。

「這麼突然嗎？我會害羞的，哈哈哈。」她笑得合不攏嘴。

不消一會兒，他倆順利抵達Espuma，門口貼著「堂食最低消費每人$150」的告示。

「設最低消費，你可以嗎？」Mimi禮貌地問。

「我知道，進去好嗎？」

「好呀。」曾經，她和朋友特意到訪這裡，但那時知道設有最低消費後便黯然離去。這次，她再無顧忌。

坐好後，職員給他們餐牌。

「想吃甚麼？」Michael問。

「很多選擇啊，share吃好不好？」

「你不介意就好。」

「可以！」

「一個飯、一個麵、一份小食、一份甜品，足夠嗎？」

「好像很多食物，會否吃不下？」Mimi難掩訝異。

「相信我的食量。還有你是foodie，不是要寫食評嗎？點多些就對。」

「哈哈，謝謝提醒，靠你多吃點了。我有選擇困難症，你決定主食，我選擇甜品，好嗎？」

「沒問題。」

「你覺得流心麻糬厚鬆餅還是招牌彩虹麻糬窩夫較好？」她尋求他的意見。

「你喜歡鬆餅還是窩夫？」

「兩樣也喜歡，很難選擇啊。」

「那就兩款都點。我這邊選好了肉眼粒、墨魚飯和蟹肉天使麵，你全都吃嗎？」

「我全都吃，但再加兩款甜品似乎太多了。」Mimi續道：「這樣吧，我把決定權交給你，我先上洗手間，回來後給我一個決定，嘻嘻。」

「拋波給我……」沒等Michael說完，她笑瞇瞇地朝洗手間方向走去。

不久，Mimi從洗手間返回坐位，「可以點餐了嗎？」

「我剛才已下單，呵呵。」

「噢，謝謝，最後選了哪款甜點？」

「待會你便知道。」

「裝神秘。」

「希望不會令你失望。」

他們靜候食物的來臨，氣氛忽爾間變得尷尬。

「哈哈，剛才你的學生怎麼了？」Mimi破冰。

「雖然他不太能聽到我的說話，但我都盡力指導，希望他能吸收所學。」

「我之前也教過你今天的學生，他稱得上用功學習。」

「嗯，很久沒做這樣有意義的事，謝謝你介紹。」

「也謝謝你抽空過來。」聊著聊著，Mimi突然記起昨晚跟弟弟所討論的數學題目。

「恕我唐突，你的數學應該很厲害？」

「DSE還好，上大學後不了。」

「可以知道你的數學成績嗎？」她依舊八卦。

「Core和M1剛好五星星。」

「嘩！」Mimi沒想到眼前的Michael數學這麼棒。

「你對概率這個課題很熟悉！」她由衷讚歎。

「幸運而已。」

「我也有修M1，猶記得2014年core最後那題拋波波probi和M1 good days bad days都很複雜。」志願成為數學老師的Mimi，對歷屆試題的印象特別深刻。

「是嗎？其實我早已忘了，記性不佳，哈哈。」

「不要緊，恰巧昨晚我借閱了弟弟的校內數學試卷，我們都解不到一道選擇題，你可以看看嗎？」

「這麼突然？不過我已經很久沒接觸中學課程了，哈哈。」她在相簿找回相

片，並傳送給Michael。

「我傳相片給你，這樣我們可以一起看題目。這類statement題目很花時間的，謝謝。」

「讓我想想。」Mimi靜候回音。

「會不會是這樣？」他把畫滿標記的照片發給她。

「應該沒錯，這麼快就解答到，真聰明！」此時，食物陸續送上。

「別再稱讚我了，本來還怕自己解不到，哈哈。Foodie要先為食物留『情影』再開餐嗎？」Michael客氣地問。

「噢，謝謝你。」她舉起手機拍照。

說實在，除了「相機先食」外，Mimi向來有跟食物合照的習慣。早前與Casbah用餐和Rasin在葵廣掃街時，她亦主動提出合照。

這次，本來她想順勢而為，趁機提議合照一張。但見Michael看似等待自己的發落，她也不好意思拖延時間。

況且他倆僅是初次見面的網友，貿然提出合照的請求未免奇特。

「可以了，我們開餐吧。」「好！」肚子發出悶響，她決定直接開動。

「這個肉眼粒不錯，配上草莓醬酸甜又開胃，好眼光。」

「謝謝，我也覺得這個不錯，可惜份量不多。」他也夾起肉眼粒。

「對啊，幸好味道搭救。」

接著，他們仔細地品嚐主菜——炸蟹鉗墨魚汁燴飯和蟹肉白酒青胡椒天使麵。

「要上甜品了嗎？」順利完成主菜後，Michael問。

「可以呀。」

「應該很快就會送上。」他舉手跟侍應說明，然後對Mimi說。

「謝謝你，很期待。」不久，侍應端來一份麻糬厚鬆餅。

「原來你最後選了這個。」老實說，兩款甜品Mimi也喜歡，任何一款她都會欣然接受。

「先試試看。」

「哎呀，麻糬份量頗少。」她將鬆餅一分為二，抱怨道。

「真不足料。」

「不過味道還好，你也試試。」

「我不客氣了。」

未幾，侍應再端來彩虹麻糬窩夫。

「咦？不是已經來了甜品嗎？」

「沒事。」Michael先向侍應點頭示意，然後轉向Mimi：「呵呵，最後我兩款都點了，隨便吃。」

「你很浮誇啊。」她打從心底地笑著說。

「你開心就好呀。」

「謝謝你,我很開心,但我真的吃得很撐了,一人一半!」

「沒問題,慢慢吃,我先上洗手間。」

趁Michael到洗手間的空檔,她打開telegram,除發送食物照給他外,她補充了一句:

> Ngo dei AA ho mo? Chut dou hui bei nei xd

豈料,他回來時附加一道訊息:

> Ng ho☺

「喂,認真的,我們點了這麼多,一人一半好嗎?」她一向堅持首次與異性用餐時自費,更何況他們只是網友身分。

「說好了我請客啊。」

「你的好意我心領了,但我會不好意思的。」

「真的不用呀。」Mimi勸說不果,就此罷休。

「那……謝謝你了。」她下意識接受了他的善意。

「成功請客了,哈哈。」

接著,他們在尖沙咀街頭隨處逛,韓國街、美麗華廣場和The One等地方都留下了他倆的腳毛。

「你到過韓國街嗎?」Mimi問。

「沒有啊。」

「其實我也不太熟這邊,沿路逛逛好嗎?」

「當然可以,但你不是剛從首爾回來?」

「哈哈,是的,但都可以看看呀。」她的目光停留在一小盒的醬油蝦上。

「你看,這裡有醬油蝦小食,我在韓國便利店找不到呢。」

「恭喜你在香港找到了。」

在美麗華廣場,眼利的Michael好像發現了甚麼:「咦,這裡有傘子。」

「走吧。」Mimi看到價錢牌後心知不妙。

「我送給你好嗎?」他仍記得她的傘壞了。

「謝謝,但我不要這麼貴呀,而且其實你不用送給我的。」

「但我真心認為你需要一把新傘。」

「哈哈,謝謝你,那我們再看看其他。」

路經The One的Gram cafe & pancakes時,Mimi評論道:「日本Gram的梳乎厘班戟比香港的好吃。」

「你真的很喜歡吃班戟，而且熟知行情。」

「哈哈，掛名foodie嘛。」

「佩服，現在要再試嗎？」

「不了，我很飽呀，剛才吃了很多。」

「那下次再試。」

下次。

難道Michael會再約自己？Mimi不自覺地喜形於色。

「還是你想試其他新餐廳？」他續問。

「沒所謂，哈哈。」

「你請我吃午餐，我請你飲珍奶，好嗎？今期流行！」Mimi希望補償。

「哈哈，謝謝你，foodie知道方圓十里有甚麼選擇嗎？」

「你考起我了。以我所知，附近一帶有不少台式茶飲店，如：茶理史、沐白小農和脣茶等等，要說最近的話好像樓下就有一間。」

「果然是foodie，我們下去看看？」Mimi點頭，他們直落到地庫1樓。

「真的有啊，你喝過嗎？」Michael感到不可思議。

「這間沒有，要試試嗎？」

「好。」他正想掏出錢包。

「喂，說好了我請客呀。」她及時阻止。

「真豪爽，謝謝你。」

「謝謝你才對。」他倆各自拿著飲料，邊行邊喝。

「好像有點甜。」Michael說。

「嗯嗯，還有兩款珍珠都不太有嚼勁。」

「我同意，不算煙韌。」

正當Mimi猶豫著他倆會否共進晚餐之際，Michael突然開口。

「我今晚……」莫非他看穿了自己？

「會和家人吃飯，媽媽訂了位。」

「噢，沒問題。」奇怪地，她的心裡不是味兒：「你們何時會合？」

「時間應該差不多了，我們下次再見。」

「哈哈，再見。」

再來了一句「下次」。

他們這對初次見面的網友互相揮手作別。

Episode 29
黑歷史

分道揚鑣後，Mimi收到Michael的訊息。

Michael

> 不如真係去踩單車，行山有啲chur，我地又唔係做銀行

她對於他相約運動感到意外，同時又覺得他挺幽默。

Mimi

> Thank you for yr lunch!
> Do u have bicycle lol

> 通常唔係去租㗎咩
> 其實我都淨係踩過幾次，不過好耐無踩
> 心癢，技癢

> 點知你係咪踩單車返學B-)
> 我喺你隔籬跑lol

> 唔好咁啦
> 原意係因為你話唔識踩，先諗住可以踩到你識為止⌒
> 我原本已經走曬堂，仲要踩埋單車我直情唔會返

> 所以你想教？↻

> 我都淨係識踩嗰個lv，唔知教唔教到人
> 首先呢個天氣你會唔會想踩😈

> No bleh，明怕曬

> 咁遲啲擇個陰天吉日

> Wakaka wt about Ocean Park?
> My annual pass will expire on 10/7 sad

在去年放榜前夕，她與摯友Rachel一起購買了海洋公園全年證。

> Hai wor I gonna have birthday pass xdd

> Warn ye ah

> Meh ah? Gum in fact can go on 27/7

https://bit.ly/3jOk5Xl aiya expired

雖然屆時Mimi的全年證已過期，但她驚訝Michael竟選擇在自己的正日生日相約。她於團購網頁找到了套票，包含入場券與雪糕批，可惜購買時段已完結。

你鍾意食haagendazs咩？仲以為你睇唔上呢啲嘢

明明Mimi是個平民foodie。

張coupon都買唔到啦 +.+
唔得，今晚一定要做運動

Ah teach me do gym!

我做最渣嗰啲 :(

2kg

唔係重量最渣啊，係做機器嗰啲
啞鈴都係yhm教我

對於健身話題，Mimi所知不多，她反而有意跟Yoyo和Andrea分享是日見聞。

「感情台❤ A0 pride♛」

He ordered many food lol
So expensive...

Yoyo
Nei dei chut gun gai now??

Andrea
Wow

Yoyo
Mimi is dating

Andrea
N ngo dei mo duc date

Yoyo
Why we so fail
Maybe we tonight jau receive dou 30 days

關於30天的約定，事源於她們從韓國返港時相約好：
倘若她們仨有成員出池，就要在群組傳送暗號 "30 days"，藉此含蓄地公佈喜訊，其餘兩位需要盡力於30天內出池。
感情台之間一個無厘頭的約定。

Andrea
Hm... ho ah, hai happy ge
Mimi dai gor la😏

Yoyo
But can u wait wait us😏😏

Andrea
We mei dai gor ah lmao

Yoyo
Aiii kui gua ju date ng lei us

Andrea
女大女世界

事實上，Mimi一直追看著訊息。

No ah lol
Michael DSE 好勁 orz
Maths M1 all 7! 叻仔叻仔

Yoyo
Wow nei yiu laaaa

Andrea
Ngaam sai nei

她莞爾而笑，回到telegram跟Michael繼續對話。

Btw I wanna be a book fair helper keke

Michael
Dim gai geee xd

Earn some $$
No salary for volunteer ma *o*

我都想賺錢，更加想填補七八月嘅空白

即係點 xd

即係要求其搵啲嘢做下囉，我們都一樣

都一樣~ 下次唔好叫咁貴喇！

點解啊，我覺得還可以
不過好似嗌咗太多，太飽食唔到其他😅

兩餐都係？

係啊xd 每樣試少少可以試多幾間
Btw米8原來香港7月6先有😅

258

唯有出s9+

Can't wait? xd

Because mi8 sucks and Mimi sin hai the best

Ikr

Sigh btw其實屋企有瑜伽墊都可以做啲拉根/腹
個心會好過啲⌣ 介紹返幾個最basic嘅
Plank = 平板撐+side plank
Burpee = 俯臥跳
Squat = 深蹲（唔建議做太多下，會傷膝頭）
偷懶唔落gym就可以喺屋企做下呢啲

My friend once forced me do these lol
Burpee hai mai PE lesson ge froggie jump!

Hai arrrr 超辛苦的説
咁你有無做先

Sometimes haha

呢個算係帶氧運動，同跑步游水一樣會辛苦啩

Mo mud motivation still

如果落gym見到靚仔會唔會有

我似咁嘅人咩 ==

咁搵人一齊做囉，拉埋人落水感覺會良好啲

無良……話説你啲風度點得返嚟☝

邊度有風，睇過？睇愛回家學返嚟

為何他又提起愛回家……一星期七天晚晚播不會厭倦的嗎？

好多時都係突然感覺好似要咁做
唔知邊度睇埋睇埋

咁都幾堅

係咪讚緊我 :)
之前我記得你話自己anti social，仲信唔信你好

其實係今朝

淨係朝早要對住小朋友嗰陣先anti social lol

一時時啦

好難捉摸

我好social咩而家 ==

少少啦

多謝

好似講嘢好叻

點夠你抽

哎呀頂帽就喺去到屋頂
不過今日真係幾開心♡ 多謝

咩帽 ._.

高帽啊

客氣啦
Shall I be more girly ≍

點解咁講？我覺得而家咁樣好好

Thx~ Yi Espuma is spanish cafe?

Theoretically yes
In fact u could have shown off your Spanish there

U find this restaurant from OpenRice?

係啊，邊有你咁勁啊 ._.

Sorted by ranking?

她依稀記得Espuma的開飯排名頗高。

It's ranking is high? Ng g wor
I first lock in hong hum and tst, then find one which looks fine
Both name and interior

Nice! Any comment for Espuma?

你係咪寫緊食評

> Ya normally lazy to post ga
> Geen hai nei!

嘩我真係好特別

> 停止ff

我覺得除咗個牛肉同麻糬souffle，其他麻麻
麻麻 = 食材夾唔埋
你可以盡情寫衰佢

> 其實我真係食幾多嘢 ._.
> 教我如何做成功的foodie

認真討論：我覺得你follow其他foodie就啱
最緊要發掘到啲冷門餐廳同埋啲相影得靚
我知係我點太多，對唔住

> No la ._. Gei fun XDD

講笑

> 你係咪鍾意食西餐

係好鍾意，日日食餐餐食都無問題

> 才年年月月晚晚朝朝密密寄信
> Hehe random

Nice one

> Lyrics haha

摘錄自薛凱琪的《奇洛李維斯回信》，Mimi很佩服歌中女孩的勇敢。

原來係呢首，頂我細個好鍾意
Fiona我淨係識佢呢首，副歌我先識
原來我今次係撞彩先揀到一間你無食過嘅

Mimi料想他正在查看她的 #lepetit西餐 hashtag。

> Hai mai yuek ngo ah ching☺
> Ngo ho dor yun yuek ga wor (ho chi hai)
> Wuwu ks mo

Gum me?

Wuwuwu let's cry

解決唔到問題，唔制

Haha ngo ho siu cry ga xd

Me dou hai!

哦 idk why I can be so so free this year -_-
Too tappy ai

Even if every night I have to face the fact that
I am lonely n cold, I still be strong
所以不如踩單車先♡

丁頁你！轉得咁快嘅xd 不如室內

Mimi如同吸血鬼一樣是「見光死」。

Btw can ng can tell me yr DSE full results
Lek lek 米高！

Lol why

強迫你教我細佬，迫到嘅話

Chin 5 eng 5 math 7 ls 6 m1 7 phy 7 chem 5 econ 6

Best 6 近40分的佳績。

Ging!

咁不如你強逼佢補習算啦
到你到你

Ngo mo ye lek guo nei
Dim jek ✌

唯一能打成平手的只有中英雙五，同時是他最低分的科目。

Hahaha I thought chin eng both 5 ho siu yau xd

因為通常都 6/7 係咪啊

My schoolmates' eng usually 6
While I got 5 only lol

我以前見識過mcs嘅英文

Reli? Go add my fb

Mimi打算從中得知他倆的共同朋友。

我無fb啊啊啊啊 IG plz
已經7年無用fb

It seems that I can search yr FB wor

咁你應該知我無用好耐

Add ng add sin :) Angry lah

好☺

乖乖der

神魔格鬥王者競猜☺

Lmao my wall?

她初中時對神魔之塔情有獨鍾，在網上分享貼文也不足為奇。

碌落去見到

你無業yay

這是他Facebook上的「工作」狀態。

七年前嘅我可能係，我而家好似都係☺
你個page好充實，但係點解無男仔

Should be nothing to see
你都幾多女☺

吓？真心咩，我自己都唔知

還好

還好啦，嚇得我
嗰幾個係補習啲同學㗎
唉 no eyes see👽👽👽👽👽
滿滿嘅惡意

唔理
我以前都幾青春，好似係

263

但係你個profile好似差咁啲黑歷史

幫我睇下仲有無黑圖
我之前hide咗唔少

睇得出你一路都好小心
反正我係光明正大

要知道，黑歷史太多了
不過我個樣無咩點老 ha

真心，我stalk到8年前，個樣係無變過

其實我覺得係無轉髮型
係咪意味住我細細個個樣已經好老💀

太遲了，都意味住你而家好後生

我似幾歲！

18左右啦，啱唔啱聽

心智呢

好難估wo呢個
與外貌相符☺

感覺呀，叫你估咩
Roar我細佬話我低能過佢！！！

敗露咗添
不過講真呢，通常話人低能嗰啲自己都唔好得去邊
低能其實可能讚緊你可愛，佢傲嬌

形容男㗎咩

你太年輕啦
要知道而家已經係攞嚟形容男㗎啦
Btw yhm你覺得算唔算？哈哈哈哈哈

咁你係咪

唔係，我份人好老實

你話係咪係唔係咪唔係囉☺

我睇到頭好痛😭😭
點解你咁質疑好似

我會話自己低能喋~

通常你咁講，就係自己話自己ok
但係人地咁講你就會燥咗

我少燥嘅，我諗
Mimi is nice!
不過暴曬我會燥咗

咁陰天+秋天先做戶外運動(笑)

抗拒運動的Mimi試圖分散Michael的注意力。

Btw why don't study m2 le
點解點解點解

ひひひひひ
中三嗰陣數學廢，所以揀唔到

原因竟然是因為中三的成績不足以選擇心儀科目……

係咪要傷害我…
呢個好笑

個個都係咁講

唔係喎，點解你英文5咁樣衰嘅

Michael在字裏行間流露的英語不止等級五的水平。

回覆「中三嗰陣數學廢，所以揀唔到」
真心咩？點企返身！

Are you trying to start a fight 😈

Sor my bro is choosing electives
So I will annoy u keke

就係間補習社，我喺嗰度補數 m1 phy
香港人英文廢好合理啫，你估個個都mcs

Yr eng is good ma :o 尖子adore

咩啊，係間嘢教得超好，應該係因為個阿sir

Which?

執咗啦

Becoz of u too ging???

因為我令到個阿sir多咗學生，佢可以自立門戶

……

點知佢另起爐灶之後經營不善，摺曬

這好像有點gag。

Budyu u teach my bro

中學啲嘢我唔記得曬啦，唔想扮識

Any tutorial recommendation haha

總之唔好補大補習社，最多1對3-4先有用
不過大學嗰陣我都已經無咩心讀

有無追hon

唔third都偷笑，因為太hea

睇好你

我睇好你就真，仲有幾年玩，真係青春

珍惜
Nei ho lek dim suen, praise har u

點解啊？我都想praise下you

~搵唔到~

講下以前啲嘢畀我聽下？黑歷史都無所謂︵

Wa suet did yhm say bad things of me :)
光明正大anyway

唔知呢？講得呢句通常有黑幕

無啦

我就唔會喺背後講人壞話嘅。其他人唔知啦

下話

如果你有啲咩關於我嘅衰嘢係聽返喋
請你放低成見

你都係⌒
我同你，中間都係隔咗個yhm，幾好幾好

點解

多common friends會好煩

咁點先可以唔隔
我覺得無影響嘅，反而我哋會提起佢都係因為佢講我壞話
lol我諗唔到打咩

但想同我傾？❁

少少啦，你覺得有common friend係一種阻隔？

哼~

點啊

太多唔好，少少ok

我覺得唔好成日提起common friend囉
搞到好似圍繞住其他人咁

話說我之前認過yhm做細佬lmao
所以我哋唔算網友
嚴格嚟講，係細佬嘅朋友！👀

點解佢係你細佬？想問好耐

小學雞嘢

繼續⌒我好想知

Budyu u ask him first haha

Ask jor la. He does't tell me

He forgot? wuwu naughty bro

嚟，你講畀我聽

得

我幫你喚醒佢嘅記憶

點睇個對話
我要瞓覺啊啊啊
快上水😍

嘩，sor我一時太過驚愕

Not yhm -.-

吓
呢個係真·細佬？
回覆「我要瞓覺啊啊啊」
唔準瞓住😴😴😴😴

呷醋啊？😌

不過我唔想玩呢個遊戲

唔需要 B-)
搞唔掂，點解我好似咁flirty xd
回覆「點睇個對話」
Answer or not le

我第一時間就覺得係Yhm

No la -.-

隨之而來有好多想法飄過🙄
個對話好可愛

話說頭先搵緊上面張相所以先拖住無答
可愛ok

所以係咪真 · 細佬 :o

> 佢叫我細佬㗎

咁邊個係你大佬

> May I continue XD

Should have lorrrr

> Based on the pic, do u think I am flirty

如果唔係叫大佬同細佬，就應該係

Mimi領Michael暢遊花園，無厘頭地拍下自己正剪指甲的照片，然後發給他。

> Haha 我剪緊指甲 yay!

你唔畀我都剪緊指甲

> 無圖無真相

我唔會影自己剪指甲☺

> 一定係無我剪得咁靚~

我自己剪係剪唔到完整，次次都要磨好耐

> Btw真心，我細個會叫細佬幫我剪腳趾甲而佢係肯㗎，極乖

唔係乖，呢個一定係愛

> 話我打字有Mimi's style的話，呢個我接受

中國特色的馬克思主義

> Jm9
> 你識唔識有其他人叫mimi

唔識喎，我九成肯定係無

> 咁我盡情運用呢個可愛名

Please define Mimi style
除咗唔flirty仲有咩特色

自己感受啦
原來，我諗大家都唔記得咗了
好耐之前有幾晚你朋友會打字冚我瞓覺lol 笑咗

嘩，點解會咁

呢啲咪黑歷史

我好似知道咗啲不得了嘅事情，你仲記得wor

我搵緊convo
其實我知自己仲未答你點解我叫yhm做細佬呢個問題
印象中係小學雞嗰啲家庭關係，我好鍾意玩 xd
本身以為係我send完張cap圖畀佢，跟住我叫佢扮一次
但原來睇返convo又好似唔係，而係更早之前。你等等

所以嗰個cap圖係邊個∩
故事嘅開端。一切故事嘅開端

Finally

Leo好假，雖然我都可能係

唔得呀._.

我意思係yhm平時講嘢唔係咁

性別問題

我對住唔同人個tone都好大分別

對住我係咩tone lol
Ks wt r u doing

富有mimi特色的my style
喺張床上面好努力打緊字

Ho lah anything wanna ask mimi

我想問，點解我唔駛玩嗰個遊戲

你唔駛。想我點答啊

我就係想你答唔到
♡♡♡♡♡
夜啦我可能開始唔清醒亂講嘢

Ok la

「唔清醒亂講嘢」，是否話中有話？

其實大佬同細佬
係咪即係friendzone😊

Real heart
Did Leo tell u anything about my so-called A0 siu bo bo lol

Har 無，不過你講都一樣㗎

Can can
But u know my status right xd

In fact no. 你唔介意就講

Do u like 坦白 ？

Both ways can do

她思考著該如何組織自己過去半年的經歷。

好啦唔好意思，我真係覺得自己拖咗個話題好耐
但我唔係有心拖，而係我慣咗慢慢鋪排一樣自己想講嘅嘢
即係可能等到個人無曬興致我先講😬

等到個人失去興趣先講😂😂😂😂😂

Ima0

Why lmao?

I am A0

Lmao so do I

感覺到Michael對這個gag的無奈，她由心微笑著。

So apparently
I am A0 siu bo bo!

Harrrr 原來係咁啊，所以yhm之前嗌你小寶寶

如果你問大佬細佬係咪friendzone，對我嚟講就唔係嘅。
因為我覺得自己算係男仔啲，例如我唔鍾意shopping。
我自稱A0小寶寶咋😌 其實喺我眼中啲A0都係A0小寶寶㗎 xd
純粹一個名，絕無任何貶義成份，甚至可能帶點褒義添 lol

271

咁我第一張cap畀你嘅convo(我叫佢大佬嗰個)其實係個男人嚟
佢好大喫喇，屬雞嘅，我鍾意過佢咁啦haha
件事係1月發生，但最後無咗件事

點解呢？其實都幾sad嘅，佢同我講佢阿媽想佢份工穩定啲先
可以拍拖lol，sad咗
成件事其實維持咗一個星期左右，所以我唔會話自己A1
因為真係唔算

所以大佬同細佬唔係friendzone，因為係flirt嚟☺

我覺得每人睇法唔同，可能其他女仔會覺得叫大佬細佬係
brozone，我唔知啦
講返當日佢同我講嗰時，我無乜感覺，起碼我無喊。雖然返
到屋企有少少眼濕濕，但都OK la~
然後我後知後覺，我都唔知點解可以搞咁耐。原本已經搞咗
我3個月，但4月識咗你老友yhm，我同佢分享，佢又同我講
佢嗰啲，結果拉長咗我對前·大佬嘅嗰種感覺，係好worst

其實我都係general concern嚟

返返去大佬細佬，我唔覺得係flirt，所以先問你點睇
頭先碌convo，我嗰時問leo係咪flirt，佢話係派膠多啲，笑咗
真係過咗太耐，差唔多半年了，而家都7月啦
55 真係無嘢了

最緊要係你嘅諗法，你唔覺得係其實就唔係

Good! Yr turn to share!
Ok mama scold me
I sleep lah, u can ask me anything first~ I will ans tmr, night!

咁我聽日先講啦↷

Now la, night is a better time to express

我嗰啲失敗經驗一匹布咁長
你可以安心瞓↷

Episode 30
再約

翌天，回歸日，Mimi早上七時便起床。

Mimi
Ytd got a little insomnia ☺

兩小時後。

Michael
點解訓唔著啊 ☺

U ._.

咁輪到我講啦，唔會走數嘅

應該啦，枉我以為會有成堆unread messages
Thought too much :o

我原本諗住面對面咁講，不過其實無咩特別。
我鍾意過嘅第一個女仔就係喺間補習社度識，當時有
另一個女仔同我表白，而佢係有男朋友，所以我話多
謝，不過我哋係朋友。
之後我同鍾意嗰個都入咗中大，我點解揀伍宜孫呢啲
又細又無特色又有fyp嘅書院，其實都係跟佢。
不過到最後就係有一次佢放我飛機，跟住4個鐘之後
先話同咗個朋友食。
但係我食飯嗰陣，見到佢個朋友係自己一個人食緊。
自此之後我就放棄咗，呢個係第一個。

好一個跟隨意中人選擇同一所書院，後來約會卻慘被放飛機，然後再沒有然後
的故事。

Oh I would like to ask why u chose this college before

當時我呆坐咗喺 YIA 4個鐘

Lol she didn't tell u she was not coming?

4個鐘之後

你又記得幾清楚

我小氣啊嘛 ☺☺

Mimi接不上話，嘗試轉移焦點。

Can't carry the greenish Hok Yau Club tee wuwu

你今日要做輔導熱線？

開線禮
Btw do u consider face n height much ga xd

樣正常就可以
之後淨係睇性格
同埋後天可以努力嘅嘢囉

Taller than u le

回覆「自此之後我就放棄咗，呢個係第一個」
How many in total

高過我無問題，主要對方無所謂
但係點解咁問先
第二個係year 4嗰陣上course識，其實就見過幾次，
message傾過幾晚，但係個女仔有第二個鍾意嘅人

都隔得幾遠

中間嗰段空白好痛苦
基本上我year 2,3都走曬堂，跟住喺屋企自己一個

Becoz of year 1 that girl?

我似係咁睇唔開咩
都同咗你講我毒你又唔信 lol

回覆「同埋後天可以努力嘅嘢囉」
Haha me too lazy xd

我覺得唔係wo☺

咁係咩原因走曬堂

Becoz I am lazy xddd
同埋嗰陣我已經唔係好想見人，覺得其實自己一個更開心

回覆「Can't carry the greenish Hok Yau Club tee wuwu」
Can I have photo of you wearing it xddd

Che我幾乖

她擺出勝利手勢拍下了衣角。

臨出門口呀媽問我係咪尋日曬黑咗……
Btw我呢邊落緊雨，你出街就帶遮啦

◡◡◡◡◡
點會carry唔到，明明就幾好

我變咗做一粒青豆啊呵呵 :D
回覆「臨出門口呀問我係咪尋日曬黑咗……」
你迴避咗

知唔知點解！因為你曬親我wakaka

Michael傳來了一張卡通青豆圖。

Noted with thanks

因為我搵緊一粒可愛嘅青豆，笑
回覆「知唔知點解！因為你曬親我wakaka」
多謝

Umm客氣 lol

而家muimui叫你做嫲嫲，我就係怪叔叔

為何是叔叔與嫲嫲的配搭……

我點知你今日有無黑咗wor._.
同埋你曬黑咗就證明你把遮已經需要換，唔防uv了

唔制，明明我後生咁多 /.\

但係你成日都話自己老

總之同你比就係細！

咁點同，我係老而且顯老

Glad that u know xd
你成日買遮畀人㗎？

Mimi希望確認對方並非漁翁撒網。

未試過，所以你比我試一次好無

她感覺到心跳正微微加速。

睇過

咁你幾時得閒☺

> 嚛我問你
> 假設，我話假設咋

係，知道

> 知唔知我想講咩

我……估唔到啊
想聽你講，所以可否繼續

> 唔估下？算啦我唔識吊癮∵

好啦咁我估下
假設你同咗個網友見面
發現佢又樣衰講嘢又無聊
但係佢竟然約你下次出嚟
你又唔好意思拒絕，咁應該點做

她哭笑不得。

> 得喇，唔好估落去。定其實你估完

估完喇啦，你可以繼續

> 你估啲咁嘅嘢，我係咪應該要帶下你遊花園
> 不過唔喇xd，等我自言自語先

其實你expect我估啲咩

> 我想一個人約我啦（點解唔我約係因為初識無耐+
> 性別問題　）一般女仔心態sor
> 佢本身都話約，咁我都有少少驚訝少少開心咁啦
> 不過呢，兜咗去其他話題之後又好似無咗件事 ⁀_
> 咁我應該點做先

邊個佢，呢個好重要喫wor

> 小小搞笑嘅係咩呢
> 好明顯我想尋求意見啦

要睇下佢當初係點約

> 我天生真係好懶好懶
> 於是我直接問當事人意見算xd

應承佢啦☺
我覺得約呢啲嘢頭幾次一定係要男仔主動，正常而言

嗯，咁我哋一齊祈禱希望佢會諗幾時同去邊啦

咁佢都要知你幾時得閒☺
又回到最初的起點

幫我問佢👀 聽日囉

晚餐，睇戲，會唔會太普通😼

Ahhh要驚天動地㗎咩👀

既然你話室內，咁諗住特別啲
不過搵咗一陣，多數都要多人先玩到

但我唔知，應唔應該唔好見咁密

唔好。因為佢話想，你想唔想就唔知啦☺

即係點

唔好唔好見咁密，雙重否定
只要你想，其實咩都可以

這數句讓她動容不已。

😿

有過與Casbah及Rasin的經歷，Mimi不希望犯上重複的錯誤。

Why？你識唔識溜冰
Just random

Haha no ah

從前，Mimi一直憧憬著跟伴侶牽手溜冰的畫面，為此她曾向Casbah提出於初見當天溜冰。

Me dou hai
以前試過兩次，淨係可以向前
回覆「😿」
點解你唔開心
回覆「但我唔想見到你喎，點計先」
係咪因為呢個☺☺☺☺☺

Michael忽然找回初見前某晚的訊息。

Nei wa le

咁你想唔想😿

你仲有無第三個鍾意嘅人？

唔知呢，可能而家就有一個🙃

你答咗我先
我唔做第三個喎💧💧

咁你答咗問題先

想呀想呀得未👀

咁去睇戲喋啦，唉個心都碎曬💔

嗯

你鍾意邊類型嘅戲，我平時無睇開

睇過一套三級

我都係！

🙂
Call me by your name

嘩，我到底看了甚麼
你嗰套係咪純潔嘅愛情
我睇嗰套係fifty shades of gray定唔知grey

我嗰套戲個Michael死咗

見到啲劇照，非常好

Mimi漸漸將目光放回開線典禮上，她轉向身旁的Pearl。

「珍珠啊珍珠。」

「你專心一點行不行？」

「不行⋯⋯我好像喜歡上一個人。」Mimi盡量壓低聲線，免被組員聽見。

「又來？上次那個呢？」可Pearl並不合作，Mimi馬上試圖以咳嗽聲蓋過。

「輕聲一點⋯⋯那個已成過去式，現在的我感覺很辛苦。」

「為甚麼是辛苦？」

「我也不知，可能是因為未確定他的心意。」

「都是那句，祝你好運。」

Mimi意味深長地長嘆一口氣，決定回到telegram。

只見Michael傳送了三條Yahoo電影網址，分別為《大佬可以退貨嗎？》、《絕命酒店》及《50次初吻》。

> U watch the first one with sis keke

Yes ar 我覺得係100% match，不過佢唔睇戲
搵緊有咩室內活動
呢三齣我都想睇，不過我唔知你鍾意睇邊類

> Choose from latter 2 please xd

好啊 :)

> Wa suet does my foodie ac scare u xd

無嚇親，只係更加令我確信你第時應該做foodie
免費食好西，兼職都好啦
同埋我可以知道你覺得邊間難食，避開嗰間

> 我驚嚇走曬啲男人

咁總有啲男人唔鍾意周圍食嘢
無謂為咗討好一個唔認識嘅人，而唔做自己鍾意嘅嘢

> Ofc la xd

你屋企有無門禁㗎 :o)

> Meh?

我意思係有無話幾多點前要返到屋企嗰啲

> Um msw ge hahaha 乖開，媽媽唔管

嗚啊，一出門口就好大雨

> No umbrella? -_-

我咁乖梗係有聽你講
原來佢哋喺葵芳食

> Who r they :o

都係班intern啫，你覺得我仲有其他朋友咩 ◦◦

> U didn't tell me ma

可能你唔想知啊嘛 ◦◦

Episode 30 再約

> Ng wui la. Sik meh ah

Sweetology有無聽過！

> Yes in metroplaza

OpenRice個食評好差，但係食落唔錯wor

> Kui yau gor jumbo waffle XD

一個人45分鐘食曬唔駛錢，你有無挑戰過

> No la, last time eat yuen festival walk one
> Kui jau close jor :)

食到執笠，你係我見過最勁嘅foodie

> Ikr :) 平身

因為我淨係見過一個foodie◡◡◡◡

> 仲想見多啲咩◡

見過一個就夠啦◡

> 咪係！

聽晚有無興趣去圓方◡
你應該未食過Obihiro Hageten嘅

她在OpenRice搜尋該餐廳，看到人均消費為 $ 201-400，屬於中高價位級別。

> 喂，你鍾唔鍾意日本菜喫

她猜想他可能從自己的foodie IG中看到不少日本餐廳的貼文，故此提議吃日式料理。

我好鍾意食wor
我見到你食過好多日本嘢 :)

一如所料。

> 傻佬 ._.
> 我唔駛餐餐咁貴 ._. 間唔中就好 xd
> 同埋我驚自己會chur住你⁖

其實我驚自己夜晚得閒嗰陣會太chur
同埋係我平時打字慢
咁你覺得日本嘢點先，只要係你未食過就值得去試

280

> 我覺得得閒回ok
> Sweet bleh會唔會搵餐平啲等我請返

放心一定有
聽日去嗰間其實係因為圓方近啲又有戲院

> 好的~ 聽日見 :) 幾點搵我呢呢呢

夜晚6點好唔好😊，齣嘢係8點
我唔係好識呢啲嘢😳 以前無做過

由於Mimi臨時有要事，隔了個半小時才上線。

> Wei xd slept?

沒有回應，她繼續自説自話。

格價心態mode on😈
唔知你有無睇到網上優惠呢
Adult price $110 → $85；Student price $88
But online purchase needs to add $8 service charge each
What do you think keke

她的師奶心態根深蒂固。

> 回覆「夜晚6點好唔好😊，齣嘢係8點」
> Okok dinner first?

她估計Michael已安睡，便轉到感情台。

分隔線分隔

「感情台 ♥ A0 pride👑」

Mimi
> 我唔見你哋喇wuwu
> 又會玩我部電話:·
> 我唔想再食曬屎:·

雖説上趟帶着遺憾落幕，但Mimi仍然慶幸有過這樣的經歷，只不過她不想重蹈覆轍。

Andrea
無啲咁嘅事lol 好無

> Orz 我好睇表面 :(其實都唔算好表面嘅
> 即係好似見佢DSE考到個medic分咁
> 我第一時間諗到嘅係，可能幫到我細佬喎

Yoyo
... Can u think think yr future😂

Lmao Pearl told me that her uni friend out pool with a guy known in pubg, lmao jor

Andrea

Lmao點解個個出pool出得咁易 lmao
我公司有對couple一齊咗十日都無就散咗……why so兒戲

Yoyo

Pubg becomes the latest 交友app

回覆「我唔想再食曬屎😵」
So u admit u like him??
有幾容易一齊就有幾容易散

Andrea
啱

回覆「So u admit u like him??」
Kui hai

Yoyo
Mimiwong gayau!!!

其實我唔駛食啲貴價嘢
我想佢覆得快啲咋 :(

Yoyo
Aiiii fall in love

Andrea
Aiiiii, he brings u eat expensive food?

咁又唔係
好似尋日我係咁問食唔食得曬㗎
我以為小食意粉甜品各一就夠

Andrea
... Fine ahahahaha

跟著我去完廁所出到嚟，佢就嗌曬嘢食 xd
最後嗌曬兩款甜品

Yoyo
Wow good ahhh

5 dishes chisin

Andrea
Gayau ah nei

And then he asked me to go to a Japanese restaurant in Element Jm999?

Yoyo

Rich guy, 記住帶佢啲朋友仔出嚟

Btw sad that he told me he only has a few friends le

Andrea

Yau nei is enough♥♥♥

Yoyo

Reli yau chance ngo gok duc
Dailo nei 30 days alarm dont be so fast haha

Andrea

Agger

Yoyo

Ngo gao ng dim

Andrea

30 days me reli 搞唔掂

Yoyo

Gayau Yoyo Andrea support u♥♥♥

I don't care is there any chance hahaha
But any advice for me on how to maintain the relationship please

Yoyo

Ummm u believe in wt we say??

If not u, then who?

Yoyo

Believe in yrself!

平常心算，siu sun fu ah ⁚

Andrea

Y sun fu ah. U can do it!!

Yoyo

Ysssss give u courage. U can get it!

Andrea

If kui zy nei, nei wui ng wui tung kui tgt!

Yoyo

Wui! 珍惜眼前人

Andrea

Aiiiii me when yau

Yoyo
Me le

I won't take the initiative lah

Andrea
What if he asks u

Yoyo
Will la

Yoyo
Mimiwong gayauuuuuu
Only wanna tell u this

Andrea
Oosh

Yoyo
Rmb intro to us!

Ok if I can

Yoyo
Wait u orh

Andrea
Fai d fai d

I will control myself wakaka

Yoyo
Aiiii when next time chut gai ah nei dei

Tmr

Andrea
Wowowowow why so fast

費時拖haha

Yoyo
快啦快啦

如果你哋有啲先兆，記得畀定心理準備我

Andrea
Wow ngo gok duc nei dei reli yau chance omg

Yoyo
Agree

Mimi自行下線，這夜她只盼望安心入眠。

Episode 31
粉紅粉藍

一大清早，訊息欄顯示著Michael的名字，Mimi歡然開啟訊息。

Michael
係，我瞓咗😌😌😌
我就咁買咗兩張絕命酒店學生飛
見到呢個優惠之後個心好唔舒服

回覆「格價心態mode on😎」
下次一齊買

回覆「Okok dinner first?」
嗯嗯，已訂位

Btw你鍾意咩顏色㗎 :p

難道有禮物？她不自覺地沾沾自喜。
同時，她對於他的電影選擇只覺有趣。

Mimi
Pink haha, u?

回覆「係，我瞓咗😌😌😌」
少有少有

回覆「見到呢個優惠之後個心好唔舒服」
Ah nvm xd

粉藍😆
回覆「少有少有」
尋晚返到去唔知點解好眼瞓
等咗你覆等咗好耐囉🥺 跟住唔小心瞓著咗

原來對方曾等待自己的回覆。

互等互等

😌

講多次，呢個咪笑容㗎🥺

發自內心的微笑

細個有無覺得粉紅同粉藍好襯

她一語雙關。

我大個都係咁覺得
Eg little twin star

哈哈，其實我都係 xd
回覆「Eg little twin star」
姊弟嚟

Shit 咁唔好啦，我唔想玩家姐同細佬嘅遊戲😌😌
有無第二啲好少少嘅例子

$2
我每個角色要一個㗎咋

咁你仲差邊個角色☺

重要咩 .3.

都幾㗎∩

這個對話看起來非比尋常。

Btw last fri I told yhm u will come do service

呢個佢有同返我講，抽咗我幾句

你之前有無從佢口中聽過我嘅存在

有啊，咁唔係點樣介紹

Before late june I mean

呢個都有，不過唔多

Kui up mud!

你真係想知

Go!

其實都係好小事，就係你做義工識咗個男神，跟住hi佢唔覆你

Ahahaha this is funny

點解funny嘅

I forgot I did such thing lmao

畢竟已有三個月歷史了。

其實我唔係好知件事係點
不過你唔記得就算啦，反正唔重要

男神呢個係搞笑lmao
FF到我痴曬線

跟住仲有你搵佢去op

我都係唔好成日撩人去op先 ._.

但係你有annual pass，唔去好晒姐

Do u know!
I don't really know how should I face u :ppp

However u want?

Okok

但係點解嘅

唔想話你知喎

是不是我又做錯了什麼

我似咁小氣咩（可能都係）

咁驚，咁我都係小心啲好

我唔想你驚咗我 ☹

一定唔會！

信得過你？

我似會成日呃人咩 ☂
我好少嬲同驚，不過公司嘢試過

強大COOL

咩料lol 不過多謝~~

This summer yau mo join orientation things?

Mo ar, u? 你做組媽wor

Oday jek, ng play ocamp lu

識人嘅好機會嚟wor

好想我識人咩☺

咁調返轉你又想唔想☺

唔想⌒

咁你都唔好識男神，跟住ff☺☺

試過ok了

☺

Jm9?

無嘢~

同學，睇得出你有少少迷惘喎（標準輔導句）

根本係放大緊佢嘅煩惱

美其名係建立關係

你可唔可以示範下安慰嗰part

呢點重要喇
輔導唔包括安慰

What!

聽到呢句我呆咗
所以我仲未識點樣安慰人嘅，明明參加
呢個活動嘅原意係想學下點樣安慰人

嗯我都唔識，呢個係啲導師講嘅？

嗯嗯，建立關係

但係個關係好唔平衡，齋接收無output

其實都唔會好平衡㗎啦，都係盡量

Yhm介紹我嗰陣吹到係咩又可以識其他女義工
跟住又可以識考dse啲女

佢唔知咩logic

佢話傾傾下電話會識到，但佢自己唔去369
所以你開始咗同佢哋傾電話未

我哋今個星期日先開始
So call me maybe

Where's your number?

睇返張海報haha，我未背

好唔專業啊，點做嘢

點夠米高專業

Ikr 我就知道，咁點先可以確保搵到你
佢應該好似歡樂滿東華咁，有幾十個接線生

38條線！
無㗎，緣分？

我攞38部電話打，跟住扮係緣分

期待，但你做咩要講出嚟͏
點睇曖昧‥（我跳走咗！）

駛唔駛咁啊͡ 我覺得幾好
雖然係幾好，不過唔可以持續太耐

Btw我都ok慢熱，識做啦👀👀👀

唔緊要我哋慢慢㗎
Btw真係粉紅色？

係呀 ._. 我潛一潛

好啦，淨間見，你係咪有嘢做？

無呀……尋晚失失地眠 ._.

咁點解你要潛先

試下再瞓啫，費事等陣睇戲瞓咗
明啦唉~ 閃！

其實點解我要約睇戲8點
呢個係一個試煉，因為食完飯會更加眼瞓 xdd

Jm999
仲有仲有，我好多時都唔係好識界反應人，幾遲鈍下
所以我想學mean啲
有同學教我，唔識點應嘅時候就答哦或者多謝 xd
所以呢，如果我哦你唔係唔想聽啊，只係唔知點界反應hehe

Mimi逕自下線，再次入睡。

分隔線

Michael
但係我唔鍾意人哦我 :) 你可唔可以用第二啲
哦個感覺好似係係燥咗，社交真係好難
我個朋友一諗唔到點覆就會lol haha lmao 369，喺呢幾個度loop
不過我覺得你想應嗰陣先應啦，唔駛逼自己界反應
咁樣會好大壓力，最緊要傾得舒服

兩個半小時過去，她終於睡醒了。

哦哦，睡死了

哦哦哦，越瞓越眼瞓
唔好死啊你今晚要出㗎，可唔可以原地滿血復活

血已補 B-)

好嘢

邊度等~~~

九龍站？
咁你咪會早過我😖

遲到啦有人

唔會嘅，一切都係我計算之內，信我

嗯，你睇唔睇書㗎

我睇落似唔似做文化嘅人

唔似

Mimi真係叻，你介紹啲書界我睇

Umm 情芯《Story of 1999》情感真摯😌

真摯還真摯，個筆名咁mk嘅

介紹得你就睇啦

係嘅，請大人息怒

平身吧

Shit 我記起啲嘢

你知唔知呢，呢個都係粗口嚟㗎喎 :)

Nununu 最多係俗語
我一路都好好奇，其實你係對粗口好厭惡
即係聽到耳都嫩定係媽媽唔畀講lol

唔係，全家得我同婆婆唔講粗口咋
我會話係畀婆婆感化，做個非粗口大使都唔錯

咩料 xd 咁你啲朋友呢

~5個唔講，女校本身都大把粗口
我本身同朋友講佢哋每講一粒粗口我就收返一蚊

如果我收朋友1蚊，我而家已經上咗車

但最後我淨係收過1蚊！！無人理我wuwu

唔緊要我玩

唔同你玩

哼，咁算囉

我每粒收一百，deal?

畀我諗清楚啲，同埋係咪雙向

當然可以

Mimi對於自我控制有信心。

勁好笑，有個大學同學同我講，識咗我之後最大嘅改變係⋯⋯
講多咗粗口 -0- 我無奈咗

點解會講多咗、佢一定無同你玩個遊戲

對住我講多咗 -_-

抵啦⌒ 而家先喺南昌GG

點解你突然咁快
我出門口嗰陣你先出嗰?

係啊,因為我叫地鐵司機揸快啲

到~

我差少少
壓線,贏個馬鼻。邊個出口?

B,呢個站都唔靚嘅

好,咁佢樣衰佢都唔想

我上去望下先

I inside elements

Lmao! 又會突然快過我呀

不嬲都快過你哈哈哈哈哈
你永遠都贏我唔到㗎海馬

咩海馬,潮語嚟?你點上去?

遊戲王,我都係聽人講,你無睇就算啦,唔重要
我一上去圓方就係Wood zone,佢好似有金木水火土

我哋唔同方向咋喎 @@

係咩,咁我而家係邊 TT

你又唔諗住搵我嘅

緣分遊戲!
你畀啲提示我,唔熟香港,仲有電話就快撳唔住

表示在圓方外,有咩事就餐廳等啦

首先我要識去

Be a man

Ofc,餐廳等

Lmao! 其實我係咪應該搭九龍站……

係啊,我就係搭九龍站

我唔想講嘢 TT 唉，行極都未到

加油，加油。我唔係好識安慰人，教下我

枉我特登喺荔景轉一次車，南昌再轉一次車
為嘅就係去柯士甸站aiii
話我聽點解OpenRice無寫餐廳近邊個地鐵站

嗚嗚嗚

回覆「九龍站？」

你唔睇我message

他推了半小時前發出的訊息。

點解我無睇清楚orz

因為Google map有寫hehehehe

真·樣衰。太耐無嚟，其實兩個站都得嘅！

她自我安慰。

我喺餐廳出面等你♡

離目的地尚有一段路程，Mimi想跟Yoyo和Andrea先作申報。

分隔線

「感情台♥A0 pride♛」

Btw tdy won't have anything happen la lol

Yoyo

Nei seung yau meh happen xd

Andrea

Chut pool

Yoyo

Ai yiu hung fuk ah xd

Andrea

Nei dei dim ah

Mo dim

Yoyo

Yuek next time mei

此時，橘紅色建築物聳立在眼前，Mimi已無暇回覆訊息。她退出whatsapp介
面，進入OpenRice確認餐廳樓層，然後疾步到約定地點。

Episode 32
相知

圓方，一個融入五行元素，以「金木水火土」作為分區佈局的商場。

雖然已有好一段時間沒踏足這商場，但當刻的Mimi已無暇欣賞佈置，只想盡早應約。

「不好意思，我……遲到了。」她因急行而氣喘吁吁。
「不要緊，只是數分鐘而已。」Michael一臉輕鬆。
「進去？」「好呀。」
「訂了兩位，姓黃。」她尾隨他進入餐廳，他倆在一張兩人枱相對而坐。
「這家餐廳很高檔啊。」Mimi看著餐廳的裝潢。
「我見你的hashtag #lepetit日式 有很多貼文，猜想你應該愛吃日本菜。」
「猜對了，謝謝你。」她笑容滿臉。

反覆思量後，她點了海幸八色丼，而他則選擇和牛鐵板燒。
「話說回來，第一次跟你玩PUBG時，我聽到你的朋友們在唱歌，哈哈。」
「噢，哪首？」她嘗試拼合記憶的碎片。
「不斷重複『沒有』那首，抱歉我忘了歌名。」
「是否『原來沒有，從來都沒有』這首？」她含笑地哼歌，
「纏綿邂逅，完全虛構。」Michael附和，同時向Mimi報以含蓄的笑容。
「哈哈，那是Juno的《沒有人》，其中一首我和她們的飲歌。」她不知如何是好，只好乾笑。

「你的臉很紅。」他出其不意地說。
「哈哈，因為我很害羞嘛。」她不慌不忙地找個藉口。
「其實我也是。」
「那就一起害羞！」她高興地說。
「跟你相處時，感覺很舒服。」
「嗯……我也是。」
臉熱心跳，這就是戀愛的先兆嗎？
幸好食物合時地送上，打破了尷尬的氛圍。

「Foodie先拍照吧。」
「其實我算不上foodie，別這樣誇獎我啦。」
「在我眼中，你就是呀。」

「謝謝你，那我盡力拍得好看一點。」「加油！」

「我們跟食物自拍留念，好嗎？」Mimi終於提出合照。

「當然好。」Michael接過她的手機。

咔嚓。

他倆的首張合照就此誕生。

「開餐！」「我的肚子也餓了。」

「哎呀，吃不出刺身的鮮味，這個質素未免對不上價錢。」她有點氣憤，眉頭深鎖著。

「這塊和牛也只是一般貨色。來，告訴你一件事。」

「甚麼？」

「你知道嗎？皺眉會用到42條肌肉，而微笑只需用上17條。所以，笑多點吧。」

「謝謝你，來吃一條蟹棒吧。」Mimi被Michael的冷知識逗得開懷地笑了，她笑意滿盈地將海鮮丼裡的鮮蟹棒夾給他。

「呀，我對蟹敏感的，你吃多點。」

「噢，不好意思。你還對其他海鮮敏感嗎？」

「就蝦和蟹。」Mimi聽畢，沉默了一會兒。

蝦蟹……豈不是自己擅長剝殼的海鮮嗎？

對蝦蟹敏感，換句話說就是不能向他展示自己的「女友力」了……

「是了，我怕我會忘記，這個送給你的。」Michael見Mimi沒說話，趁空檔時間從袋內取出禮物。

「噢？」她詫異。

「上次見到你的雨傘壞了，答應過會送你一把全新的。」

他拿出一把粉紅色雨傘，她小心翼翼地接過它，滿心歡喜地端詳著。

「想不到你果真銘記在心，謝謝你，我很喜歡淺粉紅色。」

「不用客氣，我今早特意確認。」原來他問我喜歡甚麼顏色就是這個緣故。

「它具備99%防UV功能，應該適合怕曬的你。還有強勁的防水效能，它使用了一款超撥水纖維布料，聲稱只需一秒就能撥走傘上的水珠。」

「嘩，做足資料搜集！謝謝你啊，我很喜歡。」

「你喜歡就好了。」

到結帳時，Michael準備簽信用卡付款。Mimi一看帳單近四位數字，待侍應轉身便向Michael雙手遞上五百元。

「前天你已請我吃午餐，今天又送我雨傘，請收下它！」她點頭作揖。

「不用呀，我這半年做intern，勉強有點儲蓄。」

「不要令我難做……」她扁嘴道。

「下次你請客，好嗎？」

「好，但你這次都收下這張$500吧，拜託。」她堅持自費的原因無他，僅是不想讓對方破費。

「這樣子……謝謝你。」他終於願意收下紙幣。

「我感謝你送我禮物。」

步出餐廳，距離電影開場時間不遠，他們朝戲院方向前行。

「剛才那餐不太飽啊。」Michael笑著説。

「對，哈哈，那我們去小食部看看有沒有甚麼好吃的。」

「你吃爆谷嗎？」

「好呀，很久沒吃戲院的爆谷了。」他們捧著爆谷進場。

「希望待會的電影好看。」「Have faith!」

Mimi坐好後，隨即發現扶手上擺放飲料的位置根本容不下一盒大爆谷。

「讓我拿吧。」見狀，他主動請纓。

「輪流吧，不然會很累的。」他點頭同意。

整場放映時間，他們不時重覆著類似的對話，直至片尾在銀幕上滾動。
Mimi曾幻想Michael會否在昏暗的戲院偷偷碰撞自己的手，然而想像歸想像，現實歸現實。她不禁暗笑自己的胡思亂想。

「這部電影很一般。」他評價。

「對，結局也太模棱兩可了吧？」

「不好意思，我應該選擇其他電影。」

「不要緊，我也有份篩選，這次也是一趟體驗。」
離開戲院後，他們漫無目的地走著。

「好不好到超級市場逛逛？」她提議。

「沒問題。」

他們來到底層的3hreesixty超市，喜歡刺身的Mimi第一時間走到壽司部。

「跟我過來，我到超市通常都會先看這裡。」她向Michael招手。

「哈哈，但我們不是不久前才吃完嗎？」

「只要望上數眼，心情也會變好。」

「果然是愛日本菜的foodie。」

「下一站，甜品櫃。」她掃視冰櫃內各式各樣的甜點，目光停留在淺藍包裝的雪糕杯上。

「咦，這個牌子不常見。」

「Lily & Ran? 印象中我也沒試過。」Michael把臉湊過來。

「要不要試試？」「好呀。」

「選哪款口味好呢？」

「Honey Almond好像不錯，我試這款。」

「這麼快就選好了？那我要Earl Grey Caramel，希望不會中伏。」

「但願如此。」他們到自助付款處結帳。

「去哪裡吃好？」「邊行邊吃？」

「好呀。」Michael先行揭開雪糕杯蓋。

「可以擘大口嗎？」雖然Mimi不明所以，但還是順他的意思張開嘴巴。

豈料，他將自己盛著雪糕的匙羹遞到她的嘴邊。

「嗯……」她兩頰瞬間泛紅，一口把雪糕吞下。

很甜的味道。是蜂蜜使然？

但杏仁味緊接湧上，她的臉色逐漸變得難看。

「嗯，你也試試。」

「嘩，很奇怪，這款蜂蜜和杏仁味不太夾。」

「希望我這杯Earl Grey Caramel好吃點。」她掀起杯蓋，模仿Michael舀起一口雪糕，再送到他的嘴巴位置。

「喂。」她故作隨意地喊他。他微微一笑，順從地試味，場面充滿著曖昧氣息。

「我猜你吃我這杯較好。」他苦笑。

「很難吃嗎？」

「你先試試看。」聽罷，她抱著心理準備試伏。

「嗯，伯爵茶和焦糖的配搭……很新穎。」

「哈哈，要交換嗎？」

「謝謝但不用了，反正都不好吃，嘻嘻。」

談笑風生間，商場指南展現眼前。

「我們現在位於木區，想到哪裡去？」Michael問Mimi。

「就頂層的演薈廣場？」

「去看看吧。」他倆並肩朝頂樓前行。

「是了，我可以問你的感情事嗎？」她好奇。

「呃，當然可以，但大致上你都知道了。」

「印象中你喜歡過三名女生？」

「嗯，最近的是intern同事。」

「倒敍也好，這個我從Leo那邊聽過，她好像對你沒甚麼感覺？」

「應該就是了，有次她請我幫忙做一份project，我二話不說就答應了。無奈完成後，她卻跟另一名男同事喝咖啡。」

「不到你不心淡了。」「對呀。」

「你還對她有感覺嗎？」這才是Mimi真正在意的事情。

「沒有了，事後我才知道原來她有一名外國男朋友，之前沒人問她，她就沒說出來。」

「噢……」

「我該開始訴說第二個女生嗎？」「隨時候命。」

「這個時間很短，因為她很快就拒絕了我，哈哈。」

「你表白了嗎？」她察覺到他在自嘲。

「算有暗示，我問了她一句"Can I share the future with you?"，她就直言不諱地說她已有心儀對象。」

「怪你沒做好功課。」Mimi忍住沒笑出來，只揶揄對方。

「其實她是我year 4的project groupmate，那時我們只見過數次，message過數晚。」

「她有甚麼吸引之處？」

「一種很特別的感覺，我也不知該如何形容。」

特別。

在他眼中，我也算是特別的人嗎？Mimi不自覺將自己與之比較。

「而最後是我第一個暗戀的女生，相信你也略知一二。」Michael的聲音帶她返回現實。

「嗯，她就是你選擇伍宜孫書院的主因？」她想起他昨天早上所說的情史。

「對，高中時我在小型補習社認識她，那時覺得她性格爽朗，有意跟她發展。Year 1跟從她選報同一所書院後，首數個星期我約她共進午餐，她也有赴約。」Michael臉上掠過一絲落寞，落在Mimi的眼裡。

「嗯，我記得後續故事。」她於是插口表示自己知悉結局，令他不致難堪。

「你的記憶力真強。還有她是你的師姐，但你們應該互不相識，我亦不希望你們認識對方，哈哈。」

「是這樣嗎……」

沒想到居然是師姐，雖然她比Mimi年長三年，但也有機會知道對方的存在。此刻聽到他的剖白，她默默揣測他的背後含意。

「有興趣知道書院的口號嗎？」他轉換話題。

「願聞其詳。」

「我對這個beat的印象尤其深刻。」

「那就等你表演了，現在有請QFRM Mr. Michael Wong為我們dem一次伍宜

孫beat。一、二、三，GO！」她為他打拍子。

「一二三四伍宜孫，九八七六伍宜孫。」

「五五二十伍宜孫，點計都係伍宜孫！」Mimi聽到目瞪口呆。一會兒後，她只顧傻笑著。

「還有最後一句。」

「嗯？」

「宜孫宜孫宜孫宜孫宜孫！」他歡呼著。

「這個beat很不錯，哈哈，易入腦。」

「我入學那年是書院開創初期，不知現在有否沿用這個beat。」

「失傳的話就靠你傳承下去！」

「我也告訴了你，該是靠我們！」**他強調「我們」。**

「這樣拖我下水……」

不經不覺，他們來到底層的公共座椅，Mimi提議坐下來休息。

「其實，我也有禮物給你。」她一副不懷好意的樣子。

「真的？是甚麼來的？」他一副驚喜的模樣。

「別抱任何期望，哈哈。很有趣的，猜猜是甚麼？」

「範圍太廣，很難猜啊……開估吧。」

「登登登凳，這個！」她急不及待展示手上的「禮物」。

「驚不驚喜？意不意外？」

「Hair removal wax strip...」他朗讀著包裝上的字樣。

「正是蜜蠟脫毛片！媽媽新買給我的，我也尚未開封。見你也是一名毛孩，我們來試用一下。」

「這個，哈哈……」

「別這個了，你伸出手來，我來幫你好嗎？」

「其實不必了，但你想的話我也可以一試。」

「謝謝你！希望不太痛。就手背好嗎？範圍較合適。」

「沒所謂。」她細心地將蜜蠟片蓋在他的手背上，並輕力按壓。

「應該可以了，簡單而隆重的『撕片』儀式由你或我來進行？」

「你來吧，我怕場面慘不忍睹。」

「哈哈哈，別怕，有我在。」她笑了。

「那我數一二三，你合上眼睛，忍著！」

「來吧，我先去承認過去錯過的事。」他緊閉著眼睛。

「哈，還在說笑。祝小伙子好運，一、二、三！」

嘶——

Mimi以中速揭開蜜蠟片，快速的話她怕令Michael受傷，慢速則不能發揮最大效用。

「咦？」她驚詫，續道：「只有寥寥數毛⋯⋯你還好嗎？」

「我還在生嗎？」他緩緩睜開眼睛。

「呵呵。」她用指甲淺淺地刺進他的手背，「有感覺嗎？」

「嗯，我沒死去。」

「黃先生，天堂歡迎你⋯⋯那數條毛髮。」他們嘻嘻哈哈地鬧著玩。

「送你這塊失敗品留念。」

「嘩，謝謝你。」

「另外再多送你數片蜜蠟，隨時自用。」

鈴鈴——

「咦，媽媽在打給我。」Mimi瞄向時鐘，「糟了，原來已然夜深！」

「噢，抱歉沒留意到，你先接電話。」

「我發訊息給她好了。」她按下拒絕鍵，跟Michael説。

媽媽

> Why?
> 太夜了，好危險，無車。快回來

Mimi

> Sorry will arrive before 0100

「可以了。」Mimi收起手機。

「剛查了尾班車時間，現在離開應該能趕上的。」

「我們起行吧。」

「不好意思，一時談得興起。」

「不要緊啦，我也沒留意。平時乖乖女很少夜歸，哈哈。」

「我送你回家。」聽罷，她怦然心動。

其實他有沒有表白的意思？

這個疑問在她腦裡一閃而過。

「不用了，你明天還要早起上班。」

「上次沒送你回去啊。」

「又不是再沒有機會。」

「那我送你到葵芳站，可以嗎？」

「嗯，但你會趕不及尾班車呀。」

「你的安全更重要。」

「謝謝你，你要先跟auntie説聲嗎？」

「也好。」見Michael正whatsapp媽媽，Mimi記起自己一直以telegram跟他聯絡，至今仍未知對方的電話號碼。

「列車即將到達，請先讓車上乘客落車。」

他們步入車廂，此時他已向母親交代妥當。

「喂，你為甚麼不問我拿電話號碼啊？」Mimi以調皮的腔調問，她總算將心底疑問宣之於口。

「我覺得telegram跟whatsapp沒有兩樣。那好吧，小姐我可以抄你牌嗎？」

「先生，我們好像只見過一次面。」

「不給我，就搗蛋。」

「現在又不是萬聖節……」她失笑。話未説完，他便伸手搔癢她的腰間。

「喂喂，很癢！哈哈哈，快停手！」

「那麼，Trick or treat？」他止住了動作。

「Tr……Treat好了，真賴皮。」她在他的手機鍵盤上敲打著個人號碼。

「很榮幸獲得屬於 閣下的八位數目字。」

笑話過後，他們陷入沉默。

「我們……何時再見？」Michael幽幽地道。

「嗯……我也不知道。」

「你想的話，我隨時都可以。」

「哈哈，謝謝你。」

這是準備表白的節奏嗎？

畢竟，他們心裡都清楚：表白設有「此日期前最佳」的嚐味期限。

心如鹿撞的她不敢直視他的眼睛。

「到站了，謝謝你今天出來。」

原來沒有。

「謝謝你的禮物，哈哈。」她笑自己所虛構的情節。

「想甚麼好笑的？」

「沒事。」

「那麼，我今次送到這裡了。」

「對，你快回去，注意安全。」

「下次見。」

「拜拜。」

回家路上，Mimi邊行邊想了許多。

Episode 33
情

歸家後，Mimi收到一個由陌生號碼傳來的whatsapp訊息。

?

Hiiiiiiii, guess who I am

奈何頭像出賣了Michael。
但為甚麼是「猜猜我是誰」的開頭啊？

Mimi

Save ngo jo meh username ah nei

Michael

黃米米∩ 你返到屋企未啊

My mum grabbed me downstairs haha

佢有無好嬲啊

No la xd Now at home☺
Caught the train?

我喺九龍塘轉的士
好彩揀咗圓方，我哋可以傾耐啲，但係其實我想留耐啲
唔好意思搞到auntie擔心你，而家上到的士啦 :)

Siu sum ddd
我都想留耐啲 xdd
不過要喺大家屋企人都放心嘅前提下！

係嘅☺ 我下次約早啲
轉眼間其實我已經返到啦

執個型仔look聽日返工啊

你都執返把靚聲迎接dse失意嘅同學仔
我媽媽平時係會問我同邊個出街
一開始聽到我同個網友出街，佢係有啲擔心∩

So honest lol

不過佢好快就唔會擔心∩

那年
十八

Am I too young for u ··

説到底，Michael和Mimi有著三年的差距。

吓點解咁講啊

And naive haha

唔係啊
啊係wor，你聽完咁多之後，你覺得我點

你覺得點咪點囉

我覺得好似講錯嘢咁

Mo ah

好少會一次過講曬成個中學同大學生涯出嚟
你又講咁少 ☺ 我想知但係我唔識問啊

I got a private IG and typed long essays about me there :ppp
For my close friends only
所以我都唔知由邊度講起keke，但其實都無咩嘢好講

Fastest way is to add your IG?

Don't let u follow le

好啦

Not until sth happens ☺

她的潛台詞是「待感情升溫後」。

☺☺While somethings can be many things
But do u want it to happen ☺

隔了十五分鐘，Mimi見剛才的訊息仍維持雙灰剔，她便從私人Instagram帳戶
中挑選了數個貼文，然後截圖發給Michael。

炸咗你😵😵😵
下次潛之前講聲嘛，不過得閒先回no problem
我自言自語係ok!

她稍有微言。

303

Sorrrrr我去咗沖涼，頭先太興奮
其實我好鍾意瘋狂轟炸💕
啲文我夜少少一次過覆

> 好啊，覺得我呢個網友點啊

好可惜，你已經唔係網友

> 係？我有無顛覆你對網友嘅睇法先！

我原本就對網友無咩睇法
因為我一定可以令佢變成其他嘢☺

這樣教人怎樣回覆啊？

講樣搞笑嘢，無記錯的話我同過一個網友見面，嗰個唔係你啦~
而係一個今年3月識嘅ching
點解我會肯同佢見面係因為我哋有mutual friend，而其實個mutual friend
有少少尷尬，就係我之前同你講過嘅前大佬，佢哋係大學同學lol

Mimi繼續討論有關網友的話題。

其實玩交友app當識朋友吹下水，唔會太認真
普遍啲人都咁講

> 其實就係呢位ching叫我參加學友社，咁我都有興趣所以就報咗名
> 機緣巧合下佢成為我同組leader之一，我覺得成件事都幾尷……
> 咁我而家pass咗，總算無愧對佢，就係咁haha

而係幾正確

> 我唔玩喇。再唔係我哋一齊玩 xddd

論Mimi的神邏輯。

我唔想玩☺

> 嗯，仲有好多好多嘢你都要解釋我知！知無？

例如呢？我好似都解釋咗好多嘢
咁你今日個心情有無好過見嗰個網友嗰陣

> 嗯嗯，我不嬲都唔當你係我網友

咁係咩先☺

Idk how to express explicitly

Implicitly ༛

Last time I took the initiative (kind of)
And turned out sik sai si

有無咁浮誇啊,最多都係失敗啫
我嗰啲7事都講過你知,失敗經驗

「有種關係是
他牽你手
你沒鬆手
然而
他卻沒有把話説出口
那麼你就無謂想太多」
睇得多fb page經典語錄lolll

嘩真係好似有啲嘢但係屈唔出咁

Mimi忽然有感而發,以錄音詳盡地講述自己的感情路。

睇嚟你都有好多歷史

無-_-
另外我真係覺得我幫唔到你啲咩,最多都係聽下你傾訴
但又畀唔到實際意見,我唔太識點樣安慰同輔導 (sigh)
不過可以support下你咁囉
仲有樣嘢就係我真係唔想你洗咁多錢5555
Time to sleep! Have a sweet dream keke

你都係啊♡
其實你唔駛幫到我啲咩,喺我隔籬就夠 ༛

這晚,他們互傳訊息至凌晨兩時半,由Mimi先行進睡。

Episode 34
想見你

四小時後，正值早上六時半，Mimi先行起床。

她看到whatsapp欄上的26則通知，全來自Michael。她細看每段訊息，主要圍繞她昨晚所傳送的貼文，以及回憶他的中學點滴。

Mimi

> 26 messages laughed xdd
> 其實我好鍾意瘋狂轟炸☻
> Copy your sentence ge

半小時後，Michael也相繼醒來。

Michael

> 會唔會太多，睇到覺得唔舒服可以檢舉我
> 我覺得係感情好先會轟炸☻
> 你點解咁早嘅，好明顯唔夠瞓

> 哼~ 你又咁早！！
> 無啦啦起咗身~
> Btw I heard from my friend that she can still rent四輪單車
> If not, nei drive me dou ho hahahaha

> 四輪係橋車？

Meh jek

> 其實如果載人唔犯法，我一定會☻

Aiya can't sit two ppl ga meh xd

> 兩輪好似唔得wor

7ed

> 有時覺得法律都唔錯
> 不過為咗載你，犯法都值得

Flirt me ah?~

> No I flirting the law
> 利申無試過flirt所以唔識，你就試得多啦

Flirting the law是甚麼鬼東西……

> 睇過
> 我係咪等你約？

現在就想見到你。

這種心癢難耐的感覺確實難熬。

> 唔好佛系
> 你可以踩單車？
> 好真心，就算法例唔喺你嗰邊，我都會載你
> 不過算啦，係咪要室內

我一直想等某某教我踩單車同溜冰
好似會學得有衝勁啲

> 溜冰你教返佢都仲得
> 咁不如去踩單車啦☺
> 不過唔知熱唔熱，今個禮拜會唔會都超熱

Nei wui ng wui ho seung geen ngo ga
Or alr no energy hahaha

> 應該係話，我好想但係唔知個天想唔想，又唔知你想唔想
> 不過我都要問下，你星期六日嗰啲得閒嗎

If I say weekday le
Hai mai too chur? It's ok

今晚已經想見你。

> 會唔會見幾嗰鐘就要返屋企

如果我話我想見你呢☺
但我唔想嚇親你☺

> 咁我哋去邊啊？♫
> 我份人好大膽，但係要趕尾班車

你等陣返工，得閒先回我啦

> 今日有new batch，我後輩係一男一女
> 得兩個intern有兩個後輩，我係其中之一

Wow你有兩個影子

> 笑咗，你覺得佢哋甘心做我嘅影子咩
> 一睇就知唔係池中物，他日肯定會起異心

你覺得大組長嗰啲甘心咩

307

佢哋被人呃咗都唔知⌒

Mimi早前從朋友口中知悉，中大O camp獨有「大組長」，背後總有數位像G4一樣的「影子」，是書院的靈魂人物。

> Wa suet ngo ng seung auntie gok duc ngo ng hai ho nui jai ⌣
> Nui jai ying goi yau 矜持 hai mai
> But sometimes... idk orz

別人的媽媽，有時難免會令人失望。

你知唔知auntie點講
佢叫我唔好咁痴線傾到咁夜，頂多11點半就送人地返到屋企
如果唔係auntie就會對我印象差♡

回覆「Nui jai ying goi yau 矜持 hai mai」

可唔可以降低少少😁
唔好畀世俗嘅眼光影響到

> Ngo dou jau lei mo sai lah wuwuwu

點解啊

> Ho suiii
> Later mo nei pui ngo chat lah .v.

快到正式上班時間。

Likewise😊

> 我唔係想玩暗示，不過我唔做主動喇 xdd
> Me this thur and fri go macau with fam!
> Daddy mammy 20th wedding anniversary~~~
> 55 so is it possible to meet before I go to macau le

今天是星期二，今明兩天可約會。

唔緊要啦♡，咁我會努力做曬啲嘢

> 明示你♡

好明啊♡

> Idk ji gei jm9 ai

這就是絕對乾燥下的副作用嗎？

那年十八

尋晚無火車了嗎

無啦，其實我去到荔枝角嗰陣已經開走咗
好在喺圓方，你唔駛趕尾班車

回覆「Idk ji gei jm9 ai」
我覺得幾好

Sun fu nei!

下次唔會！

Btw u think u r an optimist or pessimist

I am an opportunist

Nice xd Relatively speaking le

就係pessimist囉

Do u like me praising u hahaha

I like the otherwise more, if I have to say

Sor eng bad bad, jek hai dim

我鍾意我讚你多啲

Ng duc wor
Ming ming ngo gok duc nei ho lek hehe

邊度lekk先

Ng wa nei tang!

仲諗住話，你都好勁，竟然搵到我邊度勁
生到咁垃圾真係對唔住啦，嗚嗚嗚

我數得出㗎！！不過而家唔講~

咁要幾時講啊？係咪要等到something happens

"Not until sth happens" 是Mimi昨晚傳送的訊息，看來他明白她的用意。

咁就要包容我呢粒optimist

但係點解無啦啦覺得自己好樂觀
我知道點解自己係悲觀
有時做之前都放棄咗，將入球化為機會嗰啲

309

不嬲都覺自己樂觀~

你笑多啲，笑得好好睇

我算唔算成日笑lol 笑點時高時低

係囉◡ 呢樣嘢本身好搞笑

One thing! Did u cheat me?

Cheat in the sense of?

我係乖寶寶，唔係好識分人地講大話㗎~

我都係~ 你覺得我邊句係大話

Idk ah just don't want u cheat me

攞出嚟我哋討論下

Random ask only
I like asking awkward questions◎◎

And it's ok 我最鍾意random嘢
同埋我講大話好廢，基本上傻嘅都睇得出
媽媽係咁講

正面答啦啦啦~ gok duc ngo dim!

唔係好識形容人
有時你講到自己好毒但係你講嘢又唔似wor
你一開始食飯唔係好出聲嗰陣，我都好緊張啊
但係尷尬嘅感覺好正 ◠ ◠ ◠ ◠

Year 1真摺
我一嚟bilibala你都驚啦 xdd

我摺咗好耐

需要時間warm up~

我唔會wor又 ◠

互補互補，同埋唔好食咁貴啦wuwu

你其實夠唔夠食
🥺🥺🥺你認真答我

其實，我唔係食好多㗎咋……
不過懶所以肥啫

但係尋晚你夠唔夠

夠呀，同埋我一緊張都唔係幾食得落

但係我想你食得開心啲
多過緊張跟住食唔落，或者見到貴就唔叫

唔緊張先奇啦

不過尋日嗰間就真係特別啲
可以用一個不平凡嘅價錢，享用一碟平凡嘅菜

食得開心唔緊要啦，多謝大大~

唔係啦，有無諗過原本可以食得更開心

仲有遲啲冷淡咗無得食，我會好sad ><
久唔久一餐半餐夠喇

你份人好樂觀？睇過

Yes ah, born to be ;)

其實我一路覺得自己係被人冷漠嗰邊
從來無諗過會做冷漠人個邊

U mean 我冷落了你嗎

唔係啊，FF入面
同埋我本身都係將大部分錢dump曬去食嘢度
食嘢嚟講，你有無發覺我比一般男嘅識得多少少

咁我覺得呢，我熟香港多啲咁

好明顯啦，證明我毒啲

真係可以無視我個foodie ac xd

唔制

Jm9?

在撒嬌嗎？

好明顯就係用嚟搵出邊間你未去過
同埋你覺得邊間伏

My words hea dou one point lol

No la

我唔明踩㗎

如果你想踩係咪直情唔會post

唔係啦，我開ac原意係唔想人中伏
仲有一大堆未post lol，懶

你開另一個ac，專po伏嘢

Lol

跟住一個係平民美食
貴嘢唔駛po，因為大家都識自己搵

Mo mud motivation ah

若然有伴侶出一分力，定會事半功倍。

Ng gong food ju. 我好認真

你有無為你嘅支持者諗下，佢哋幾咁失望‥

唔好喊
喂，你信唔信第一次就可以行到永遠

第二次you mean⌒
我咁講會唔會太mean

???

回覆「喂，你信唔信第一次就可以行到永遠」
我好憧憬

嗯，可以嘅話我都想

實際上真係見過

Wow 呀生你貴庚

21⌒
你有無睇衛斯理，我係咪問過

Michael以迅雷不及掩耳的速度改變話題。

> 好似無問過，睇過金庸咋
> Sor少睇cctvb
> 之前睇咗一集肢離人，尋日有睇啲啲藍血人

這數星期大台在播放《冒險王衛斯理》，劇集改編自衛斯理的科幻小說。

> 竟然？我就係想講
> 屋企人開電視我會gup下，雖然我都係睇咗好少好少
> 主要因為我以前有睇衛斯理嘅書
> 跟住一開始係我睇，而家變咗我老豆睇，因為自從
> miss咗一兩集後，我就放棄咗追

> 我覺得書名好恐怖咁，所以無睇書

> 無記拍到好膠，書寫得好啲啲，恐怖少少啦

> 重點呢

> 無㗎，係咪唔可以 ⌒

> 唓，我會追問㗎
> 回覆「第二次you mean ⌒」

> Dim

> 記者魂，電台主持
> 講下笑啫，我知道好mean，收返得唔得？

> Ng hai ah. Ngo ng und ja

> 你嚴格嚟講算第二次 ☺
> 比我有經驗

> No lol
> 回覆「比我有經驗」

> 點敢 ☺

> Do u think pure n true is good

> 我覺得幾好
> 不過講真，本身一定有啲問題先會毒
> 有頭髮邊個想做毒毒

> 毒同pure n true嘅關係？？？

> Mutually exclusive xd

這個久違了的統計術語令她想起了當年文憑試的數學延伸部分。

> Makes me think of M1 lol
> 2014 dse is crazy and u did it bro

其實我唔知其他年份係點
不過上到大學就覺得其實啲只係bb stat

> Be my c fu!

但係我畀返晒老師
我可以讀完個course之後即刻忘記晒，唯一強項

> Lek wor

多謝，終於搵到啲嘢畀你讚

> Hahahahaha我講嘢好跳tone的說，accept it

完全無問題

> Ah am I pure n true then?

都幾啦

> D ppl wa ngo mo mud 機心 ☺

不過你畀我哋污染咗hehe

> 我哋？

不能只有我一個，總要搵人分擔下錯誤
你覺唔覺得陳小春唱得幾好，衛斯理首片尾曲

這名男生的跳tone程度確實跟Mimi不相伯仲。

> 無聽XD 同埋呢，我唔識唱歌㗎hahahahaha

你唱畀我聽就夠，我都唔識㗎利申

> 下話

Leo無亂講啊嘛

> 無啦

同埋兩個人唱k
對聲帶嚟講，係咪有啲chur😑

唔唱k住啦🎤🎤🎤
我要send頭先喺notes打咗嘅嘢畀你了！！

嚟啦😌

有部分係以前打落

係關於啲咩㗎

> Mimi Wong係一個ok奇怪嘅人
> 唔喊唔病唔講粗口係幾咁罕有！！
> 仲要少講人壞話少講大話少燥底，完全係稀有品種:o)
> 我一直好努力保存同珍惜自己和善嘅特質，嗯
>
> 我的世界很單純
> 由細到大我都唔做運動，音樂細胞又無乜
> 作為女人，對行街同煲劇無咩興趣，好似奇奇怪怪咁
> 慶幸兒時志願（成為老師）仲未改變
> 我重視每段友誼，身邊嘅同性朋友唔少
> （可能係我嘅性格只適合結交同性朋友idk）
> 仲有聯絡嘅都係true friends
>
> 性格高傲，丁點自以為是
> 內心依舊係：
> 三歲時愛躲在媽媽背後嘅細路女
> 大概我就係咁樣嘅一個女仔
>
> 重點來了：你畀時間地點我啦 :)))
> 祝工作順利，你返工我又返去瞓先lu~~
> 提早退休的感覺很爽

發送完畢，Mimi昏睡了整整三小時。
到她起床時，通知欄已滿載Michael的訊息，一陣暖意湧上心頭。

> 啊啊啊長袖好熱
> 又唔記得攞遮，要上返去
> 啊啊啊啊啲裝修師傅阻住晒
> 點解我唔覺得高傲，定係你太自以為是以為自己係
> 其實你唔駛特登保存，可以好善良咁燥底同講粗口，我真心接受到
> 同埋如果你對煲劇無興趣，而我第日痴咗線介紹你睇劇/動畫，覺得
> 唔好睇記住老實啲咁講
> 我今日可能唔得閒，你覺得我教新intern定做自己嘅好？
> 自己嘅係好趕下，聽日要嗰啲friend

315

> 抽唔抽到時間兩樣做囉haha，或者士單扮嘢畀intern做？
> 高傲係Marie性格meow~
> 好善良hai meh lei ga...
> 我好少好少煲劇係因為我睇得好慢，專注唔到，煲戲比較多~
> 同埋你介紹我就一定要睇嘅咩
> Ah trust me ∵ I don't mean to flirt...
> 但點解一起身就會好似好想見某個人嘅∵
> Dim gai ge dim gai ge
> Yr day so far so good?
> 心仍在♡

Michael未有上線，或許是正在工作的緣故，Mimi心想。

她很想找人傾訴，立刻想到了感情台。

分隔線

「感情台♥A0 pride♔」

> Wt I think is
> Now maybe I like him more than he likes me orz
> It's so dangerous

Yoyo

> Reli??? Why nei so fast 陷入

Andrea

> 你墮入情網
> At least.... he likes u as well....

> But ngo dou mo ye ho zy :(

Andrea

> Do u think so

Yoyo

> Sor laaa u so good ok?

> 唔掂唔掂

Andrea

> Gum kui yau ye ho zy meh
> Zy gong feel ga jeh xd

> Kui ho lek ah
> I have to control myself ai

Andrea

> Nei wui jo d meh lol

> 坐喺度

Yoyo

> ...

唉~ 其實尋日都幾風平浪靜，唉~
我又FF xd 即係好似尋日睇戲，我有諗過佢會唔會偷偷碰撞我的手lol，然而並沒有
同埋我尋日條裙無袋所以我都無插袋，但我見佢一時時插袋lol，純FF😓

Yoyo

FF是人之常情 XD

Andrea

I love tou tou pong zhong yr hand ahahahaha

Yoyo

可能佢插袋係緊張嘅表現

Jm9 ah

Andrea

Just telling the truth

想講返Rasin嗰時嘅相處時間好鬼短，所以其實我記得發生過嘅事，同埋我嗰時都真係幾鍾意佢嘅…
但如果要我記埋今次嘅經歷，我真係記唔到喇。

尋日令我有少少驚訝嘅係，我哋喺超市買咗兩杯雪糕，一人一杯。佢開佢嗰杯先，無啦啦叫我擘大口，然後就遞咗隻匙羹過嚟。我呆咗一呆，但都照食~ 咁跟住我開我嗰杯都有遞返畀佢食，無lu~

同埋尋日問佢嘅感情事，佢都有講，我覺得佢作為A0其實都算多experience，起碼同過唔只一個女仔單獨出幾次街…

重點係佢同我講第一個鍾意嘅女仔其實係我哋師姐，但佢唔希望我會搵到佢係邊個，亦唔希望個師姐認識我…當時我都唔知喺咩反應好。

咁佢唔想我知，我都唔會特登搵嘅~ 其實之前我略略知道佢鍾意過嗰啲女仔，只不過我估唔到係師姐，但我諗都唔影響嘅，係咪？

Yoyo

Y so sweet!

Andrea

點解你同男仔出街可以出到咁sweet嘅大佬！！
仲要餵雪糕，擺明有嘢啦下嘛？！

她們貌似忽略了關於師姐的問題。

Yoyo

Ngaam ah jung wa nth happened

317

Episode 34 想見你

Andrea

Gum giu nth happened😅
Gum me n u hai wt😅
Ngo lum if mimiwong one day tells us sth happens then
dou gei dai wok

Yoyo

Ngaam ah gum yeung dou giu nth happened,
if sth happens maybe pak pak pak alr

Andrea

Mimi ah mimi be careful!!

JM9？明明這是個老少咸宜的故事。

... NO
Alright I know me ff too much
等人表白嘅感覺都幾有趣💀

分隔線

三小時後。

Michael

咁你而家係咪唔開心，咁啱嘅我都係wor💙

回覆「Yr day so far so good?」

其實啲新intern都幾可愛
睇住佢哋好徬徨嘅樣子，我由心底笑咗出嚟
就好似見到半年前嘅自己咁
我淨係教咗佢哋點book房偷懶同埋邊度飲咖啡好

回覆「心仍在😌」

我覺得簡單直接先好
有啲人係好矯情，句句都曲到圓
喇講明先，我都係鍾意直接嗰類

你知唔知啊，我竟然攞到return offer！
無啦啦今日有人的咗我入房，問我畢業之後有offer同獎金，會唔會拒絕
我即刻話好好好好好好
唔駛chur啊啊啊，可以朝10晚6仲要係heahea哋

回覆「高傲係Marie性格meow~」

你想講高貴
你應該揀啲好少少嘅字形容自己，你值得擁有

318

回覆「同埋你介紹我就一定要睇嘅咩」

我無諗過強行推薦，不過我有時會fI同某人一齊坐梳化煲劇到天明

Michael曾説，自己的intern職位從未有return offer，因此他早有另謀高就的打算。得悉他意外地得到offer，Mimi由衷替他高興。

嗱，話咗你得㗎啦 B-) 前無古人
幾時慶祝啊

回覆「我無諗過強行推薦，不過我有時會fI同某人一齊坐梳化煲劇到天明」

一定係Yhm哈哈，有人陪就唔同講法

回覆「其實啲新intern都幾可愛」

話人可愛啦

回覆「就好似見到半年前嘅自己咁」

係年老嘅證明

隔了兩小時，Mimi未見Michael回覆，她只好邀請朋友玩PUBG解悶。
玩了數局後，whatsapp仍沒有動靜，她故技重施，執筆抒發當下的感受。

Episode 35
2018.07.03

Hello! 黃米米你好 :D

今日係2018年7月3號嘅你寫緊字畀未來嘅你!

係嘅,嗌時間寫信畀自己 (仲要係周不時) 似乎唔太明智,但只要未來嘅你睇返,就會覺得我而家所花嘅時間都係值得嘅!有無少少感動咁呢?:p 認識自己從來都唔係容易嘅事。

至少而家寫緊字嘅你仲探索緊 @@,所以你都要努力呀!

好啦又寫咗堆開場白,入mood未? (同時問緊自己haha)

又係煩煩嘅感情事 orz,仲記唔記得Michael Wong呢個人?

哈哈,唔知你同佢仲有無聯絡呢 :$,但呢啲都係後話喇。

至少呢刻嘅你 (我) 唔知未來會點!可以同你講嘅係⋯⋯

我有少少鍾意咗佢 >< 好耐無呢種感覺了 xd

我哋大前日同尋日都見咗面,要我好似記錄R咁樣瘋狂寫文就無可能喇:

1. 我唔想咁快完。

2. 未去到上次鍾意嘅程度 (唔知會唔會係因為傷咗一次已經唔會再咁瞓身啦._ 始終唔想食屎嘛。)

而家已經係17:30喇又無咗影 ><,今晚無得見lu~ 撐到嘅!

但如果聽晚都唔見咁就要放棄喇⋯我體諒佢為咗return offer要做好埋呢兩個星期,但相信過咗咁多日情都丟淡⋯更何況我喺佢心中嘅位置好有限 :')

其實你當時都係因為覺得佢對你有好感先想回應下啫,係囉又會無啦啦into咗咁唔清醒 @@

算爭取過喫喇,大家都被被地動~ 睇施主造化。

不過其實尋晚聽完佢分享後,我對佢嘅好感係多咗嘅,但實在無力受折磨喇 :(唔知我夜晚瘋狂炸message講自己嘢,對佢嚟講又點睇呢~~~

點都好啦,應承自己今次唔准再後知後覺!要搞而家搞掂埋佢,唔留戀!

除非值得你勇敢去付出,咁就去馬啦小米!:D 點都支持你 B-)

唔准因為以前嘅經歷而卻步,alright?

P.S. Good luck mi ;D

2018.07.03 18:13

Episode 36
一家親

完成後，看到Michael的最後訊息仍然定格，Mimi轉而按進感情台群組。

「感情台♥ A0 pride♛」

Mimi

> And one thing, siu sad
> He is allergic to shrimp and crab
> So how can I show my 女友力😖😖😖

要知道對自小喜愛海鮮的Mimi來說，剝蝦剝蟹是她屈指可數的「技能」。

> 哈哈哈，而家聽沒有人覺得勁諷刺︿

Andrea
> Mimiwong so serious dic feel

Yoyo
> 沒有人不是在説你

Andrea
> Ngaam ah

> Wakaka 唔好意思都要講句
> 每次覺得無女埋身我都幾放心

Yoyo
> 一副正印的樣子

Andrea
> Laugh jor ahahahah

此時，Mimi收到一連串來自Michael的whatsapp通知。

Michael
> 放工啦😌😌😌😌
> 回覆「嘩，話咗你得㗎啦 B-) 前無古人」
> 一定係你過咗啲人品畀我~
> 回覆「幾時慶祝啊」
> 一定係等我簽埋約先
> 而家有幾個人知道咗我好不安，如果佢哋周圍講嘅話就好容易炒車

回覆「一定係Yhm哈哈」
佢都唔睇嘅，就算佢睇，我都唔會奉陪

回覆「有人陪就唔同講法」
我都係♡

今日放置咗兩個intern全日，有啲唔好意思
我見隔籬team帶intern參觀pantry，高下立見

回覆「話人可愛啦」
我中文差啊嘛

你自爆有return offer?

唔係啊，件事係咁
有個intern無啦啦勁大聲咁問邊個有return offer
佢估係我，我無答到，但係我老細confirm咗佢
勁大聲搞到好多人聽到
真係傻豬嚟嘅我

老細也confirm
咁呀，我哋做定心理準備先囉
預支開心都無問題嘅！

我哋就唔駛預支嘅，因為永遠都咁開心♡

永遠下話

誰人又相信一世一生這膚淺對白？

哼~ 我妹妹今日見到你

PUBG online?

係啊

沒想到這樣也被捕獲。

見到你玩四排 xd 今晚玩唔玩

佢唔駛返學咩，又會見到我

佢聽日先返學姐，但係今日係今日

你條友仔啊啊啊

佢會見到你，但係我今日仲未見到你
Wakaka 有韓燒食

他拍下自己的晚餐，當中有一尾面露驚恐的魚。

畀我鬧下你
Sui yun sui yun sui yun!

你可知我等了你整個下午嗎？

本小姐無咁小氣嘅

點解你鬧人都咁好聽

哦，條魚又幾趣致

佢望住我，好厭世

唔夠我望住你

你係咪好唔想見到我

Is it better to speak, or to die?

For who?

我鍾意呢句

Speak可唔可以

Meh

我可唔可以speak

睇嚟你真係唔熟香港，香港仲算有言論自由嘅

唔關自由事，算啦
咁就算我有自由，但係講嘢可以令人唔開心

唔講點知 :)

你聽晚得唔得閒

‥等咗幾耐~~~

由心而發的笑容印在Mimi的臉上。

你有無發覺……
兩次，兩次我搵嘅餐廳都係伏

都唔係啦，係貴

但係食啲嘢都好普通

其實我都唔知咁樣見法係咪真係好
Umm but I want lor
Jau hai gum ◠

其實我心裡面係好唔願意

甚麼？！

因為唔係每日都見到

Michael補充，Mimi笑得更開懷。

Jm9, 調情啊而家？

Nununu

點解係用nu xd

因為no好決絕

咁係咪好興奮啊？平復到心情未

但係有啲嘢畀return offer更加令人興奮

我要知！

聽日見到你！

親，聽日大約幾多點放工呢，我想預一預時間

她打趣地以淘寶賣家的腔調問，意圖掩蓋自己的愉悅。

可能六點半至七點就會到
我一定會準時走

其實如果你屋企人想同你食飯呢，唔駛理我

唔想㗎佢哋，無同你講過我哋好疏遠咩

好lol 咁不如揀咗食咩先

泰/台灣？要食曬咁多種先

Ok let me find this time
If u have preference feel free to say~

你鍾意有主見定隨和嘅人多啲

有主見，因為我真係無咩preference

我知你咁有研究應該會有啲preference

食嘢無所謂~~~
Yay開飯了

你平時咁遲先食飯

一時時，弟弟今日去咗踢波，而家先沖涼

咁好嘅，你哋會等埋佢食飯，如果我遲返係要叮

有人好似畀媽媽遺棄咗，笑咗出聲 xd

在他倆初識當天，Michael跟Mimi分享了被家人「拋棄」的趣聞。

所以佢聽日唔會好想同我食飯
同埋好重要一件事，你會唔會想成日出街
唉我唔知啊

睇對象㗎喎
Btw你鍾意我紮辮定放頭髮多啲

放頭髮

Ok收到！聽日紮辮

好！
其實我早知你咁講，所以係反向嘅反向，你已經中計

係咩 ._.

Mimi見弟弟正好從浴室出來，她便走到弟弟的房間。

「弟。」
「請進。」她推門而進。
「甚麼事？」眼前是比Mimi年輕三年多的弟弟Roy。
「有空談數句？」
「也無不可。」他放下滑鼠，轉身望向她。
「哈哈，有點難開口。」
「有屁就放。」他眼角瞄了瞄電腦螢幕，不耐煩地道，她白他一眼。
「好了好了，你家姐我好像喜歡上了一個人。」Mimi靜待弟弟的答覆，但見他沒有說話的意欲，只好續道：「還有，你說『有話就說』不行嗎？」
「哦。」他吐出一個單字。

「就這樣敷衍姊？！」

「正是。」

「你有種。」

「我剛才的確搜尋到BT種子。」

「恭喜你,拜拜。」

「不送了。」

「這小子,真是的。」Mimi搖頭步出房間,她沒好氣地回到網上對話。

Michael

你話過畀我請返餐,所以聽晚我嘅

係wor 我又好似講過
可唔可以下次,因為今次我唔想你請

下次下次,下次大概可以。

又嚟。唔得呀!!!

☹

Mimi旋即在Eatigo上搜尋提供折扣的泰式及台式餐廳,並截圖給Michael。

有折米米俾得起 :)

然後,他們選好了蘇豪區其中一間泰式餐廳。

是咪食飯only

唔制,去埋海濱?

Ho ah

上次個aia carnival你有無去

Mimi去過兩趟友邦嘉年華,一趟跟Casbah,另一趟與Rasin,對她來說是一個滿載回憶的地方。

Yes

呀Muimui真心問你玩唔玩PUBG

等一等,我今晚唔可以太夜瞓lu

係咪auntie嬲?

我眼瞓啫

咁你瞓陣好唔好

心淡心淡

Whywhywhy

條眉無咗唔似你，嗰個369鹹濕仔樣

你估我想生成咁嘅樣，咁究竟剃好定唔剃

咪搞佢住
我特登download stickers，待你不薄

唔乖，用埋呢啲stickers

聽聞係一個乖仔教我

我唔識嗰個乖仔㗎，失蹤人口？

邊個話你識㗎

我話我唔識咋wor 佢教錯晒

打佢好無！！

好啊，你幫我教訓佢，大大力咁車落去！

放心，包喺我身上

信曬你

但係我好溫柔唔打人！

有無其他好方法啊
叫佢請你食飯囉

~內容愈嚟愈Jm9~
我都唔係要佢啲錢

Ok好停

對話被剎停。

其實好窮，不過算啦唔好講呢樣
你今日做咗咩~

而家等緊佢阿妹一齊打機

係唔包括佢 so sad

咦，點解你知我講咩㗎！！究竟你係邊個 /\

你有無睇警訊，叫你唔好咁易信啲人話識你朋友
以防萬一，報個警再講

咁樣真係好咩 -0-

咁陪唔陪我玩返鋪啊

Ho la ho la

他們仁合共玩了三局，全都打進三甲位置，更一度食雞。
正當Mimi滿心歡喜地打算重回whatsapp，她看到PUBG信箱有一則通知。
她按進去，原來是Michael妹妹的訊息。

妹妹

其實我add你telegram或者喺signal搵你打機會唔會方便啲？
成日都要阿哥傳話好麻煩😌

妹妹主動結識自己，該是好的預兆？

Jm99999999999

呵呵呵，抄姐姐牌

分隔線

給妹妹電話號碼後，Mimi轉為跟哥哥聊天。

Michael

咩叫人體描邊大師？

=all miss
Which is me

真心咩 :o) 個名好似畫家咁
雷隊友才是我

哈哈哈哈哈哈，我唔爭氣咁笑咗
係嗰，一開始點解你會見我呢

._. 都無當你係網友……

☺

而家咪幾好~ 你做少啲衰嘢

幾時，邊度，睇過？
我好少做衰嘢

呢幾日唔想見朋友住，對你唔差啦

點解嘅？你唔見啲朋友就係為咗見我😊

　　　　　　　　　　　　　哦哦哦，實情係無人約

點會啊，你咁多朋友
唔信，但係而家咪有一個

就只是朋友嗎？

　　　　　　　　　　　回覆「幾時，邊度，睇過？」
　　　　　　　　　　　　　　　　回敬

而家，每日，即刻。好似重複咗

　　　　　　　　　　　嗯，你開心就好呀😊

你都係啦，早啲瞓啦

　　　　　　　　　　　　　　瞓唔着咁點~

瞓唔著就嗌醒我，大聲少少都ok

Mimi心頭一甜。

　　　　　　　　　　　　　　氹我啦 xd

我唔識㗎其實，不過盡量啦

　　　　　　利申返，幾肯定嗰時唔係我開口叫你朋友氹嘅

我覺得邊個開口無所謂啦

　　　　　　　　　　　　　　　士單

比較想知係點氹

　　　　　　　　　　　　Show me yr style

邊有咁犀利

Michael開始展示他的特別哄睡技巧。

係咪要首先深呼吸，跟住幻想你瞓喺沙灘
啲海風海水浸住半個身
其實你已經瞓咗

　　　　　　　　　　　Hahaha 都幾有趣
　　　　　　　　　　　唔得喎咁樣你咪會浸死

你就係要幻想自己，因為潮漲啲水越嚟越高
慢慢，慢慢去到膊頭，然後到眼眉，最後覆蓋晒全個鼻
跟住你越嚟越大力抖氣，到最後成個人埋咗喺沙入面
理論上係咁樣瞓著

你自己打㗎？都有啲邏輯咁

好似係求其吹，總之我意思係，要幻想一啲情節
係有啲沉淪嘅感覺，咁就可以瞓到

不過好似幾恐怖咁嘅

少少啦，你諗住其實你瞓著之前，我都喺隔籬 💤
實際上我係未瞓，所以你加油

我會想走佬

Ok 咁起碼我可以瞓 ✌

嘩你咩意思
應該無咩機會你會早過我瞓lu
諗定多啲新意思lalala

我唔知啊，你知唔知我眼瞓到咩都諗唔到

原來你肯去瞓嘅

係啊，等緊你啊嘛

蝦仔去瞓啦~

你先

啊~~啊~~

蝦仔係邊度㗎

月光光，照地堂

係，我唔記得咗

好蠢啊，各自瞓啦

不嬲都係你醒 ☺

晚安886

早抖Baibai

從種種跡象顯示，Mimi已然喜歡上這個認識不深的人。

Episode 37
相惜

早上七時半，心亂如麻的Mimi第一時間查看手機。

Mimi

> 親，早

Michael

> 早啊💤 你瞓得好唔好啊

> 起咗身唔講聲，禮貌呢呢呢

> 其實我瞓緊，原本諗住7點起身

> 我同緊腦電波通訊well，唔好夢中message

> 好眼瞓啊，但係我要起身

> 乖啦

> 嗯嗯☺ 你知唔知多得你，我先起到身
> 如果唔係就變咗同平時一樣8半

> 咁就多謝我啦

> 下下都講多謝就唔好啦

> 點算我唔係咁痴身㗎💧💧

> 咁可唔可以痴身啲🥰

> 唔得啦，心照心照
> 我哋今日嘅目標係畀我請客！革命尚未成功

> 咁浮誇嘅，但係我有其他目標☺

心照不宣。

> 好啦，嗌醒你嘅任務完成lu，又係時候返去瞓覺
> 今晚可以見到叔叔 :3

> 叔叔都可以見到姨姨，同埋我今晚一定準時走到

> 聽住先

有了這句，Mimi放心地昏睡至正午時分。

醒來時，她驀地記得Michael懂日文，一個詞彙在她心中浮現，故尋求google
大神的幫助。

搜尋欄顯示著：

Yoroshiku

「多多指教，Yoroshiku，不知今晚會否用上呢。」她暗中思量，嘴角不自
覺旋起淺淺的梨渦，接著便返回屬於他倆的對話窗。

> 你叫妹妹嗌我姨姨定嬸嬸話

姨姨。佢自己咁叫先，唔關我事😏

> Huh

我都唔記得咗點解會係咁
我明明叫佢嗌姐姐，佢死要嗌姨姨，而家啲細路真係囂張
Btw會唔會好快要換個稱呼😏

這算是暗示嗎？

> 點叫你好呢

你想點叫啊☺

> 😌

Good afternoon

> Is this a name

Call me by your name
不如今晚先再諗下

> Mimi :9

咩事啊米米☺

> And I will call you by mine

咁米高囉☺ 都係差一個字啫
回覆「And I will call you by mine」
其實我知不過唔敢咁玩😈

Mimi意會到Michael的弦外之音，但不欲跟他在訊息裡糾纏，於是她轉到摯友
群組，試圖舒緩情緒。

「感情台♥A0 pride♛」

> Wuwuwu

Yoyo
> Jo meh si

> Real heart why others chut pool chut duc gum easy
> Or kui dei ks dou experienced many things

Andrea
> Exact7ly

> Or ngo dei too good TT

Andrea
> Yr face yr fate aiiiiii

Yoyo
> Others 相愛so easy

> 也許相愛很難

Andrea
> 就難在其實雙方各有各寄望

> 丁頁，真係識唱？

Andrea
> 識呢句lol

> https://bit.ly/2ZbhuyW
> 頑強地進攻
> 你哋信唔信第一次就可以行到永遠？

Yoyo
> 信，ga yau ah u!!

Andrea
> Yesss, when sin have 30 days

Yoyo
> Mimiwong 最有機

Andrea
> Yes fai dddd

但願如此，Mimi對自己如是説。

平定心神後，她換好了一件白色襯衫，搭配牛仔裙，準備出門。

> 我出去喇~

Michael
> 我真係準時收到工！我喺北角啦，勁唔勁！

Ah又要等我……

唉蠢咗。應該係你嚟到嗰陣問我係咪等咗好耐
我話唔係啊都係一陣
又或者我搭返轉頭，較好時間一齊去到中環

不解，你唔係放6半？

正常放6點3，我6點就走咗。不過我會迷路

係咪衰！見少咗啲時間∵

唔制∵

你到咗可以搵搵路先哈哈哈，然後再返嚟接我

你點解咁醒，就咁話

你點解咁蠢，扮咩~
而家九龍站！

而家啲人咁惡嘅，讚下都唔得

404

你慢慢嚟得㗎啦

到~

幸好，Mimi也比原定時間早到，她到達時便看到離她不遠的Michael。

「喂！」

「Hello！」Michael轉身，沒有Mimi預期中的正裝，只有一件普通的淺藍恤衫。相對之下，她的衣著顯得較為正式。

「你不用穿smart casual上班嗎？」

「哈哈，實習生不用，反而你更像上班族。」

「原打算配合你，怎料你這麼hea。」她笑自己的無知。

「不好意思啦，你這些動物很可愛。」

Mimi的襯衫印有三款動物圖案，分別是鹿、兔和鼠。聽到Michael這樣說，她頓時臉色一紅。

「謝謝你，我們出發吧。」

「剛才我到了蘭桂坊探路，但還未找到餐廳，你便說快到了，所以我先下來接你。」

那年十八

「嗯，謝謝你一番好意，讓我試試帶路。」

雖然Mimi是薄扶林大學的學生，但慣性tappy的她不常參與社交活動，蘇豪區對她來說更是個陌生之地。此刻她提出帶路，目的在於彌補自己遲到的過失。

「那就麻煩你了。」
「希望不會繞路。」

豈料一語成讖，他們幾乎繞了整個蘇豪區才到達餐廳。

「終於到了，我真笨。」Mimi氣喘吁吁地説。
「不要緊，僅是因為這裡的路很複雜。」她點頭，然後向職員出示訂座編號，由職員帶領下走到二人座位。
「想吃甚麼就點，我請客。」她説得爽快。
「這麼豪爽，其實你不用請我呀。」
「平衡一些嘛。」
「我們的關係可不用這麼平衡。」
「哈哈。」Mimi埋首於餐牌，思忖著如何應對。
「你喜歡紅/黃/青咖喱？」她索性轉換話題。

點餐後，Mimi記起對Michael的不滿之處，便鼓起泡腮。

「你呀！別叫妹妹稱呼我做姨姨，明明我只比她年長五歲。」
「冤枉啊，是她自己提出的。」
「普通一句姐姐就行了。」
「如果我們以後的身份會有所轉變呢？」
「哈哈哈，你説呢？」她雙頰緋紅。

進餐時，Mimi想過他會否如自己預期般表白，然而整頓飯不過是閒話家常。

「這碟濕炒牛河未免太濕了吧。」
「對，水份過多。蟹餅也是一般，相較下青咖喱算是不過不失。」
「下次還是由你選擇餐廳，我選的都一般。」Michael暗地埋怨自己。
「一起試伏嘛。」
「待會到商場逛逛？」
「好呀，我先結帳。」Mimi向職員招手。
「讓我請客好了。」
「説好了我請的呀，要不你先付，出去後我再給你。」她曾看過網上貼文，網民表示即使由女方請客也該先讓男方結帳，好讓旁人看上去不突兀。

「這餐謝謝你了。」
「客氣。」

他們並肩走到國際金融中心，途中有說有笑，卻沒有曖昧的對話，Mimi逐漸調低對Michael的期望。

「咦，這裡有Gelato。」他說。
「不夠飽嗎？叫了你點多些食物！」
「不是啦，而是我很喜歡Gelato。」
「試試看。」
「你要甚麼口味？」Michael問。
「讓我想想，你呢？」看著雪糕櫃內五彩斑斕的意式雪糕，Mimi一時拿不定主意。
「我對金奇異果和榛子味感興趣。」
「這麼快就決定好！既然開心果售罄了，那我要抹茶吧，好像較穩陣。」

Michael在一瞬間付好了款。

「謝謝你，其實Gelato跟一般雪糕有甚麼分別？」
「正好有機會拋書包，哈哈。Gelato的乳脂含量比雪糕低，而且製作過程中含有較少空氣，所以口感更加細膩。」
「很專業的Gelato foodie！」

眼見Michael舀起一匙Gelato，Mimi猜到他的意圖。

「張開嘴巴。」他溫柔地說，待Gelato靠近嘴邊時，她依從地嚥下。
「謝謝你，Gelato吃起來的確很綿密。」
「這間不錯啊，我們現在到海濱散步？」
「好啊。」他倆順住天橋，朝海濱方向進發。

「這裡有摩天輪。」在上方的某一個卡廂，盛載著Mimi舊有的回憶。
「你坐過嗎？」Michael問。
「嗯，一次。」那次以後，未有出現共同乘搭的對象。
「我沒有呢，可惜今天提早關閉，遲些要一起坐。」
「一定！」

「哈哈，話說回來，你聽過我校的校歌嗎？」Mimi想起了一個冷笑話，調皮地笑著問。
「沒有，我連自己學校的也不懂。」

「那你要聽一聽了。」

「來吧。」

「明我以德，轉圈轉圈哈姆共你~」

「哈哈，很棒的歌詞和歌喉！那我也回敬你一曲，令你的耳朵受罪的話，可不要怪我。」

「隨便，呵呵。」

「天荒地老流連在摩天輪。」——陳奕迅的《幸福摩天輪》。

「唱得很動聽，可以繼續嗎？耳朵懷孕了。」Mimi由衷表示。

「在高處凝望世界流動，失落之處仍然會笑著哭，人間的跌盪，默默迎送……」

「當生命似流連在摩天輪。」他倆合唱著，慢慢走到十號碼頭。

「沒想到這兒的海風……很臭。」Mimi掩鼻說。

「照樣坐下好嗎？」Michael的回答令她甚為不解。

「我有點累。」他補充道。

「那我們休息一下。」她像是意識到甚麼，便笑著坐下。

分隔線

在中環海濱十號碼頭，一男一女正面向大海，並肩坐在長凳上。

「你year 1時有讀過accounting course嗎？」她嘗試讓氣氛變輕鬆。

「好像讀過一個introductory course，但沒有記憶了。」

「不要緊，我早前在某BAFS補習導師的社交平台上，看到一則蠻有趣的會計愛情語錄。你想聽聽嗎？」

「由你說的話，當然想。」

「哈哈，內容大致上是這樣的。人生流流長，你可能對伴侶有過無數承諾，不自覺地開了很多張post-dated cheques。」她頓了頓，問：「你應該明白這個用語？」

「嗯，遠期支票，你繼續吧。」

「你對這段關係滿懷希望，渴望跟伴侶計劃將來。然而，人越大越難自選，生活限制了你的想像。漸漸地，你發現根本無法兌現許下的諾言，當初的post-dated cheques變成了stale cheques。」他點頭同意。

「你很想去爭辯，但就只有能力去解釋，而沒有能力改變過去，如同bank reconciliation statement銀行往來調節表。」Mimi見Michael陷入沉思，便問他：「這個術語或許比較陌生？」

「對，我不懂，要請教Mimi會計大師。」

「過獎了，我嘗試略作解釋。」Mimi笑著說明：「銀行往來調節表主要用來顯示導致cash book與bank statement的銀行存款餘額出現差異的原因，簡單來說就是一種對帳記錄的工具，而非用來更正錯誤的報表。」

「原來如此，這個語錄挺高質。」

「是呀，還有一句。最後，這段關係跟當初所許的承諾一樣，通通跟支票一起過期，成為歷史。」

「我是個機會主義者，主張活在當下。」

「喂，你是否有話想說？我現在會開始錄音，知不知道？」Mimi饒有趣味地「知會」Michael。

「唔⋯⋯」他正想拒絕。

嘟——

她按下錄音鍵。

Finale
Yoroshiku

「你有無聽過52赫茲的鯨魚？」

Finale Yoroshiku

【以下對話將轉為口語入文。】

「唔知道呀。喂，stop it, stop it!」Michael沒料到Mimi是認真的，手足無措的他嘗試搶走她的電話，可是她當然不會輕易就範。

「哎呀⋯⋯」他只好無奈地歎了口氣。她失笑，搖了搖頭。

「咩呀？」他不解，她繼續搖頭示意。

「好啦⋯⋯」Michael無計可施，只好誠懇地希望Mimi能關掉錄音機。

「啲雲郁得好快⋯⋯好多雲呀。」她抬頭望向黑漆漆的夜空，試圖轉移話題。

「唔！好多雲呀。你可唔可以熄咗個錄音呀？哈哈⋯⋯」他一口氣說完。

「驚呀？」她不自覺地提高了聲線。

「係呀，我原本已經夠緊張㗎喇。」

Michael乾笑兩聲，以笑遮醜。Mimi一臉害羞，沒有答話。

「熄咗佢啦。」

「唔⋯⋯」她開始有點動搖。

「唔制。」他發動撒嬌攻勢。

「唔得！」

「遲啲先啦好嗎？」她清一清喉嚨，沒有回應。

「遲啲先啦好嗎？」他再問。

「你想講咩先？」她以試探口吻問。

「嗯？」他問。

「嗯？」她反問。

「唔……唔知啊。哎呀……」

「我想錄低我嘅答案，得唔得？」

「吓……錄低你嘅答案：你係一個好人，咁？」他倆不約而同地笑了。

「我唔識游水都要跳海……」

「得啦，唔會唔會。」她暗暗地給他打了枝強心針。

「好啦，你有無聽過52赫茲的鯨魚？」Michael問，Mimi輕輕搖頭。

「佢被稱為『世界上最寂寞嘅鯨魚』，全因佢嘅叫聲頻率52赫茲比其他品種嘅鯨魚都高得多，所以其他鯨魚無辦法接收同回應佢嘅訊息。」

她細嚼他隱藏的意思。

「我同52赫茲的鯨魚一樣，一直尋覓著自己嘅同伴、自己嘅……伴侶。
其實呢……
我好鍾意你。
你可唔可以做我女朋友呀？」

沒有舞台，沒有鎂光燈，沒有戲劇效果，只有情深款款地對望著的兩人。

Michael和Mimi互相確認著眼神。

「Yo-ro-shi-ku!」她緩緩吐出預先記好的日文。

分隔線

經典語錄-專頁剛剛分享了舊貼文：

「人一生會遇上三個人：
一個是你辜負的，
另一個是辜負你的，
第三個就是對的人。」

全文完

〔特備情節〕

「感情台♥ A0 pride♛」

Mimi

Um

30 days

☺

Mimi更改了主題為「感情台♥ Gang Gang」。

343

Story
—OF—
1999
那年十八

番外篇

番外篇I
情芯心底話

筆芯和米粉們：

嗨，好久不見，你們最近還好嗎？
剛才全文完結之時，不知你懷着甚麼的心情？

從辜負到被辜負，再到尋覓摯愛，親歷其中是如此揪心卻又幸福。
特別鳴謝曾經出現的男主角，如果你看到這裡的話，定會知道角色原型就是自己。感謝你們實實在在踏入過我的宇宙，儘管我們只是彼此生命中的過客，但正是你們的出現成就了今天的我。

被問及Casbah和Rasin有否跟Mimi的生命再度重疊，坦言，他們之間的牽絆至今仍是未知數。香港地，説大當然不大，説小也不算很小。經過這些年，假如有一天，他們在街上偶然碰上，他們或會互相點頭，然後……
（這點就留白好了，留待你們自行聯想。）

屈指一算，從2019年11月30日到2020年9月1日於tbc...完整連載《Story of 1999 那年十八》，已達九個月之久。「長命故」一詞純粹美化了自己的惰性，真相是拖延症持續發作，這點無從抵賴。慶幸自己終能在20+1前夕兌現絕不棄故的承諾，完成這份真真正正的"Final Year Project"。

有幸於tbc...人人故事的「人人人氣榜」成立初期登榜，其後斷斷續續、載浮載沉地老是常出現在第二期至第二十期。及後於2020年5月底移至現正上架區，感謝你們的相伴。

故事實體化固然值得慶幸，更幸運的是遇上了一群默默支持我的好夥伴，讓我任性地揮灑青春。在此，由衷感謝一直給予我鼓勵的朋友，還有跟我討論劇情的讀者。沒有你們，此書不會寫到全文完。

很老套，但容許我用以下篇幅表達謝意。
以下排名不分先後：

首先有Husby Michael，沒有你的傾力支持，這故事不會誕生，也就沒有最好的我們。雖然你常常取笑情芯之名很「旺角」，又揶揄我「不務正業」……放心，我總算不務正業地形容得你好好的 ;) 以後要多多指教！

在此向你致以最深切的感謝（九十度鞠躬），在我的威逼利誘下，你設計了簡單而隆重的封面，也以獨特的筆觸寫好了「男方視角」，順理成章地成為此書的最大賣點，食粥食飯都要看你的頭！（行了，我知你極度討厭carb。）

還有依次出場的爸爸、媽媽、婆婆和弟弟，衷心感激家人對我的愛護，我承諾會對自己的未來負責。

現實朋友圈（按字母順序）：
Alicia, Amy, Angel, Anson, Ansy, Christina, Cindy, Creamy, Cynthia, Flora, Karen, Jacqueline, Jamie, Jane, Jennifer, Joey, Larina, Melody, Natalie, Nicole, Sharon, Stephanie, Teresa, Tiffany, Venus, Vicky, Zita, etc.

當然當然，怎會忘了借名字供我自由發揮的好友們Pearl, Yoyo, Andrea及Rachel，希望你們的聲譽沒有被抹黑，也不會為你們的生活帶來任何不便（偷笑）。在此也感謝為作者簡介題字的Flora！

尤其是這數個月以來全力協助我排版和設計的Andrea T.，相信經此一役後，我倆對於Indesign的認識都多了。於連載期間你亦無私構思了逾40個tbc...章節封面（詳見tbc...版本），貼題之餘亦創意爆燈。大恩不言謝！

而新讀者除同輩外，意外地有妹妹、姐姐，甚至媽媽級別！很高興跟你們每一位相遇，希望我親民且友善的態度沒有嚇怕你們（笑）。 其中包括：

首位與我聯絡的Christy媽、健談的Meimei媽、邊餵哺母乳邊善用tbc...自動播放功能的Yan媽、青春常駐的波波媽和偉大的Jodie媽，祝孩子們快高長大；

擁有「凡士林」經歷的Cola姐、Boss CK、出神入化地運用chinglish的Hilda姐、凌晨三時半仍堅持追故的Alice姐、人妻Kate姐、同樣是「米」的Mic姐；

同輩的VVN, Anthea, April, Jenny, Sophie, Rachel, Manki, Karol, Maggie, Chloe；

妹妹們Meiyin, Apple, Beatrix等等。

（性別不平衡？嗯，男讀者們，縱使我們甚少交流，也謝謝你願意花時間閱讀這個以女性角度切入的純愛故事。

後補：感謝Rick哥和Andy哥，還有十三兄和澄叔！）

這批初代讀者，我全都記住了。

每一個留言、每一段對話、每一份支持，帶給作者的遠比你們想像中多。

以行動支持這本實體書的讀者朋友，不勝感激。新手作者深明掏錢出來的支持，比單單一句「加油」來得更實在。（當然兩者都值得感謝！）

在香港，寫作的回報並不與金錢掛勾，單憑寫作實在難以維生。談到錢銀話題總是尷尬，如果經濟條件許可，不妨多多支持本地作者，讓文字有價。

少不免要感謝tbc...開放人人故事平台，並對我這位問題少年多加體諒。前路總需由人開創，僅期望日後人人故事在文創經濟體的發展更臻完善，延續百花齊放的盛況。

最後，感謝筆求人出版社的賞識。香港的出版市道大家有目共睹，我這個新手沒甚麼人氣，筆求人依然願意與我共同承擔出版風險。沒有你們的幫忙，這本書難以面世。

凡事得來不易，學懂珍惜身邊的一切，同時努力保存自我，勿被現實的洪流衝擊而埋沒。
點滴在心頭，無言感激。

這本實體書無疑是一份珍貴的禮物，送給自己，送給大家。
已購買此書的朋友，記得拍照再tag Instagram @storyof1999，解鎖隱藏內容。

紀念那年一八，永遠十八歲的自己。
祝願平安，也願青春不老。

情芯字
撰於2021夏

番外篇II
Q&A

問：故事名稱和筆名有意思嗎？

答：筆者誕生於1999年，《Story of 1999》同時取「一舊舊舊」的意味，間接為自己戴頭盔，而中文名稱《那年十八》是筆者某天乘巴士時在睡夢中想到。至於筆名，詳見Episode 13《那一夜》。

問：故事時間線？

答：時序設定於Mimi year 1期間，亦即2017-2018學年。

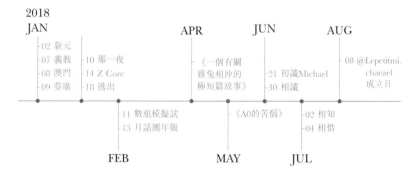

問：何時開始寫這故事？
答：2019年4月動筆，一直斷斷續續地隨意寫，到該年11月底tbc...正式開放人人故事平台，才認真地從頭整理故事。

問：為何你的chinglish如此流暢？
答：不敢當。中一時看到身邊同學紛紛以chinglish溝通，便努力多讀多寫，希望融入圈子，哈哈。辛苦了各位筆芯和米粉，特別是原先不懂chinglish的你。

問：誰是筆芯和米粉？
答：新讀者你好，筆芯和米粉是我對讀者的稱呼。
早前舉行了「讀者名稱選舉」，由讀者提議並投票選出心水名稱，結果「筆芯」和「米粉」以大熱姿態雙雙當選。當時另有其他趣怪建議，如：芯喉唾液和米飯班主等。

問：三位男主角的集數不平衡？
答：感情這回事向來難取平衡。

問：這故事有多少部分是真實的？
答：還請預留空間給作者創作。（不要老是問筆者這道問題啦~）

問：為何Mimi會有A0情意結？
答：是A也是0~ 兩人身為彼此的初戀會令感情增添了一份純粹，沒有比較也就沒有傷害。另如正文所述，Mimi享受共同經歷「第一次」的感覺。

問：對於愛情，Mimi看似主張速戰速決？
答：對，她相信倘若初識時完全沒有感覺的話，關係也難以持續。盡早知悉對方心意，避免浪費雙方時間。當然，大前提是沒有共同朋友，恰巧這三位男生都不謀而合。
對於普遍人主張深入了解才開始發展，Mimi卻不盡同意，她更希望以正式的情侶身份一起探索未知的世界。

問：To love or to be loved?
答：現階段我會說——To love.

疫症肆虐，保重身體。

再次感謝讀到這裡的你妳您。

番外篇III
後記

大家好，我是Mimi。
感謝讀到這裡的你，由衷地說聲：謝謝！

以下是純粹的有感而發……
初次對於愛情的憧憬，
那份曾經擁有的悸動，
那種若有所失的感覺，
實在教人折騰，對嗎？

現在的status已成M（笑）。回想過去時，可能站了在「感情高地」上。
純粹有些話想親自跟你們說。

關於文筆斷句甚麼的就別太在意吧。畢竟，真摯的情感才最重要。

仍記得，那時對Rasin的淚甚感無奈，甚至有取笑的意思。
豈料翌天面對面時，我竟強忍淚水不下一次。
再過幾天，草草結束。
當刻很平靜，還無知地問：
　「如果我說：我等你呢？」
　「找下一個吧。」好一句。
當晚回到家，媽媽察覺到端倪，她問我：「有事嗎？」
　「我……」我以欲哭無淚的語調告訴了她，最後還是哭不出來。

然後呢？
仍有見面的場合，首兩次尚能接受。
到第三次人多時，開始有被抽水的跡象。
第四次是團年飯，厚面皮如我也覺難堪，幸好有朋友在線跟我通訊才不致太孤
單。回家路上，邊跟友人通電，邊逛樓下年宵。
一字記之曰：**毒**。

自此以後，再沒有見面。

每天看著群組的對話，心中很不是味兒。
我心想：只要不出席活動就好。

就這樣過了數月，四月底寫下《一個有關雞兔相沖的極短篇故事》，五月初
再寫《A0的苦惱 終章》，繼而「自編自導自演」音質差勁的「廣播劇」（中
二病的極致）。
有刻我分不清楚，從來只是我筆下的故事，還是心底感覺仍未消散。

原來是自己後知後覺。
那時一早抒發情感的話，也許就不會纏繞自己這麼久。
不論對方仍否記得自己的存在，我還是慶幸認識到他們。

放下從來不是一件容易的事，學習如何處理自己的情感亦然。
相信時間的威力，同時做好準備，你隨時會遇上另一個他/她。

謝謝各位，願文字有價。

點豎折橫橫撇鈎
橫撇折點鈎撇
完成。

情芯説：
在此由衷感謝Husby Wong對我的百分百信任
我愛老公無限生無限世！
餘生餘世還請多多指教。

網上流行一句矯情的説話：
「**親愛的，故事始終需要翻頁；
別回首，我只能陪你到這裡。**」

如果非要在這個故事加上一個期限，我希望是**永遠**。
沒有您們，沒有情芯。

有緣再會。

P.S. Sorry for 1999.

番外篇IV
外傳

【Mimi視角】

訪問尾聲。

「生活的意義是甚麼?」
「累積回憶。」
「還有呢?」
「盡量做喜歡的事吧,那終歸的目的也是為了累積回憶。」

坦白說,我的記性並不怎樣好,因此我習慣以照片作為日後的憑藉,同時定期備份各個應用程式的對話記錄。

這是我的生活日常。

相片圖庫、錄音機、Whatsapp、Messenger、Telegram、Signal等,統統留下了我的生活足跡,那是我活過的證明。

《Story of 1999 那年十八》,已於現實正式上線。

Espuma食評:https://bit.ly/37jXhKf
Obihiro Hageten食評:https://bit.ly/30y6fSz

番外篇V
筆芯和米粉有話兒

筆芯和米粉有話兒　（按中文筆劃及英文字母排序）

#001 小美
中學認識嘅Mimi畀我嘅感覺係會蝦細佬（細細個餵紙巾畀細佬食……），同埋專注學業。上到大學，誤打誤撞睇到呢個故事，雖然唔係百分百真實，不過讀到故事入面嘅Mimi，發現原來佢嘅感情生活比好多人精彩 wuwu（好羨慕）

我會儲定人情！同埋唔該拋花球畀我 thanks keke!

#002 中學兼大學同科朋友
雖然同作者見得越嚟越少，但佢依然係其中一個我好鍾意嘅朋友 ahahaha。就算我哋係同U同科，約食飯嘅頻率都係好低。我哋兩個都係摺摺的撻皮友，所以我會話佢係大學business朋友入面少數對頻嘅人 xd。

然後，作者話同我維繫友誼嘅原因只得一個，就係因為我搞笑……所以我唯有希望自己一直都咁搞笑，如果唔係佢應該唔會再愛我了 zzz。最後，希望我哋2021年嘅見面次數可以多過2020年，即係見多過1次 :)

#003 玄淺（第一代）
回想認識情芯的那些年，她已經流露對寫作的一份熱情。在其他人還未清楚自己的理想的時候，她已經嘗試成為網台主持和作者。

當時的我沉迷於一些短句，偶爾看到「向來緣淺，奈何情深」這句，令我感觸良深，便向情芯分享了，可算是為未來埋下了伏筆。她應該感激我為她提供了一個筆名（笑）。

作為一代玄淺，我為她出的第一本書感到驕傲，亦希望大家能一起成為米粉，支持她在這個文化沙漠出一分力。

#004 青青河小草
新讀者報到！一口氣追完故覺得好爽！

由開頭覺得相識好有趣，到中間情路崎嶇，最後又睇到我內心微笑。結論：最大得著就係令到我決定要主動識朋友，逃離A0不能坐以待斃 :)

#005 珍珠

作為故事入面第一個出現嘅朋友，我真心好proud of Mimi! 雖然知佢一直好鍾意紀錄低同朋友相處嘅moments，但係無諗過會出書！

呢本書會令你嘅心情好似坐緊過山車一樣，一時揪心，一時會心微笑……總之自己慢慢睇啦！Bye!

#006 美妍妹

一開始認識情芯是因為她的Instagram，我覺得筆名很溫柔，就追蹤了她。然而作者卻找上門來，開啟了我認識對話小說的大門。

果真人如其名，情芯和她的筆名一樣，是一個很溫柔的人，也出乎意料地平易近人。機緣巧合之下，我開始追看她的故事，直到後來才慢慢發現一些端倪——Mimi和情芯好像是同一人！！

看她的書時，總會忍不住截下好笑的情節和感觸的說話，偶爾會Po上IG，她卻一副受寵若驚的樣子，讓我也受寵若驚呢！

我覺得情芯最特別的，是她直率的表達方式（這點我應該沒有親口告訴過她吧）。可能是因為看了Mimi心路歷程的緣故，覺得她在感情方面比較直接（真的！），待人也很真誠。那時就覺得，這樣又pure又true的女孩子，應該有很多人喜歡吧？

遇到這個故事時，我的情緒頗為低落，但追看後就將自己的愁緒拋諸腦後，讀得癡如醉！擔心她和R的發展，為她的愛情而慶幸，也為她的挫折而悲傷，一邊感受著她的戀愛，一邊為她的錯愛而感傷。後來得知她也喜歡小王子，更是多了一個話題。她不僅是一位很好的作者，更是一位好朋友。

非常感謝芯姐姐僅僅因為萍水相逢，就為我帶來了那麼多感動，也給了我機會撰寫感想。

無論Mimi最後的男主角是誰，我都會一直追看下去，希望她能一直幸福快樂，有一個Happy Ending！

#007 塵空

當初抱住一種hea日辰嘅心情睇故，漸漸被溫馨嘅storyline吸引，為我每日忙碌嘅生活帶來一點甜。日日等update，不知不覺成為生活中不可或缺嘅一部分。無諗過追咗咁耐話咁快就到ending，好唔捨得呢個已成習慣嘅閒餘活動。

有日同「朋友」講起tbc...認真唔錯，特別係《Story of 1999》。完全無諗過佢居然答我：「原來你都有睇，我寫㗎！」Shocked...

估唔到陪咗我咁耐嘅係你，情芯。我已經搬定凳仔等你下個作品，繼續成為筆芯，非因要支持朋友，只因你筆下故事。

#008 醬

感謝情芯邀請我成為讀者。閱讀這個故事時,的確如你所願,我找到了心動的感覺。

慶幸自己看了這個故事,因為故事不但好看(主角的情感描寫很細膩),而且作者為故事花了不少心機和努力。

對我來說,情芯是一位充滿行動力,勇於嘗試,坐言起行的人。想出書,便真的出書了。(我會支持你的!要親筆簽名哦!)

有時,我挺佩服你這份衝勁。

而現實中的情芯也是一位勇於主動追求愛情及追逐夢想的人。願你能與對的人幸福一輩子,也希望你能一直做自己喜歡的事,成功達成夢想!

#009 A0

睇完《Story of 1999》,覺得Mimi好勇敢去爭取愛情!有時覺得搵唔搵到真愛都係要靠自己主動同維持關係,並唔係等運到。

欣賞你對愛情嘅憧憬而且主動爭取,希望你同Michael白頭到老、永結同心 <3

#010 Alicia

Mimi姐真人好nice好靚!

睇完唔知點解覺得Casbah同Rasin都幾識flirt,同埋Rasin似偽毒渣男,用啊媽嚟過橋真係好假……好似知Mimi幾鍾意佢,開心嗰陣又吊下Mimi癮咁,拖完手都做返friend,真係好賤!!!!!

不過好彩最後識到Michael,佢哋已經一齊就嚟3年了,祝佢哋幸福!

Btw呢本書好啱A0!想出pool唔好咁佛系,要學Mimi咁進取先得 haha

#011 Amy

識你幾年,真係好欣賞你坐言起行嘅性格,見到你而家出書真係有啲感動!

真心覺得故事幾sweet,帶出初戀嘅感覺 <3

#012 Eling

一個大學生,從細細個開始就懷有目標、方向,所以一直向住自己嘅前路出發。佢做事認真、細心、而且努力,鍾意挑戰自己,因此嘗試寫出人生中嘅第一本書。作為佢嘅大大,祝福佢會成功!

#013 Flora

依稀記得有一天，我和Mimi乘車時聊起了戀愛的話題。一開始她說要投入一段感情的時候令我嚇了一跳，因為待在女校久了，較內向的我絕大部份朋友都是女性，認識的異性更是屈指可數，難以想像身邊的朋友開始拍拖。記得當時候我還叫她要三思而行，不要被男人騙呢！XD

就這樣過了兩年多，Mimi 的感情狀況也越來越穩定，看着她幸福的模樣，我心裏也甜滋滋的。

Mimi對寫作的熱衷，其實從我認識她的時候已經有跡可尋。隨着這幾年的練習和歷練，文章也越來越流暢和生動有趣。相信大家讀這本書的時候，都會將自己代入了Mimi的角色。她那種熱情非常、直接、外向和樂天的性格，相信是大部分女孩們所缺乏的（包括我在內）>.<

傳統的愛情觀念是女性要保持矜持，但誰說女性一定是被動的那方？這本書將會顛覆你看過的某些愛情小說或是漫畫，帶給你不同的體會！

你，曾因為心上人記得你說過的小事情而感到高興嗎？你，曾有那種酸酸甜甜的感覺嗎？你，曾戀愛過嗎？

如果有的，恭喜你了！還沒遇上的，不要緊，你可以看看這本書，透過Mimi的角度，嘗試去理解一下戀愛這門學問。最後，想看更多精彩的內容，記得要follow Instgram @storyof1999 哦！

#014 Fool

疫情令我暑假成為全職廢青，某日隨機開咗《Story of 1999》嚟睇，點知用咗3日就追到最新一章！

我係個攞車邊嘅00後，所以都覺得有唔少共鳴位（例如Playlist、以前睇得多嘅語錄、角色思維等等~）。角色描寫生動得嚟唔會離地，好多時一路睇都會一路笑 lol。睇下睇下仲令我諗返起以前膽粗粗同男仔傾偈兼出街嘅事哈哈~~

我本身唔係好多嘢講，所以好少主動去表達自己嘅睇法……但情芯係一個好難得嘅貼地作者 LoL，佢會主動去問讀者意見！而畀佢選中嘅我又覺得佢真係好有心同好 nice XD，好似同friend傾偈咁~ 所以就算我嘅少少意見幫唔到佢創作，希望都可以畀到啲正能量佢哈哈~

大家都要繼續加油啊！等你下一部作品 ;)

#015 Hsy

閒來無事點開了朋友推薦的《Story of 1999》，本來只是為了稍稍打發時間，卻一口氣看了幾十章，意外的很是上癮。

文字的力量真的很奇妙。Mimi的喜怒哀樂，彷彿透過文字傳遞到讀者那頭，讓人有種她就是我身邊的一個朋友的錯覺。看著她和他人的whatsapp紀錄，更有一種偷窺別人生活的刺激感，充分滿足了人類八卦的天性（笑）。

作者樸實平淡的詞藻，讓故事很是真摯動人。如果各位想要尋找共鳴，這本投入感十足的小說絕對是你的不二之選。看一看吧。

#016 Jane

身邊唯一一個寫書嘅朋友一定support lah!! 話晒識咗情芯好多年！！文筆滿分唔多講，當中好多細微位都寫得好詳細同搞笑，睇到我好入神！

我最鍾意一次過追曬嘅章節，令成個故事好刺激~ 一路睇都覺得好緊張，從來無諗過Mimi咁大膽咁主動！不過有啲嘢真係要主動踏出第一步先體驗到愛情嘅 XD 雖然我曾經提醒佢睇定啲唔好亂咁嚟（搵啱人最緊要，因為愛情真係唔可以急的！），但見情芯搵到意中人我倍感欣慰。

無論發生咩事，記得有我呢個筆芯喺到！請大家記得多多支持情芯嘅故事 <3

#017 Joey

一路睇好似一路同Mimi喺愛情路上成長！

睇住呢個零戀愛經驗嘅pure女仔邂逅每一位男生（偷笑），不知不覺睇得太入神，諗起自己都有過那些年嘅青澀戀愛史 :p

睇住Mimi嘅內心小劇場、對約會嘅期待同緊張、失意時嘅迷茫，全部都好有共鳴！

Mimi真係好cute好true，好希望佢有個美滿嘅愛情結局！You deserve the best!

#018 K

終章末句「對的人」背後包含太多……要咁啱喺對的時間，有著和C及R經歷嘅Mimi，遇到「叫聲頻率」一樣嘅Michael，缺一不可先成就到一段良緣。故事令我體會到唔需要急於開始一段唔合適嘅關係，因為最好嘅往往會喺合適嘅時候出現。

要相信，生命中遇到嘅一切都係最美嘅安排 ;) Mimi要幸福哦 <3

#019 Melo

中學時期的Mimi已經很喜歡看書和寫字，見證著她寫的網上小說演變成一部實體書，沿路走來確實不易。記得那天我和Pearl陪同Mimi到出版社簽約，我原以為所有東西都準備就緒，後來才知道她要決定很多細節，例如紙質、插圖和設計等等。今天Mimi終於實現了成為作者的夢想，恭喜恭喜！

請大家多多支持新作者，祝新書大賣！

#020 Sunflower

情芯的故事絕對不是1999！

故事內容非常貼地，由一開始對愛情的迷惘、執着及憧憬，以至遇上不同的人後的真實感受和反應，也能呈現Mimi的心路歷程，令讀者感同身受。

很欣賞作者在網上連載時的小心思，每一章鋪排妥當，長度適中，章節開首也會加入前一章的部分情節，即使沒有每天追閱也能重溫故事精華。故事及作者生動有趣的筆風（例如：chinglish元素），都是生活壓力的解藥。

很高興Mimi最後能找到屬於自己的幸福！

#021 Trix

喺一個月黑風高嘅夜晚，我好無聊上tbc...搵故事睇，然後就發現《Story of 1999》。睇下睇下發現又幾好睇，用咗幾晚嘅時間就追到live。從此以後，我每逢星期一同四就多咗個活動——準時追live。

Chinglish同口語運用真心幾親切，感覺好似有個大姐姐喺度分享佢嘅感情生活，感情台A0 pride都好relatable。

作者真人好nice，唔止會喺IG搵我講嘢，仲會主持狼人殺。雖然好唔捨得故事完結，但係最後見到Mimi可以有情人終成眷屬，年輕的我露出了*姨母笑。

*註：眼睛不自覺地瞇成一線，嘴角上揚，露出「慈愛如大姨」的微笑。

實體書收錄
男方視角

【Michael視角】

2018年6月30日
〔相識〕

我並沒有早起的習慣，作為一個盡責的實習生，為了適應香港腐敗的辦公室文化，我刻意延遲上班和下班時間以營造勤奮工作的假象。相約在早上十時見面，的確不太習慣。但我仍然卯足幹勁梳洗，以免增添自己的醜陋。

Mimi
Morning

Michael
Morning 我而家先出門口

Me or gun si!

我平常半步不出家門，是一個不折不扣的路痴。此刻收到Mimi人有三急的訊息，幸好還不比她遲，我不禁鬆一口氣。

慢慢地我暗覺不妙，Mimi看似會遲到，但不會不打算跟我一起上去吧？一想到要獨自面對一群陌生人，我只寄望Mimi可以跟我聊天，降低尷尬程度。
但再想深一層，想必她已和當地義工形成小圈子，不禁令我恐懼萬分。

咁係咪代表其實我無乜機會r你吹水

我只是說說笑而已，事實上並沒有這方面的擔心。
然後，我故作風趣地說自己一定會把握機會，然而並不是。

Orz I go out now

Me nearly arrive

其實在這時，我已然盡力，但尋找幼兒中心無果，只見類似學校的建築有好幾座。為了不讓Mimi留下一個壞印象，只好硬著頭皮在附近極速轉悠，希望可以及時到達。

壞咗架lift... Might be late haha
U go up first la, no worry!

Go up first? 我仍未找到上去的道路，只好嘗試扯開話題。她利申自己很少見網友，而我誠實地表示自己從未見過。
要知道一是零的無限倍（誤）。

Here?

其實我已經焦急如焚，眼見漫無目的地徘徊也不是辦法，只好向Mimi求助。在她的催促下，我不情願地獨自上樓。

老尷了，當我鼓起勇氣向職員表明自己是Mimi的朋友，職員卻似乎不知Mimi是何方神聖，令我質疑自己進錯房間。我只好連忙向Mimi確認，她只冷冷地回應我一句：咩料。

我被義工前輩帶到一個色彩繽紛的房間，隨後被分配到一張單人桌，等待着小朋友的到來。以前的我或會期待一個可愛的小女孩，或是退而求其次，一個可愛的小男孩。但這時我的內心卻是期待和Mimi見面。
然而她還未來到，孩子們便來了。

我的好夥伴是個樣子普通的男孩子阿明，天生聽力較弱，需要依靠助聽器。由於之前一直兼職補習，我對付熊孩子可算是經驗老到。

然而這個孩子算是乖巧，更有點小聰明。我很快便對Mimi的期望值調低到「不會出現」，在善心的驅使下，我覺得這次的教學也算是愉快的體驗。
我與阿明暢談甚歡，得知他有心儀對象時，更談起了愛情三角理論（因為三角形是最穩定的結構）。

課堂不經不覺間已經完結，阿明贈我糖果一粒餞別。
我打算與Mimi相認，便拿起手機發她訊息：「你係邊？笑」。
我將身朝向門口，眼盯着手機，靜候她的回覆。
「喂，我在這裡。」突然有人從後突襲我的腿。
「噢，你好。」我頓然發現，原來她就是Mimi。

我們一起下樓，途中我視線僵直，不敢朝她望去。
「我很怕曬的，不介意我開傘嗎？」Mimi打破了沉默。
「當然不介意，難怪你這麼白。」我同時選擇了冒險和真心話，而她恭維地回敬說我也不黑，我心感詫異。
我主動提出撐傘，為了防止陽光側漏到她的肩膀，我用了巨大的努力，以致動作有些僵硬。儘管如此，我很快注意到傘的骨架斷了。
我指向壞掉的骨架，她竟從未發覺。

「待會看看有沒有新的,我送你一把。」我終歸只是個毒,逃不出那奇怪的思維,不自覺將想法說了出口。

「不用呀,它仍好使好用。」

糟糕了,從她的回應看來,這句引起她的反感。我嘗試力挽狂瀾,但已太遲。

我們很快上了巴士,並轉移了話題。她送給我一堆韓國手信,那是我非常喜愛的蜜糖杏仁,而且有很多口味。

常識告訴我,推卻禮物會令對方不快,於是我便懷着感激之心收下了。

「聽Leo說,你好像有個人foodie instagram?」我問。

「對呀,沒想到他仍記得。」幸好有做足準備。

她按進自己的帳號,把屏幕遞到我面前,我不禁讚歎貼文之多。

「你瘋狂like posts的話,我還會截圖放上動態精選高度表揚!」聽她這樣說,我立即附和並付諸行動。

之後,我又再發動了生硬的話題轉換。

「作為一個專業的foodie,平時你除了到處覓食外會做運動嗎?」

她自嘲可從身型上看出答案,我的確一直沒有認真留意她的身形,因為好像不太禮貌。

「真的甚少運動……」她說。

巧了,我也是,但我的確想改變現狀,如果她可以陪我,動力肯定高出許多。她提到自己曾參與AYP,老實說,我並不知道AYP是甚麼運動,索性終結話題。我與她相視而笑,不知是因為好笑還是尷尬。

我們很快下了車,她便問我該如何前往,怕是想我帶路。

「其實我不熟香港的。」我故作風趣地回應,儘管不熟路是不爭的事實。她竟然笑了,然後表示自己大約記得餐廳位置。

「你是我見過最厲害的foodie。」因為我從來只見過一個。她笑得更歡了。

順利到達Espuma,一間我綜合了OpenRice的評分和收藏數量所選出的餐廳。

進去後,我正糾結:若為Mimi拉開椅子,會否顯得太造作?

到我回過神來時,原來此舉已被服務生捷足先登。我只好若有所失地坐下,將點餐的球拋向她。

可她依然徵求我的意見,於是我運用從課堂中學會的萬全之策——分散投資,提出每類食物各點一款。

「一個飯、一個麵、一份小食、一份甜品,足夠嗎?」

而當她問我該選擇流心麻糬厚鬆餅或彩虹麻糬窩夫時,我找到了它們的共同點,就是麻糬。

「這樣吧，我把決定權交給你。」她拋下了這一句便離開座位，令我暗自讚歎她的傳球技術。

只有小朋友才做選擇，成年人當然全都要。

她很快便回到了座位，當她問我最後的選擇，我毫無意義地賣着關子。

「哈哈，剛才你的學生怎麼了？」正當我努力構思新話題時，她開了口。我老實地表示自己盡力教導，希望他能吸收所學，所指的當然並非愛情幾何學。

未幾，她很快便接上了下一個話題——數學，大腦仍空白一片的我只能拜服。

她問我DSE數學成績，我保持謙恭有禮地如實相告。

高中成績尚可，還有同學和補習老師，到大學就只剩下Wolfram Alpha了。

「恰巧昨晚我借閱了弟弟的校內數學試卷，我們都解不到一道選擇題，你可以看看嗎？」

我還以為只是商業互吹、點到即止，想不到還有實技測試，把我嚇得不輕。

收到題目後，我便開始畫一些多餘的標記，好讓自己冷靜下來，專注解題。

「會不會是這樣？」我緩緩將手機遞給她。

「應該沒錯，這麼快就解答到，真聰明！」我如釋重負，立刻將塵封的記憶摺疊輕放。

服務員終於把食物送上，根據與同期實習生相處的經驗，部分人習慣讓「相機先食」，我便問Mimi是否需要先拍照，她同步舉起了手機。

拍照的過程意外地快，我還以為foodie都會花很多時間鑽研最佳角度，只可以說她已是工多藝熟。

有些餐廳喜愛將豆苗擺上任何主菜，Espuma就是其中之一。

我討厭這種矯飾的態度和豆苗的味道，所以只吃了一點，並婉轉地告訴Mimi我不喜歡看到這個。

可幸的是Mimi同意草莓醬肉眼粒不俗，分散投資拯救了我們。

「要上甜品了嗎？」我問。

「可以呀。」我舉手向服務員提出要求。不久，服務員便端來一份麻糬厚鬆餅。

「原來你最後選了這個。」

「先試試看。」我忍着沒有笑。

「哎呀，麻糬份量頗少。」

我有少許自責,但大部分都是餐廳老闆的責任,幸好味道還好。

不一會兒,彩虹麻糬窩夫也來了。

「咦?不是已經來了甜品嗎?」Mimi驚訝地問,我見服務員滿臉疑惑,便連忙揮手示意我們沒事。

「呵呵,最後我兩款都點了,隨便吃。」我得意洋洋地說着一件不太值得自誇的事。她稱讚我很浮誇,我順利結束了我的回合。

趁到廁所的空檔,我看了看手機訊息。

> Ngo dei AA ho mo? Chut dou hui bei nei xd

還記得Mimi問過我會否請她吃飯,我當然不負眾望。

> Ng ho☺

「喂,認真的,我們點了這麼多,一人一半好嗎?」
還記得有女同事跟我分享過幾次與網友見面的經歷,大概就是她發現男方行為古怪,或是不屬於她的聯賽,便會提出AA付款,與對方互不拖欠。

「說好了我請客啊。」我抗議說。
怕就會輸一輩子,所以我沒有退讓,所幸的是她沒有推辭。

離開餐廳後,為了促進消化,Mimi建議到韓國街逛逛,我略顯驚訝。正如一般人去了一趟日本旅行之後,短時間內應該不太會稀罕香港的魚生一樣。
這是我首次到訪韓國街。街道的風格不太韓國,反而帶有香港的感覺,想是因為有數家韓國食品店鋪而得名。

走着走着,我們到了美麗華廣場。

「咦,這裡有傘子。」我無意中發現一個攤檔擺着幾把外型不俗的傘子。

「走吧。」她好像並不這麼認為。

「我送給你好嗎?」我還記得當初的約定,我實在不忍想像她每天撐着破傘出門。

「哈哈,謝謝你,那我們再看看其他。」

再到鄰近的The One。

「日本Gram的梳乎厘班戟比香港的好吃。」抬頭一看,在我們旁邊的是一間人氣甜品店。

「你真的很喜歡吃班戟,而且熟知行情。」顯然,這並非恭維。我試探她的食量,問:「現在要再試嗎?」

「不了，我很飽呀，剛才吃了很多。」
「那下次再試，還是你想試其他新餐廳？」
我笨拙地提出明示，為下次約會鋪路，而她笑著說沒所謂。

「你請我吃午餐，我請你飲珍奶，好嗎？今期流行！」
「哈哈，謝謝你，foodie知道方圓十里有甚麼選擇嗎？」我向她發起挑戰。
「你考起我了。以我所知，附近一帶有不少台式茶飲店，如：茶理史、沐白小農和唇茶等等，要說最近的話好像樓下就有一間。」

非常好，我全都沒有聽過。
我選擇了最接近的一間，一起落到地下超市樓層。
「要試試嗎？」她問。
「好。」我下意識地掏出錢包。
「喂，說好了我請客呀。」她堅持，我也不好推卻。

我們拿着飲料邊走邊喝，我還不太習慣珍珠奶茶的味道。當糖分輸送到腦部之際，我突然想起晚上約了家人吃飯。
「我今晚會和家人吃飯，媽媽訂了位。」
原本只打算跟她吃頓午飯，畢竟連續兩餐太過進取，太過進取容易令人卻步。
「噢，沒問題，你們何時會合？」
「時間應該差不多了，我們下次再見。」再一次明示，這下穩了吧。
「哈哈，再見。」

我們揮手道別，沒有雲彩，但總感覺若有所失。於是我便發訊息展開話題，釋出善意。

> 不如真係去踩單車，行山有啲chur，我地又唔係做銀行

分隔線

2018年7月2日
〔相知〕

Michael
> 抵啦 ⌣ 而家先喺南昌GG

Mimi
> 點解你突然咁快
> 我出門口嗰陣你先出喎？

> 係啊，因為我叫地鐵司機揸快啲

老掉牙的笑話……

I inside elements

Lmao! 又會突然快過我呀

不嬲都快過你哈哈哈哈哈
你永遠都贏我唔到㗎海馬

當時沉迷於觀看微辣影片，便強行套用了這個梗。

你又唔諗住搵我嘅

緣分遊戲！
你畀啲提示我，唔熟香港，仲有電話就快撐唔住

我又一次在Mimi面前暴露了自己的弱點。
我認為「作為男人要懂得看地圖」之類的說話是很嚴重的性別定性，因為那畢竟是人類的基本求生技能。

Lmao! 其實我係咪應該搭九龍站⋯⋯

此時我才發現，原來迷失方向並不是我的專利。
而個人認為，Google map在標記餐廳位置和建議路線上都比OpenRice準確。

嗚嗚嗚

回覆「九龍站？」
你唔睇我message

點解我無睇清楚orz

因為Google map有寫hehehehehe

訊息被人無視，我已習以為常，所以心情並沒有太大起伏，反而充滿了對這次見面的期待。
有很多人曾經說過：人生就是不停的等待。或許是我為人太膚淺，體驗不了深層次的無奈；又或者只是我的機會成本太低。但我始終認為期待令我快樂，而等待的過程值得享受，所以即使最後失敗我也從不後悔。

在我把玩手機時，Mimi已經匆匆忙忙地趕到，她上氣不接下氣地說不好意思。
「不要緊，只是數分鐘而已。」我的體感時間的確只是數分鐘而已。
「進去？」「好呀。」
「訂了兩位，姓黃。」我富有男子氣概地道。
餐廳燈光昏暗，服務員把我們帶到餐廳中央的二人枱，稍遠處有壽司師傅在切魚，旁邊有上流人士在談天。

「這家餐廳很高檔啊。」

「我見你的hashtag #lepetit日式 有很多貼文,猜想你應該愛吃日本菜。」我引經據典,作出了有效發言。

「猜對了,謝謝你。」

我靜下來才發現Mimi今天的形象有所改變。她的臉頰正泛着微微的紅暈,水靈的雙眼更如夜幕裏的星辰,令人醉心於這片景象,同時慨嘆自己的衰老。

「話說回來,第一次跟你玩PUBG時,我聽到你的朋友們在唱歌,哈哈。」我突然想起當晚那首歌,正是某個同期實習生平日用作自嘲,而實際上反向炫耀自己的那一首。

Mimi含蓄地笑了,看見她的笑容,我也不自覺地揚起了嘴角。

她告訴我,那是《沒有人》。

「你的臉很紅。」我坦白地將盤踞在腦海的念頭説出,萬一她身體不適,也有個照應。

「哈哈,因為我很害羞嘛。」她説自己害羞,著實令我難以置信。

「其實我也是。」

「那就一起害羞!」她説出了一句令人更害羞的説話。

「跟你相處時,感覺很舒服。」所以我也不遑多讓。

「嗯……我也是。」結果二人都面紅耳赤,不吭一聲。

過了一會,食物陸續送上。

「我們跟食物自拍留念,好嗎?」意外地,她提出這個要求。

「當然好。」雖然有生以來參與合照的機會甚多,但這卻是我第一次操刀拍照。

「開餐!」她發施號令。

「我的肚子也餓了。」我和應。

「哎呀,吃不出刺身的鮮味,這個質素未免對不上價錢。」比起餐牌那高得誇張的價錢,她的反應更令我措手不及。

「你知道嗎?皺眉會用到42條肌肉,而微笑只需用上17條。所以,笑多點吧。」我情急智生地説,看見她重拾笑容,我也安心下來。

知識改變命運,指的是冷知識。

然而,當我提到自己對蝦和蟹敏感時,不知我是否説錯了甚麼,她臉上突然有一種若有所失的表情。

「是了,我怕我會忘記,這個送給你的。」我內心曾多次作出無謂的掙

扎，最後還是決定掏出早上買好的雨傘。

　　「上次見到你的雨傘壞了，答應過會送你一把全新的。」見她面露疑色，我續道。我可是個說到做到的人。

　　「謝謝你啊，我很喜歡。」

不知她是真正的快樂還是客套說話，反正我有點沾沾自喜。

到了結帳的時候，Mimi硬要將五百元塞給我，令場面一度尷尬。

　　「我這半年做intern，勉強有點儲蓄。」儘管儲蓄甚麼的並不存在。

　　「不要令我難做……」她頑強地反抗着，我不好意思繼續糾纏，便收下了她的錢。

一個俗套的約會離不開「行街睇戲食飯」，我花了點心思將次序反轉，所以我們正前往戲院。

我們在小食部買了爆谷，購買戲院的食物其實是不智的舉動，大家切勿模仿。

走到了座位，我們才發現爆谷桶太大，我只好把它安放在大腿上，並細心地攙扶著。Mimi提出協力請求，我點頭同意。

我心無旁騖地把電影看完，沒有打過半點壞主意，事後回想才覺得自己實在是太天真了。

　　「這部電影很一般，我應該選擇其他電影。」我一如既往地直接抒情。

　　「不要緊，我也有份篩選，這次也是一趟體驗。」她溫柔地安慰我。

飯後運動雖然遲了，但還是有用，我們開始四處亂逛。

　　「好不好到超級市場逛逛？」她問。

　　「沒問題。」

Mimi告訴我，原來這家超市在香港只此一家。她跑到壽司的跟前，興高采烈地指着它們。

　　「哈哈，但我們不是不久前才吃完嗎？」我不禁質疑。

　　「只要望上數眼，心情也會變好。」嗯，她開心就好。

　　「咦，這個牌子不常見。」來到甜品櫃前，她突然指着其中一款雪糕。

　　「Lily & Ran? 印象中我也沒試過。」我仔細地看。

順便科普一下，Ben & Jerry是兩名大叔，而Lily & Ran則是兩位媽媽。

她看起來有點猶豫不決地選了Earl Grey Caramel，而我則拿起相對穩陣的Honey Almond。

付款後，我們各自拿着一杯雪糕。

367

「可以擘大口嗎？」我極其自然地問，同時舀起雪糕。

「嗯……」她卻露出一臉中伏的模樣。

「希望我這杯Earl Grey Caramel好吃點……喂。」Mimi將盛滿雪糕的膠匙送到我的嘴邊，我這才意識到方才自己的行為是多麼令人害羞。

「我猜你吃我這杯較好。」我以笑遮醜，並吞下雪糕。

果然製作雪糕這回事還是大叔比較在行，想不到我們相識幾天就已經甘苦與共了。

沿路看見商場指南，我們順道看看圓方有哪些景點。然後，我們一路從燈火通明的商場，走到了月白風清的平台。

途中Mimi追問我的感情事，我也努力回憶，從近至遠地說出來。

「有次她請我幫忙做一份project，我二話不說就答應了。無奈完成後，她卻跟另一名男同事喝咖啡。」我每次都會想起汪阿姐的熱咖啡，感覺不太對勁。

「而前一個我向她暗示了一句"Can I share the future with you?"，她就直言不諱地說她已有心儀對象。」每個人都是一座孤島，大概我只是一時糊塗。

「她有甚麼吸引之處？」

「一種很特別的感覺，我也不知該如何形容。」現在想來，所謂「特別」其實不應該流於感覺。倘若沒有特別的事情，那不過是錯覺。

而最後當我談及第一個暗戀的女生，Mimi發揮出異於常人的記憶力，讓我不用說下去。

「有興趣知道書院的口號嗎？」我的腦海突然閃過一個念頭。

「願聞其詳。」

我深深地吸了一口氣，然後一鼓作氣地大喊：

「一二三四伍宜孫，九八七六伍宜孫。」

「五五二十伍宜孫，點計都係伍宜孫！」最怕空氣突然安靜。

「宜孫宜孫宜孫宜孫宜孫！」我高呼着每年只會拜訪兩次的書院的名字。

「哈哈，這個beat失傳的話就靠你傳承下去！」

「我也告訴了你，該是靠我們！」毋忘那段暗黑歷史，是我們共同的責任。

隨著話題的轉換，場景也推移到商場底層的硬膠長椅。

Mimi故作神秘地說有禮物給我，我心中抱有那麼一丁點期望。

「登登登凳，這個！」當她拿出禮物時，我大吃一驚。

「驚不驚喜？意不意外？」我不敢相信自己的眼睛。

「Hair removal wax strip...」我緩緩讀著，情況不對勁。

「你伸出手，我來幫你好嗎？」她很是殷勤。

「沒所謂。」反正脫了跟沒脫也沒有人看就是了。

脫毛貼一撕，效果感人。
「我還在生嗎？」或許我們生來都是罪人，但毛囊肯定是無辜的。
「呵呵，黃先生，天堂歡迎你……那數條毛髮。」她用指尖戳我的手背。
「送你這塊失敗品留念，另外再多送你數片蜜蠟，隨時自用。」
哈哈哈……真是非常特別的禮物，這種經歷想必並非人人都有。

此時，Mimi的電話響了起來，但她不假思索便拒絕來電。
「我發訊息給媽媽好了。」在她輸入之時，我偷偷瞄到了auntie的訊息。
「剛查了尾班車時間，現在離開應該能趕上的。」我也是最近跟同期實習生
外出才知道火車的尾班車時間遠比地鐵早。
「我們起行吧。」
「不好意思，一時談得興起。」我趕緊向她賠罪，一心想着不能讓她獨自回
家：「我送你回家。」
她以我明天上班為由推卻，但我堅持要送她到葵芳站。

「喂，你為甚麼不問我拿電話號碼啊？」在車廂內，Mimi猝不及防地問。
礙於社交經驗不足，我一直沒有抄牌的意識，此刻被她一語道破。
「那好吧，小姐我可以抄你牌嗎？」
「先生，我們好像只見過一次面。」這就過分了。我不顧被控告的可能性，
伸手搔癢她的腰間，她這才乖乖地輸入自己的電話號碼。
「很榮幸獲得屬於 閣下的八位數目字。」

將要分別之際，氣氛又變得凝重。
「我們……何時再見？」
「嗯……我也不知道。」
「你想的話，我隨時都可以。」我留下了一句頗為煽情的說話。
「哈哈，謝謝你。」我一邊思索着那句哈哈哈是不是一張好人卡，一邊樂觀地
盤算着下次見面該如何是好。

「到站了，謝謝你今天出來。」我只好如是說。
「謝謝你的禮物，哈哈。」她冷笑了一聲，我眉頭一皺，發現事情並不簡
單，但想得太多也是徒然。

目送她離開後，我趕不上尾班車，便在九龍塘轉乘的士回家，在路上不忘打開
whatsapp與Mimi「破冰」。

> Hiiiiiiii, guess who I am

人生就是不停的戰鬥，而我真正的戰鬥，現在才開始。

分隔線

2018年7月4日
〔相惜〕

這幾天，我的大腦發生了奇怪的變化，導致我反常地晚睡早起。

Mimi
> 親，早

Mimi以某網店客服的語氣向我打招呼，她真的很風趣。

Michael
> 嗯嗯💫 你知唔知多得你，我先起到身
> 如果唔係就變咗同平時一樣8半

> 咁就多謝我啦

> 下下都講多謝就唔好啦

> 點算我唔係咁痴身㗎⸛

痴身一詞多用於形容伴侶，對於這樣的機會，我一概不會放過。

> 咁可唔可以痴身啲🐾

> 唔得啦，心照心照
> 我哋今日嘅目標係要畀我請客！革命尚未成功

> 咁浮誇嘅，但係我有其他目標👀

我嘗試給她一個心理準備。

時間一躍到了中午。

> 你叫妹妹嗌我姨姨定嬸嬸話

> 我明明叫佢嗌姐姐，佢死要嗌姨姨，而家啲細路真係囂張
> Btw會唔會好快要換個稱呼🐾

我再次明示，但似乎做多了。

> 點叫你好呢

> Call me by your name

> And I will call you by mine

> 其實我知不過唔敢咁玩 😌

其實我對"call me by your name"這句話的印象，不過是一對男同強烈渴望擁有對方的表現。而這時提起這句話並沒有甚麼特別的含義。

這一天我經常坐立不安，工作效率非常低，但幸好大部分實習生都不太需要工作。

好不容易到了打工仔最期待的時刻——下班。

> 我真係準時收到工！我喺北角啦，勁唔勁！

> Ah又要等我……

> 唉蠢咗。應該係你嚟到嗰陣問我係咪等咗好耐
> 我話唔係啊都係一陣
> 又或者我搭返轉頭，較好時間一齊去到中環

我戲謔地提出了更蠢的建議。

> 係咪衰！見少咗啲時間 😕

> 唔制 😕

她在說想見我多一點嗎？

> 到~

「喂！」Mimi比我預期的早到。她容光煥發，用明亮的聲線呼喚着我。
「你不用穿smart casual上班嗎？」她穿着一件印有動物圖案的白色襯衣，似乎在懷疑我的工作態度。
「哈哈，實習生不用。反而，你更像上班族。」
「原打算配合你，怎料你這麼hea。」聽罷，我無奈地笑了。
「不好意思啦，你這些動物很可愛。」我發自真心地讚美道。
「謝謝你，我們出發吧，讓我試試帶路。」
我為自己探路失敗正感可惜，Mimi此時主動提出帶路，實是恰到好處。

結果我們在着蘭桂坊的外圍兜了好幾個圈，她似乎為對此感到懊惱。

「終於到了，我真笨。」
「不要緊。」我試圖安慰她。

餐廳坐落於十字路口的轉角位，店內裝修雅緻，卻是開放式的酒吧，環境比較嘈雜。

「想吃甚麼就點，我請客。」她很快便爭着請客。
「這麼豪爽，其實你不用請我呀。」
「平衡一些嘛。」
「我們的關係可不用這麼平衡。」

萬物追求平衡，總會從不穩定趨向穩定。但顯然請客文化只是一種劣根性，既無助於維繫人際關係，更鼓吹了互相算計。

「哈哈，你喜歡紅/黃/青咖哩？」Mimi似乎並不這樣認為，她埋首於餐牌問道。
「你呀！別叫妹妹稱呼我做姨姨，明明我只比她年長五歲。」她話鋒一轉，變成在抱怨自己的稱呼。
「冤枉啊，是她自己提出的。如果我們以後的身份會有所轉變呢？」
「哈哈哈，你説呢？」

Mimi對於我多次的明示，似乎並沒有出現強烈的拒絕反應，這給了我莫大的信心。我便不再將話題帶走，以免造成反感，同時為了給自己心理準備。

「這碟濕炒牛河未免太濕了吧。」食物的質素把我從沉思帶回了現實，我對自己選擇的餐廳感到失望。
「一起試伏嘛。」
「待會到商場逛逛？」我以自然的語氣提議。
「好呀，我先結帳。」

明知會被駁回，我仍嘗試提出請客，但一如所料還是被婉拒。

我們沿著天橋走，一路閒話家常，不知不覺便走到國際金融中心。正如在暴風雨來臨的前夕，海面總是一片平靜。

我看似漫無目的地帶著Mimi在商場轉悠，實際上卻在一步步引領她走向那個地方。而途中出現的意式雪糕店屬意料之外，我們停駐片刻，享用飯後甜點。

「我對金奇異果和榛子味感興趣。」我饒有興致地說。
「這麼快就定好！既然開心果售罄了，那我要抹茶吧，好像較穩陣。」

Mimi作出了抉擇，不過對我來說，所有Gelato都非常穩陣。為了證明這個想法，我將自己的雪糕也給了她試試。果不其然，非常穩陣。

然後我提出到海濱散步，她點點頭。

在天橋上可以清晰看見AIA摩天輪，當我還在感嘆有錢真的能夠為所欲為時，只見Mimi的目光早已凝固在遠處的巨輪，眼神空洞，略有所思。

從言談間得知她曾坐過一次，但似乎不願多說。看來她也是個有故事的人呢。可惜摩天輪已提早關閉，我只好提出改日與她共乘，任笑聲送走舊愁。

怎料笑聲卻比想像中來得早。

「哈哈，話說回來，你聽過我校的校歌嗎？」
「沒有，我連自己學校的也不懂。」我刻意強調，彷彿不愛母校是一種不羈時髦的態度。
「那你要聽一聽了。明我以德，轉圈轉圈哈姆共你~」這是降智打擊，但我卻不爭氣地笑了。
「哈哈，很棒的歌詞和歌喉！那我也回敬你一曲。令你的耳朵受罪的話，可不要怪我。」我一時興起：「天荒地老流連在摩天輪。」
「唱得很動聽，可以繼續嗎？耳朵懷孕了。」Mimi將高帽套在我的頭上。
「在高處凝望世界流動，失落之處仍然會笑著哭，人間的跌盪，默默迎送……」
「當生命似流連在摩天輪。」她也一同唱了起來，不亦樂乎。

陣陣海風將腥味默默迎送到鼻腔，令我們不敢再張口高歌，但我不能讓區區氣味阻擋我，便提議在長凳稍作休息。

我狠狠地盯着染上霓虹燈的海面和那些不太豪華的遊艇，正拼命地構思一個富文學色彩，又不失浪漫的引入。

「你year 1時有讀過accounting course嗎？」我的思路被Mimi隨機的問題打斷了，然而我對課程沒有記憶是理所當然的事。

當她問我是否明白遠期支票這個用語，雖然我把筆記的內容都忘掉了，但此刻我慶幸自己記住了標題。

「你對這段關係滿懷希望，渴望跟伴侶計劃將來。然而，人越大越難自選，生活限制了你的想像。漸漸地，你發現根本無法兌現自己許下的諾言，當初的post-dated cheques變成了stale cheques。」好像很合理啊！我默默點頭。

「你很想去爭辯，但就只有能力去解釋，而沒有能力改變過去，如同bank reconciliation statement銀行往來調節表。」我開始跟不上了。Mimi見我一頭霧水，親切地問：「這個術語或許比較陌生？」

我馬上試着將高帽子還給她，經過她一番解釋，奇怪的知識又增加了。

「最後，這段關係跟當初所許的承諾一樣，通通跟支票一起過期，成為歷史。」她特別強調，莫非是話中有話？

「我是個機會主義者，主張活在當下。」未來的事情沒人知道，我只知道此時此刻，自己的情感異常真摯。

「喂，你是否有話想說？我現在會開始錄音，知不知道？」就像錄口供般。

「唔……」緊張感猛然襲來，我只能支吾以對。

嘟——

Mimi按下錄音鍵，一切都已經太遲了。

「唔知道呀。喂，stop it, stop it!」我嘗試奪走她的電話，但又不敢太用力。

「哎呀……」掙扎終告失敗，我嘆了口氣，只見她笑着搖頭。

「咩呀？」她一言不發，繼續搖頭。

「好啦……」我感到萬分無奈。

「啲雲郁得好快……好多雲呀。」她強行扯開話題。

「唔！好多雲呀。你可唔可以熄左個錄音呀？哈哈……」我已是一頭霧水，不知所以。

「驚呀？」她用戲劇性的聲線作出挑撥。

「係呀，我原本已經夠緊張㗎喇。」我坦然承認，再說：「熄咗佢啦。」

「唔……」她好像猶豫了一下。

「唔制。」我嘗試軟硬兼施。

「唔得！」怎料她也硬了……

「遲啲先啦好嗎？」她清一清喉嚨，露出威嚴，沒有答話。

「遲啲先啦好嗎？」

「你想講咩先？」她試探地問。

「嗯？」「嗯？」

「唔……唔知啊。哎呀……」我頭皮發麻，已經無法思考。

「我想錄低我嘅答案，得唔得？」

「吓……錄低你嘅答案：你係一個好人，咁？」我本來就是一個悲觀的人，總會想像最壞的後果，「我唔識游水都要跳海……」

「得啦，唔會唔會。」她給予我肯定。

「好啦，你有無聽過52赫茲的鯨魚？」我靈機一觸。

「佢被稱為『世界上最寂寞的鯨魚』，全因佢嘅叫聲頻率52赫茲比其他品種嘅鯨魚都高得多，所以其他鯨魚無辦法接收同回應佢嘅訊息。」

我沒有等她回應，一股勁地說：

「我同52赫茲的鯨魚一樣，一直尋覓著自己嘅同伴、自己嘅⋯⋯伴侶。其實呢⋯⋯**我好鍾意你。你可唔可以做我女朋友呀？**」

碼頭仍舊是一陣腥臭，漆黑的海水依稀映射着沿海大廈的外牆燈光，不太豪華的遊艇在海上慵懶地蠕動着。

我只凝視着她的眼眸，我看到了自己，又看到了背後微小的銀光，時而銳利，時而朦朧，像海平線一樣，讓人沉浸在此刻的美景，更期待着那無盡的彼方。

52赫茲的鯨魚並不寂寞，因為它們一直用獨特的叫聲尋覓的，是真正的知音。

「Yo-ro-shi-ku!」她說着鱉腳的日語。

以後多多指教。

Epilogue
在故事結束以後

若干年後。

「媽媽，你跟爸爸是怎樣認識的？」Michi問。

「我也想知道！我問過爸爸，他懶得告訴我呢。」Micol應和。

「家姐細佬，為什麼對我們的情史感興趣？」Mimi失笑。

「爸爸只略略提過你有表弟和大佬。」

「但明明我們都沒有表舅和舅父？」這對小人兒一唱一和。

「來人啊！」一名男子走過來，親了親Mimi的臉頰。他是Michael。

「喂！你在翻舊帳嗎？」Michael尷尬地乾笑了兩聲，沒有回話，只向Micol打了個眼色，然後竄走了。Mimi搖了搖頭。

「真拿他沒辦法。等媽媽來告訴你們吧，來，先靠近一點。」他們仨摟作一團。

「那已是二十年前的事了。」

「媽媽真老。」「我最年輕。」Mimi不禁反白眼。

「那媽媽就長話短說。從前有個女生經朋友介紹，認識了其表弟，最終女生回絕他的美意。然後，她在義工活動結識了另一男生。他們首先以兄弟相稱，後來女生向大佬暗示傾慕之情，他也有所回應，無奈感情最後無疾而終。女生以半年時間慢慢的心淡，期間與Leo叔叔相識，輾轉下爸爸和媽媽相約見面，很快就開始發展了，難得大家都是對方的初戀。」她說得陶醉。

「原來Leo叔叔是你們的紅娘。」Micol恍然大悟。

「叫月老好像比較貼切。」Michi更正。

「明白了，即是沒有Leo叔叔就沒有我，讓我改天感謝他。」Mimi無言以對，可能這就是所謂的童言無忌。

「肥弟，雖然你的邏輯大致上正確，但更直接應該是沒有爸爸媽媽，就沒有我倆啊。」

「不要這樣叫我！那我先謝過媽媽，等一下再謝爸爸。」

「明天才謝吧。故事到這裏完結了，是時候上床睡覺！」Mimi甜笑。

「但我還未開始問問題……」「我也是！」

「到你們長大後仍有興趣的話，我會介紹一本書給你們，那裡有屬於爸爸媽媽的愛情小故事。」

「真的？」「對。」「現在先給我吧。」

「是時候睡覺呀！要不我們先打勾勾？」Mimi伸出雙手的尾指，與Michi和Micol的小手相勾，姆指相印。

「媽媽，一言為定！」他倆異口同聲地説。

「乖，晚安。」Mimi親了親他倆的天庭，準備離開房間。怎料Michael一早已在房門外守候。

「我也要親親！」

房門關上。

Michael和Mimi的雙唇緊貼著。

「喂，胖弟，聽到門外有滋滋聲嗎？」

「説了不要這樣叫我！我不理你了。」

〔篤誓意連千世緣 新元情定永生花〕

附錄
Chinglish小字典

常用單字（按英文字母排序）

Ah	呀	Har	下/吓	Ngo	我
Ai	唉	Ho	好	Nui	女
Bin	邊	Hoi	開	Sai	細/駛
Bor	噃	Jai	仔	Seung	想
Cha	差	Jau	就	Si	事/屎
Che	唓	Jek	啫	Sik	食/識
Chi	似	Jeng	正	Sin	先
Da	打	Ji	知	Siu	小/少/笑
Dai	大/抵	Jo	早/做	Sor	傻
Darp	答	Jor	咗	Suen	算
Dei	地	Ju	住	Suk	熟
Dic	的	Jui	最	Sui	衰
Dim	點	Kui	佢	Sum	心
Dor	多	La	啦	Tai	睇
Dou	到/都	Lah	喇	Tor	拖
Duc	得	Le	呢	Tung	同
Dui	對	Lei	理/嚟	Wa	話/嘩
Fai	快	Lek	叻	Warn	玩
Ga	㗎	Li	呢	Wei	喂
Gao	搞	Lum	諗	Wor	喎
Ge	既/嘅	Ma	嗎/嘛	Wui	會
Geen	見	Meh	咩	Yau	又/有
Ging	勁	Mei	未	Ye	嘢
Giu	叫	Mo	無	Yi	咦
Gong	講	Narm	男	Yiu	要
Gor	個/嗰	Nei	你	Yuek	約
Gua	啩/掛	Ng	唔	Yun	人
Guan	關	Ngaam	啱	Zhen	真
Gum	咁				
Hai	係				

詞彙	對照	縮寫	全寫
Aiya	唉呀	Alr	Already
Biu dai	表弟	Awk	Awkward
Budyu	不如	Bro	Brother
Cho hou	粗口	C	See
Chut gai	出街	Coz	Cause
Chut pool	出池	FB	Facebook
Dai lo	大佬	Gimme	Give me
Dim gai	點解	Ikr	I know right
Dor tse	多謝	IG	Instgram
Duc yee	得意	Lmao	Laugh my ass off
Ga yau	加油	Lol	Laugh out loud
Gao chor	搞錯	M	Am
Gok duc	覺得	No.	Number
Hor yi	可以	Nvm	Never mind
Hung fuk	幸福	Ofc	Of course
Ji gei	自己	Plz	Please
Jo mud (jm)	做乜	R	Are
Ksud (ks)	其實	Reli	Really
Meh liu	咩料	Sis	Sister
Ming hin	明顯	Sor	Sorry
Mo sor wai (msw)	無所謂	Sth	Something
Ng goi	唔該	Tbh	To be honest
Pak tor	拍拖	Tdy	Today
Wa suet	話說	Tgt	Together
Ying goi	應該	Thx	Thanks
Zhung yi (zy)	中意	Tho	Though
		U	You
		Und	Understand
		Uni	University
		Wt	What
		Ytd	Yesterday
		Yr	Your

STORY

OF

1999

作者　　：情芯
出版人　：Nathan Wong
編輯　　：尼頓
設計　　：叉燒飯
排版　　：Andrea T.

出版　　：筆求人工作室有限公司 Seeker Publication Ltd.
地址　　：觀塘偉業街189號金寶工業大廈2樓A15室
電郵　　：penseekerhk@gmail.com
網址　　：www.seekerpublication.com

發行　　：泛華發行代理有限公司
地址　　：香港新界將軍澳工業邨駿昌街七號星島新聞集團大廈
查詢　　：gccd@singtaonewscorp.com

國際書號：ISBN 978-988-74120-6-9
出版日期：2021年6月
定價　　：港幣108元